Lis Rommel

Marcie Rendon bringt eine markante Stimme ins Genre. Ihre Erzählweise, seltsam entschleunigt, changiert mit ganz eigenem Rhythmus zwischen Hardboiled-Krimi, Countryballade und staubtrockenem Truth-Telling über die US-Realität der 1970er Jahre und die vielfältig beraubten Native Americans: beraubt ihres Landes, ihrer Kinder, ihrer Stammesidentität, ihrer sogenannten Bürgerrechte, beraubt ihres Zusammenhalts, ihrer Kultur und Lebensweise. Raub begleitet die Geschichte der Indian Nations seit Jahr und Tag. Und um Raub geht es auch hier.

Im Interview sagte Marcie Rendon zu Tobias Gohlis, der sie über ihren Erstling *Am roten Fluss* befragte: »Meine ursprüngliche Intention war, eine Geschichte über eine junge Frau zu verfassen, die Gedichte schrieb und Lust hatte, Country Western zu singen. Aber da tauchte Cash auf und sagte: No, erzähl die Story auf meine Weise.«

Diese Cash sichert sich hier zum zweiten Mal die Rolle der Erzählerin. Bei Cash erhält der tägliche Trott der ländlichen Arbeitswelt Bedeutung, wirkt fast hypnotisch. Die ungesellige 19-Jährige steht zwischen allen Welten. Die College-Normalitäten weißer Lehrender und Kommilitoninnen irritieren sie. Um diesen ständigen Reiz auszugleichen, muss sie viel Pool spielen. Sie kann stoisch sein und hat doch eine alarmierend kurze Lunte. Nirgends ganz zugehörig, wehrhaft, aber unerfahren, sucht sich ihren eigenen Weg. Koste es, was es wolle.

Auch von Cashs wenigen Weggefährten – Sheriff Wheaton, Sharon, Mo – hoffe ich künftig noch mehr zu lesen. Und erwarte gespannt weitere Romane aus dem Kosmos von Cash Blackbear.

Else Laudan

Das oben genannte Interview steht online auf culturmag.de und recoil.togohlis.de

Am Ende des Buchs findet sich ein Kommentar der Autorin, ihre Biografie sowie ein Glossar mit ein paar Begriffen, Erläuterungen und weiterführenden Quellen.

Marcie Rendon

Stadt, Land, Raub

Deutsch von Jonas Jakob

Ariadne 1245
Argument Verlag

Ariadne
Herausgegeben von Else Laudan

Titel der amerikanischen Originalausgabe
bei Cinco Puntos Press, El Paso:
Girl Gone Missing: A Cash Blackbear Mystery

Deutsche Erstausgabe

Glashüttenstraße 28, 20357 Hamburg
Telefon 040/4018000 – Fax 040/40180020
www.argument.de
Lektorat: Else Laudan
Umschlag: Martin Grundmann
Druck und Bindung: CPI books GmbH, Leck
Gedruckt auf säure- und chlorfreiem Papier
ISBN 978-3-86754-245-6
Erste Auflage 2020

Earl gewidmet
für PTBS-Erfahrungen aus zweiter Hand
& Ray, weil er mehr über 'Nam
und Autos weiß als ich

Cash stemmt sich hoch und zum Schlafzimmerfenster raus. Ihr Herz hämmert in ihren Ohren und sie zittert unkontrollierbar. Barfuß rennt sie los, im Zickzack über den feuchten Boden. Ihr Blick schießt nach links und rechts. Sie rennt auf ein gepflügtes Feld zu, in die Richtung, in der die Stadt liegt. Ihr Fuß versinkt in der kalten, nassen Erde der Ackerfurchen. Als sie versucht, den Fuß hochzuziehen, sinkt das vordere Bein noch tiefer ein. Sie wirft sich vorwärts, krallt sich mit bloßen Händen in den Schlamm, hört den schweren, mühsamen Atem der Person, die sie verfolgt. Angst treibt sie aus ihrem Körper raus, sodass sie gleich darauf über sich selbst schwebt. Sie schaut hinter sich, will sehen, wer sie jagt, aber sie erkennt nur einen Umriss, das Gesicht im Dunkeln verborgen. Sie blickt nach unten und sieht sich selbst hilflos im Matsch, eingesunken bis zu den Knien, mit rudernden Armen. Ein paar ihrer langen braunen Haare verheddern sich in ihren Händen, als sie um Halt kämpft.

Doch die Gestalt verändert sich schlagartig: Es ist nicht mehr sie, die da strampelt, keine kleine dunkelhaarige Indianerin, sondern eine blasse, hagere Blonde. Die zu Cash hochguckt und schreit: »Hilf mir!«

Mit diesem sonnigen Bild im Sinn kroch Cash aus dem Bett, zog sich an und fuhr von Fargo zum Moorhead State Campus jenseits der Brücke über den Red River. Sie schlürfte den lauwarmen Kaffee von gestern, der sie durch ihre ersten beiden Kurse bringen sollte, und versuchte sich den Traum aus dem Kopf zu schlagen.

In der einstündigen Pause zwischen Bio und Psycho ging Cash schnurstracks zu ihrem Ranchero, holte ihr Queue hinterm Sitz hervor und schritt über den Campus zur Studentenvereinigung, Richtung Billardsaal.

Es war Zuckerrübenernte im Valley, und Cash fuhr nachmittags und abends Rübenlaster, wenn ihr Stundenplan es zuließ. Zwischen den Seminaren strebte sie zur Campushalle, um Stöße zu üben.

Die Campushalle gewährte rund um die Uhr Zugang zu großen Tischen, kostenlos für Leute mit Studentenausweis. Sie spielte deutlich besser, seit sie aufs College ging. In Bars waren die Pooltische häufig kürzer, um mehr Platz zum Trinken zu lassen. Aber in der Campushalle waren immer Tische in voller Turniergröße frei. Offenbar waren die ländlichen Collegestudenten hier keine Billardhaie. Sie verbrachten mehr Zeit mit Semesterarbeiten und Fachlektüre.

Cash lernte viel am Moorhead State College. Sie hatte schon festgestellt, dass die meisten Mädchen ihres Alters Poolbillard für Sünde hielten, es ging gegen ihre Kirchenerziehung. Im Unterschied zu Cash, die Budweiser trank und immer Bluejeans mit geradem Bein und irgendein sauberes T-Shirt unter ihrer Jeansjacke trug, rauchten etliche von den Studis lieber Gras, als zu trinken. Sie warfen sich in Schlaghosen und hauchdünne Bauernblusen – Hippietracht. Sie redeten davon, Liebe statt Krieg zu machen. Sie gaben einander Peace-Zeichen, wenn sie den grünen Campusrasen überquerten.

Dann waren da noch die College-Macker, Sportskanonen aus siegreichen Kleinstadtmannschaften, jetzt wichtige Macker mit Stipendium. Zu kurz geraten für die Profiliga, von der sie entdeckt zu werden hofften. Und wer würde hier oben im Red River Valley schon nach ihnen suchen kommen?

Es gab auch die lerneifrigen Pimpfe – als Schüler im heimischen Nest schikaniert, gehänselt oder geächtet, weil sie Einsen in Mathe kriegten, ohne zu mogeln. Die *Macbeth* lasen und Freude daran hatten. Die nach Schulschluss freiwillig länger blieben und Zaubertränke anrührten, im unterfinanzierten Forschungslabor ihrer Highschool, wo der Kapitän des Footballteams und seine Cheerleaderkönigin regierten.

Cash hatte immer 8-Ball-Pool um Geld gespielt, aber hier am College lernte sie auch, gegen die Burschenschaftler 9-Ball zu spielen, das einzige Pool, das denen ihre kostbare Zeit wert war. So blieb sie in Form für die einträglichen Spiele im Casbah – ihrer Stammkneipe – drüben in Fargo, auf der North-Dakota-Seite des Red River.

Sie nahm ihr Queue aus dem Fransen-Lederfutteral, das sie sich vor ein paar Jahren gefertigt hatte. Schraubte die beiden Teile zusammen und rollte es auf dem Filz des Neun-Fuß-Tischs hin und her.

Sie kreidete ihre Queuespitze und stieß an. Begann mit der 1, spielte Kugel für Kugel in numerischer Reihenfolge, versuchte jede über Bande in der gegenüberliegenden Ecktasche zu versenken. Jeder Fehlversuch frustrierte sie.

Sie streckte ihre eins achtundfünfzig lange Gestalt über den Pooltisch, das Queue locker in der Mulde zwischen Daumen und angewinkeltem Zeigefinger.

»Cash, hier bist du!« Cashs Zone war durchbrochen. *Sch-scheiße.* Sie traf die weiße Kugel zu seitlich, schickte sie in Richtung der 11, aber um eine Handbreit dran vorbei. Sie rutschte vom Tisch runter, drehte sich um. Sharon kam die drei Stufen der Campushalle herabgehüpft, dass ihr die extraweite Schlaghose um die Plateauschuhe flatterte. Hippiemädchen.

»Ich hab dich nach Naturkunde überall gesucht. Ich bin so verliebt! Meinst du, er ist verheiratet? Und wenn ja, meinst du, er macht rum? Sind seine Haare nicht super, wie er die so über die Stirn nach hinten streicht? Und dieser Körp… Mann.«

Cash beugte sich vor und zielte erneut auf die 11. »Von wem reden wir?«

»Mr. Danielson.« Sharon hüpfte auf den hohen Hocker, schlug die Beine übereinander und öffnete ihre lange Sweatjacke, die BH-freie Brust gut sichtbar durch die hauchfeine Gaze ihres Indienhemds. »Ab jetzt sitze ich in der ersten Reihe, und zwar so.« Sie warf sich die langen blonden Haare über die Schulter. »*Du* kannst allein in der letzten Reihe bei der Tür hocken. Ich will ganz vorne sein, wo er *alles* von mir sieht.«

»Du spinnst ja.« Cash sah zu, wie die 11 geschmeidig in die hintere linke Tasche glitt. Sie spähte über den Tisch, nahm die 12 ins Visier und kalkulierte den besten Winkel für einen Bandenstoß. »Der Kerl ist uralt.«

»Er ist erst dreißig.«

»Das ist halb tot.«

»Mary Beth sagt, sie hat gehört, dass manche Lehrer fürs Blasen Einser vergeben.«

»Wovon zur Hölle redest du?« Cash stand auf Zehenspitzen, um quer über den Tisch in Position für die 12 zu kommen. Sie lernte auch, dass die Lieblingsthemen der Hippiemädchen am College freie Liebe, Gras und das Beenden des Vietnamkriegs waren.

»Du weißt schon, Blasen, Blowjob, es ihm mit dem Mund machen.«

»Es gibt leichtere Wege zu Einsern.«

»Für dich vielleicht. Musst du überhaupt mal lernen? Der Typ ist so heiß.« Mit übertriebener Geste warf Sharon ihr Haar über die andere Schulter.

»Dachte, du hast 'n Freund.«

»Noch nicht mitgekriegt? *Macht Liebe, nicht Krieg.*« Sharon kicherte.

»Na los, schnapp dir ’n Queue und spiel gegen mich.«

»Klar, du Hai. Das ist doch kein Spielen. Ich soll bloß für dich die Kugeln bewegen.« Aber sie hopste vom Hocker und nahm ein Queue von der Wand, während Cash aufbaute. Wieder mal traf sie beim Break nicht kräftig genug, um eine einzulochen. Sie sah schon, sie musste sich mal ein paar Stunden dafür nehmen, ihren Anstoß zu üben.

»Freie Auswahl«, sagte sie zu Sharon.

Sharon ging um den Tisch herum. »Also … welche soll ich treffen?«

»Probier’s mit der Vollen hier. Streif sie seitlich.« Cash deutete auf eine Stelle an der violetten Kugel. »Streif sie ganz leicht, und sie fällt einfach rein.«

Sharon rammte die weiße Kugel in die violette Volle. Die Kugel plumpste in die Tasche, gefolgt von der Weißen. »Argghhh! Dafür bist du aus der Vorlesung abgehauen? Um Pool zu spielen?«

»Yeah, ich fahr heut Nacht Schicht. Brauchte ’n paar Übungsspiele.« Cash lochte fünf Halbe ein, bevor sie verschoss. »Du hast die Vollen.«

Sharon zielte auf die 7. »Hast du das mit dem verschwundenen Mädchen aus meinem Wohnheim gehört? Paar Leute sagen, vielleicht war sie schwanger und ist heimgefahren. Dann meinte jemand, sie wär in die Citys getrampt, aber sie ist nicht wiedergekommen. Ihre Eltern waren heute früh im Büro vom Rex.«

Cash sah zu, wie Sharon einen Glückstreffer landete, indem sie versehentlich die 7 in einer Seitentasche versenkte. »Nö, nichts von gehört.«

»Klar, du hast ja Sondererlaubnis und musst nicht auf dem Campus wohnen. Ich hasse das Wohnheim. Sperrstunde, Jungsverbot …« Sharon verfehlte ihren Stoß. »Sie ist mit uns im Naturkundekurs – blond, Minirock, sitzt immer in der vordersten Reihe, weißte? Danielson hat sie ständig drangenommen. Sie hat dann so den Kopf schief gelegt und die Beine überschlagen, bevor sie die Frage beantwortet hat. Sein Blick war nie bei ihrem Gesicht. Ich wette, sie hat Einser gekriegt. Du bist dran.«

Cash nahm die 10 ins Visier. »Woher ist sie?«

»Wer?«

»Das verschwundene Mädchen, du Knallkopf.«

»Ach so. Shelly?« Sharon klang, als ob sie Cash das fragte.

»Shelly. Die Ortschaft Shelly?«

»Ja. Warum?«

»Nur neugierig.« Cash versenkte drei Kugeln nacheinander und machte sich über Bande an die vierte. Daneben. »Du bist dran.«

»Hey, Cash, hast du Feinde?«, raunte Sharon.

»Nicht, dass ich wüsste, wieso?«

Sharon verdrehte die Augen in Richtung dreier Leute – ein Kerl und zwei Mädchen –, die oben auf den Stufen zum Bereich mit den Pooltischen standen. Dem Aussehen nach mochten sie College-Studenten sein, nur dass sie statt Hippiekluft Jeans ohne Schlag, T-Shirts und Jeansjacken trugen. Genau wie Cash. Eine trug ihr Haar zu zwei Zöpfen geflochten, die vorne auf ihrer Jacke runterhingen, die andere hatte einen Pferdeschwanz. Der Kerl hatte strubbelige Zöpfe, so als hätte er sie schon vor ein paar Tagen geflochten und seitdem nichts damit gemacht. Niemand von ihnen lächelte. Sie blickten eindeutig zu Cash und Sharon rüber.

Cash steckte sich eine Marlboro an. Sie nahm einen langen Zug, bevor sie auf die 8 zielte. Im Augenwinkel sah sie die drei die Stufen runter und auf den Tisch zukommen.

Sie stellten sich hin, schauten zu. Schließlich sagte der Typ: »Einen Vierer? Ich und sie« – er zeigte auf die mit den zwei Zöpfen – »gegen dich und sie.«

Bevor Sharon das »Nein« herausbekam, sagte Cash: »Klar. Bau auf.«

Es wurde ein schweigsames Spiel, eindeutig zwischen Cash und dem Kerl, ihre Partnerinnen verschossen jedes Mal. Sharon war so nervös, dass ihr Queue zitterte, wenn sie stoßen wollte. Cash spielte Katz und Maus – gab nicht wirklich ihr Bestes, ließ ihn aber auch nicht einfach gewinnen –, stieß gerade gut genug, dass er überzeugt blieb, besser zu sein als sie, aber dass sie ganz okay spielte.

Als noch eine Kugel und die 8 übrig waren, fragte er: »Schwarz geht überall oder letzte Tasche?«

»Meinetwegen Schwarz geht überall«, sagte Cash.

Seine Partnerin sagte endlich etwas. »Wo bist du her?«

»Familie aus White Earth. Ich wohn drüben in Fargo.«

»Wie kommt's, dass wir dich bei keinem Treffen indianischer Studenten gesehen haben?«, fragte die mit dem Pferdeschwanz.

»Wusste nicht, dass es so was gibt.«

»Jeden Freitagabend. Bei Mrs. Kills Horses.«

»Potluck – alle bringen was mit«, sagte die mit den Zöpfen und verfehlte die 8.

»Wo ist das?« Cash hatte nicht vor, da hinzugehen.

»Zehnte Avenue 3810«, sagte der Typ. »Sie macht Sloppy Joes, sodass immer was da ist, auch wenn niemand was mitbringt.«

»Und Bier«, sagte Pferdeschwanz. »Wenn du 'n Ausweis hast, bring Bier mit.«

Cash erwog, doch zu kommen. »Zehnte Avenue 3810?«

»Yep«, sagte der Typ, lochte die 8 ein und legte das Queue auf den Tisch. »Wir wollen besprechen, ob wir AIM-Leute aus Minneapolis herholen.«

»AIM?« Sharon sprach zum ersten Mal, seit das Trio aufgetaucht war.

»American Indian Movement.« Die mit den Zöpfen musterte das blonde Hippiemädchen von oben bis unten, stirnrunzelnd, eine Braue hochgezogen.

Sharon starrte zurück, keine Spur von Peace und Love in den blauen Augen.

Die mit den Zöpfen sah Cash an und sagte: »Bis Freitag.«

Die drei wandten sich ab und verließen die Campushalle. Cash baute die Kugeln wieder auf. »Ein Spiel noch. Dann muss ich los.«

»Mein Freund hat mal ein AIM-Treffen mitgemacht, als er letztes Jahr zum Miigwech Manoomin-Powwow in der Stadt war. Die sind ganz schön radikal. Red Power und so.«

Cash fragte sich im Stillen, woher Sharon miigwech und manoomin so perfekt aussprechen konnte, fragte aber nicht nach. Stattdessen sagte sie: »Er studiert an der North Dakota State?«

»Ja, da gehen die meisten Indianer hin. Da war was mit dem BIA-Geld, das kommt wohl aus Aberdeen, dadurch ist die NDSU billiger als die Uni in anderen Bundesstaaten.«

Noch so was, das Cash vor dem College nicht gewusst hatte: Ihr BIA-Stipendium kam aus Minneapolis, weil sie in der White Earth Reservation gemeldet war, die ziemlich genau 45 Meilen östlich von Moorhead (Minnesota) lag. Erst als Wheaton, der Sheriff von Norman County, Cash überredete, sich an der Uni einzuschreiben, erfuhr sie, dass sie Anrecht auf ein BIA-Stipendium hatte. Wheaton erklärte ihr, der Stamm der Minnesota-Chippewas hätte mit der US-Regierung einen Vertrag, der Stammesmitgliedern, die das wollten, Zugang zu höherer Bildung gewährleistete. Sie konnte also genauso gut loslegen und neben der Farmarbeit was aus ihrem Leben machen, fand er.

»Willst du nicht mit deinem Freund Freitagabend zu dem Treffen kommen? Dann lern ich mal Mr. Freie Liebe kennen«, sagte Cash und stieß mit voller Kraft ihren Break. Diesmal fiel die 1 in eine Tasche. »Ich hab die Vollen.«

»Sloppy Joes und Bier? Ich frag ihn. Kann mir nicht vorstellen, dass er sich das entgehen lässt. Nur was Gutes zu Rauchen wär noch feiner«, sagte Sharon. »Ihm hat gefallen, was diese AIM-Leute besprochen haben.«

»Ja?«

»Die bauen in den Citys eine Straßenpatrouille auf. Die Bullen haben wohl zur Sperrstunde an der Franklin Avenue ständig Indianer einkassiert, einfach in den Kofferraum gepfercht und am Mississippi abgeladen oder übel zusammengeschlagen. Also hat AIM Patrouillen eingeführt, um die Leute sicher nach Hause zu bringen. Die reden davon, dass Indianer für ihre Rechte aufstehen sollen. Mein Freund sagt, sie sind wie die Black Panthers, bloß Indianer.«

Cash hatte keine Ahnung, was die Franklin Avenue war, aber aus Sharons Tonfall schloss sie, es musste so was sein wie die NP-Avenue in Fargo, wo die billigen Dünnbier-Spelunken lagen und für notorische Säufer wie Old Willie der Tag in ihrer Lieblingskneipe begann und endete. Nur dass hier im Raum Fargo-Moorhead die notorischen Säufer alte weiße Männer waren, keine Indianer.

Die NP-Avenue war gefühlt Teil ihres Zuhauses, sie ging jeden Abend ins Casbah – jedenfalls wenn nicht gerade Rübenernte war. Nach einem Tag auf dem Acker legte sie gern ein Stündchen am Pooltisch ein, spielte um Freibier und manchmal um einen oder fünf Dollar, bevor sie die Straße runter nach Hause ging. Das Einzige, was sie mit AIM verband, waren ein paar One-Night-Stands mit einem Kerl, den sie Lange Zöpfe nannte. Er war auf dem Weg nach Minneapolis gewesen, um sich AIM anzuschließen für irgendeine Widerstandsaktion im Osten, da hatten sich in Bemidji ihre Wege gekreuzt.

»Ich dachte schon, die drei wollen dich verprügeln«, unterbrach Sharon ihre Gedanken und lochte mit einem direkten Treffer, verfehlte aber den nächsten Stoß. »Wieso guckt ihr bloß immer alle so böse?«

»Hmmf«, schnaubte Cash. Sie lochte vier Kugeln hintereinander, bevor sie die 8 versenkte. Schraubte ihr Queue auseinander und verstaute es in seinem Fransenlederfutteral. »Muss zur Arbeit.«

»Fährst du noch zu Hause vorbei? Kannst du mich in Fargo absetzen?«

»Klar.«

Cash und Sharon verließen die Campushalle und gingen zu Cashs Ranchero, vorbei an Grüppchen von Studierenden, die auf den Rasenflächen lernten, flirteten, protestierten. *Raus aus Vietnam.* Sharon redete die ganze Zeit, erst über Danielson, dann über die kleine Schwester ihres Freundes, die was gegen sie hatte, weil sie weiß war, dann wieder darüber, wie sie geglaubt hatte, die drei Indianer im Poolraum wären gekommen, um sie oder Cash zu verprügeln. Cash hörte nur halb hin. Mit dem übrigen Teil ihrer Aufmerksamkeit fuhr sie und tagträumte vor sich hin, während Patsy Cline von jemandem sang, dessen *Küsse sie kalt ließen.*

»Können wir nicht Rock'n'Roll anmachen?« Sharon griff nach dem Radiodrehknopf und wechselte den Sender. »Na geht doch: Rolling Stones.«

In Fargo hielt Cash vor Maytags Elektroladen. Zu Hause. Sharon stieg aus, winkte und machte sich auf nach Westen. Cash sah ihr nach. Vermutlich würde Sharon gleich den Daumen raushalten und die letzte Meile zur North Dakota-Uni trampen.

Cash lief die Treppe zu ihrer Wohnung hoch und warf ihre Bücher und Schreibblöcke auf den weiß emaillierten Küchentisch, der ihr zum Lernen und Essen diente. Sie riss ein Streichholz an, drehte die Gasflamme niedrig unter der Blechkanne, in der noch Kaffee vom Morgen war. Ging ein Zimmer weiter, streifte die Kleidung ab, die sie an der Uni trug, und warf sie über den Sessel, auf dem ihre »fast« saubere Wäsche lag. Sie schnappte sich ein anderes Paar Jeans vom Fußboden und stieg hinein. Diese hatte sie die ganze Woche beim Rübenlasterfahren getragen. Sie hob ein T-Shirt und ein Flanellhemd vom Boden, schüttelte beides aus und zog es über.

Rübenlaster fahren machte nicht so dreckig wie die Arbeit in der Mähdreschersaison, wo Spreu und Weizenteilchen sich in jeder Falte festsetzten und Staub die Haare bedeckte wie Babypuder, aber der Geruch der Rüben hing hartnäckig in den Klamotten. Cash ging davon aus, dass sie ihn noch bis Weihnachten nicht ganz rausgewaschen bekam. Das Flanellhemd trug sie, weil die Heizung in Milt Wangs Lastern nicht immer funktionierte.

Rasch flocht sie ihr hüftlanges Haar zu einem langen Zopf und zog ihre Jeansjacke über. Befüllte ihre rote Thermoskanne mit erhitztem Kaffee und öffnete den Kühlschrank, als könnte Nahrung darin sein. Zwei gähnend leere Fächer, ein Sechserkarton Eier. Sie musste sich wohl im Silver Cup ein Thunfischsandwich holen.

Für die Spätschichtkellnerin war es Routine, dass Cash reingestürmt kam und ein Thunfischsandwich wollte. Die Kellnerin, die schwarzen Haare zum Beehive hochgesteckt, hatte sie wohl durchs Fenster schon kommen sehen, denn sie wickelte bereits Wachspapier um das Sandwich: Thunfisch, Mayonnaise und ein Salatblatt zwischen zwei Scheiben Weißbrot. Sie steckte das Sandwich in eine kleine braune Papiertüte und faltete sie um. Genau so, stellte Cash sich vor, machten die Ehefrauen der Männer, mit denen sie arbeitete, denen ihre Leberwurst- oder Roastbeefsandwiches, ebenfalls säuberlich in Wachspapier gewickelt, nur dass noch selbstgebackener Schokokuchen oder Cookies mit Schokoladenstückchen dazukamen. Vielleicht bat Cash irgendwann mal Beehive um ein Stück Schokokuchen zu ihrem Thunfischsandwich.

Cash setzte den Ranchero zurück, dann fuhr sie ostwärts zum Highway 75, der von Moorhead aus nach Norden führte. Gerade als sie blinkte, um auf den Highway einzubiegen, überlegte sie es sich anders und beschloss, weiter geradeaus zu fahren bis zum Nachbarort Hawley, wo der Highway 9 nordwärts direkt nach Ada führte, Sitz der County-Verwaltung. Nach ein paar Meilen kam sie durch den kleinen Ort Felton und sah an den Getreidesilos etliche Laster Schlange stehen. Sie fuhr weiter, vorbei an der lutherischen Kirche am Rand der Ortschaft Borup. Immer weiter nach Norden, über die Brücke des Wild Rice River, der so spät im Herbst kaum mehr als ein schmaler Bach war, dann schwenkte der Highway leicht nach links.

Kurz vor der Kurve sah sie an der Kreuzung einer Schotterstraße das Auto des County-Sheriffs stehen. Sie bremste auf Schleichtempo ab und hielt neben dem hellbraunen Streifenwagen, sodass ihr Fahrerfenster direkt neben dem des Polizeiautos war. Sie kurbelte ihr Fenster runter, während Wheaton mit seinem dasselbe tat. »Sammelst du für die Thanksgiving-Truthahnverlosung?« fragte sie und zog eine Augenbraue hoch.

»Nee, das Footballtraining in Borup ist gleich zu Ende, dann heizen die Ambrose-Jungs nach Ada. Der eine hat was mit der Obercheerleaderin in Ada und will da sein, sowie das Training aus ist. Irgendwann trägt's ihn aus der Kurve, und er landet im Feld vom alten Peterson. Dachte mir, wenn er mich ein paar Tage hier stehen sieht, lernt er 'n bisschen vom Gas gehen, bevor er die Kurve nimmt. Aufm Weg zur Arbeit?«

»Yeah.«

»Warum kommst du über die 9? Fährst du nicht für Milt drüben in Halstad?«

»Yeah.«

»Wie läuft die Uni?«

»Okay.«

Sie saßen da, schwiegen. Cash sah zu, wie die Sonne in den westlichen Horizont tauchte. Sheriff Wheaton beobachtete die gelegentlich vorbeifahrenden Autos auf dem Highway.

Nach einer Weile fragte Cash: »Irgendwas gehört über ’n vermisstes Mädchen aus Shelly?«

»Was? Ach, deshalb bist du hinter mir her.«

Mehr Schweigen, mehr Starren auf Himmel und Straße.

»Und?« fragte Cash.

»Konzentrier du dich mal auf dein Studium, Mädchen. Überlass die Polizeiarbeit mir.«

Cash betrachtete den jetzt orange, rosa und lila gestreiften Himmel über der Baumreihe am Red River gut zwanzig Meilen westlich hinter dem flachen, bestellten Prärieland. Fast alle Felder waren gepflügt, Reihe für Reihe schwarzer Erdklumpen erstreckte sich über viele Morgen. Im Norden lag ein Mais-Stoppelfeld ungepflügt da, höchstwahrscheinlich so gelassen, um zu überwintern. Ein grüner John Deere-Traktor, der langsam einen Pflug zog, wirbelte Staub hinter sich auf, als er ein paar Meilen entfernt über eine Schotterstraße fuhr.

»Also wo steckt sie?«, fragte Cash schließlich. »Wer ist sie? Eine von den Hippies an der Uni meinte, sie ist in unserem Biokurs und fehlt.«

Wheaton sah herüber. »Dann kennst du sie?«

»Nein. Nur diese Studentin sagt, sie war bei uns im Kurs und ist jetzt weg. Sie sind im selben Wohnheim.«

»Sie ist die älteste Tochter der Tweeds. Drei kleinere Schwestern. Sie ist am College, um auf Lehramt zu studieren.«

»Aber sie ist weg.«

»Yeah, ich war Dienstag in Shelly, mit ihren Eltern reden, die hatten mich angerufen. Braves Kind. Jahrgangsbeste. Ihre Mom arbeitet im Kaufhaus in Ada, damit's für ihre Collegegebühren reicht. Die sind krank vor Sorge. Die Schwestern weinen. Keine wilde Hummel. Keine, die einfach so abhaut und niemandem Bescheid sagt.«

»Braves Kind, ja?«

»Warum? Weißt du was?«

»Nee, nur dass die Hippiestudentin meinte, sie sitzt immer ganz vorn und schäkert mit dem Naturkundeprof, um gute Noten zu kriegen. Ist bloß Tratsch. Ich fahr dann mal zur Arbeit.« Cash legte den Arm hinter den Beifahrersitz und spähte nach beiden Seiten den Highway 9 entlang, bevor sie rückwärts wieder auf die Straße setzte und in Richtung Ada weiterfuhr. Im Rückspiegel sah sie Wheaton kurz winken. Sie winkte zurück, ehe sie ihr Fenster hochkurbelte.

Es begann gerade zu dunkeln, als Cash nach Halstad kam. Sie machte nicht im Ort halt, sondern fuhr weiter raus zu Milts Farm, wo sie ihren Ranchero abstellte und in einen International Harvester-Kipplaster stieg. Die nächsten acht Stunden verbrachte sie damit, Rüben zu befördern, von Milts Feldern zur Zuckerrübenfabrik am nördlichen Rand von Moorhead. Sie schätzte, sie würde vier Fuhren schaffen.

Rüben einbringen hieß, gleichmäßig neben dem John Deere-Rübenvollernter herfahren, während der die Rüben kappte, die grünen Blätter entfernte, sie dann aus der Erde zog und über ein Förderband auf den Kipplaster verfrachtete. Sobald der Kipper voll war, fuhr Cash ihn zur Fabrik und wartete mit den anderen Lastern in der langen Schlange. Die Laster wurden gewogen und die Namen der Farmer notiert, damit jeder Farmer für seine Ernte die korrekte Summe ausgezahlt bekam.

Manche der Fahrer saßen in ihren Lastern und lasen die Tageszeitung. Andere hielten ein Nickerchen. Cash nutzte die Zeit oft für ihre Hausaufgaben. Heute Nacht aber galt ihre Neugier der Gerüchteküche im Valley. Nachdem ihr erster Laster gewogen war, stieg sie aus und ging zu einer Gruppe anderer Fahrer, die herumstanden und quatschten.

»Hey, Cash, dachte schon, du bist jetzt zu fein für uns. Zu sehr mit deinem Stu-di-um beschäftigt, um noch mit Leuten abzuhängen, die Scheiße am Schuh haben.«

Cash lachte. »Nö. Für dich werd ich nie zu fein sein, Bruce.«

Die Schulzeit über hatten sie und Bruce regelmäßig zusammen in den Weizenfeldern oder Maisäckern gehockt, Sixpack um Sixpack getrunken und den Country-Musiksender aus Oklahoma gehört. Sie soffen, bis das Bier alle war und keiner von beiden noch eine gerade Linie gehen konnte. Aber er fuhr sie immer zurück zu der Pflegefamilie, bei der sie in dem Monat gerade untergebracht war.

Er war einer ihrer Freunde, nie ihr fester Freund. Weiße Farmer kamen damit klar, dass ihre Söhne mit einem Indianermädchen soffen, aber anbandeln war undenkbar. Sie erfuhr von Bruce, dass sein Vater seine Mutter verprügelte – »so oft auch wieder nicht« –, aber Bruce hatte gehofft, sich freiwillig für Vietnam zu melden, sowie er achtzehn war, um von zu Hause wegzukommen. Anscheinend schaffte es niemand je wirklich aus dem Valley raus. Klar, manche zogen nach Moorhead oder Crookston und kriegten einen Job in der Zuckerrübenfabrik. Oder verkauften Schuhe in irgendeinem Laden an der Hauptstraße von irgendeinem anderen Nest. Aber in Wahrheit kam keiner von ihnen je hier weg. Schon bald pflügten sie wieder Felder und fuhren Rübenlaster für ihre Väter oder Onkel, bis der eine oder andere starb, sodass sie die Familienfarm übernehmen konnten.

Bei Bruce gab es irgendeine Untauglichkeit, die ihn von 'Nam ausschloss. Also stand er hier in der frostigen Oktoberluft, rauchte Salem und faselte darüber, wer die Weltmeisterschaft gewinnen würde, wer schwanger war und heiraten musste, und dass ihm das nie passieren konnte, gefolgt von lautem Gelächter und Schulterklopfen. Bald ging es dann wieder um Landarbeit und den besten Dünger für die Erde im Frühling.

Die Jungs waren so gewöhnt an Cash, die mit ihnen zusammen alle mögliche schwere Landarbeit machte, seit sie elf war, dass ihre Art zu reden sich nicht änderte, wenn sie dabei war.

»Gib mal 'ne Kippe, meine liegen im Laster.« Cash streckte Bruce die Hand hin. Sie nahm einen tiefen Zug und hustete los. Bruce klopfte ihr auf den Rücken. »Nicht ersticken!«

»Verdammt, hab vergessen, dass du Mentholkippen rauchst.« Cash hustete, nahm aber trotzdem gleich noch einen vorsichtigeren Zug.

»Gehst du auf die Uni in Moorhead?«, fragte Steve Boyer sie.

»Yeah.«

»Weißt du was über die kleine Tweed, die vermisst wird?«

»Hab erst heute davon gehört.«

Die Männer legten alle gleichzeitig los, ein Chor von Baritonen.

»Ihre Leute sind echt besorgt.«

»Jahrgangsbeste an der Highschool.«

»Wisst ihr noch, wie Connie Bakkas ein Jahr nach dem Jahrmarkt mit diesem Schausteller abgehauen ist, und ihr Dad musste nach Kansas, um sie zurückzuholen?«

»Mit 'nem Braten in der Röhre.«

»Aber jetzt reden wir über Janet. Das Mädchen ist klug.«

»Und Beine hat sie auch.«

»Wuuuui!!«

»Träumst du wohl.«

Erneutes Schulterklopfen, Paffen an Zigaretten. Nippen an Kaffee aus Styroporbechern, die American Crystal im Aufwärmschuppen bereitstellte. Aber an ihren Mienen merkte Cash, dass sie sich Sorgen machten. Sonst war das Schlimmste, was im Valley passierte, eine gelegentliche Prügelei, manchmal überschlug sich ein Wagen, wenn Kids auf einsamen Straßen Wettrennen fuhren, oder jemand schwängerte jemanden, und sie mussten heiraten. Aber eine Bestschülerin verschwand doch nicht einfach so.

»Also was ist da los?«, fragte Cash.

Bruce antwortete. »Ich weiß nicht. Die Leute sagen, sie wollte übers Wochenende mit einer Schulfreundin in die Citys – mal Großstadtluft schnuppern und so. Aber ihre Familie weiß nicht, mit wem sie hinwollte oder wann, oder ob sie zurückkommt, oder wo sie steckt.«

Einer von den anderen sprang ein. »Zuletzt gehört von ihr ham sie am Freitag, da hat sie zu Hause durchgerufen, dass sie wegfährt und sich Sonntag meldet, wenn sie zurück ist. Kam aber kein Anruf.«

»Die ham Telefone in der Stadt – das weiß ich«, fügte ein anderer hinzu.

»Los jetzt, es geht weiter.«

Sie warfen die Kaffeebecher auf den Boden, traten die Kippen im Schotter aus. Das Röhren von Lastermotoren erfüllte die Nacht, als alle auf einmal angelassen wurden. Getriebe schalteten in den ersten Gang, um die Kipper ein Stückchen vorwärts zu bewegen. Die schon gewogenen Laster stellten sich in die nächste Warteschlange, um ihre Rüben auf ein Laufband zu kippen, das zu einem noch größeren Haufen Rüben führte, die schließlich zur Weiterverarbeitung in die Fabrik befördert wurden.

Nach einer weiteren halben Stunde wurde Cash ihre Ladung los und kehrte zu Milts Feld zurück, wo sie erneut Schlange stand, um eine weitere Ladung aufzunehmen und damit wieder nach Moorhead zu fahren. Und so verging die Nacht. Sie las ihre Englisch-Aufgaben und beschloss, mit Mrs. Kills Horses über die Prüfung zur Befreiung vom Englischkurs zu reden, sie hatte ein paar andere Schüler über diese Möglichkeit sprechen hören. Es hatte mal einen Sommer auf den Feldern gegeben, da las sie Shakespeares Gesamtwerk durch, volle zwei Jahre, bevor irgendwer aus ihrem Jahrgang von dem Kerl überhaupt gehört hatte. Satzbaupläne auf- und Attribute umstellen war in etlichen Pflegefamilien ihr abendlicher Zeitvertreib gewesen, weil Bestrafung oft darin bestand, viele Stunden in ein Zimmer eingesperrt zu sein. Dieser Erstsemester-Englischkurs war nicht nur todlangweilig, er fand auch frühmorgens statt. Wenn sie sich davon befreien lassen konnte, brachte ihr das ein paar Stunden mehr freie Zeit.

Sie las ihr Psycho-Pensum durch, das Freud als Vater der modernen Psychologie feierte. Als sie auch mit Bio fertig war, kurz vor ihrer Mitternachtsfahrt nach Moorhead, kehrten ihre Gedanken zum Tweed-Mädchen zurück. Während sie ihr Thunfischsandwich mampfte, schloss sie die Augen und stöberte in ihrem Gedächtnis, suchte das Mädchen im Seminar. Cash setzte sich bei allen Kursen in die letzte Reihe, in der Ecke des Raums, die der Tür am nächsten war. Manche Studis saßen immer ganz vorne. Wenn vom Prof eine Frage kam, waren sie die Ersten, die sich meldeten. Von hinten aus gesehen war das ein Meer aus Blond. Das skandinavische Erbe dominierte deutlich das Bildungswesen.

Letzten Donnerstag war Cash früher zum Seminar gekommen, weil Sharon noch die Hausarbeit abschreiben wollte, die Cash am Vorabend erledigt hatte. Sie saßen hinten im

Raum. Während Sharon ihre Hausaufgaben abkupferte, sah Cash zu, wie die anderen Studis eintrudelten, manche in Dreiergruppen, manche allein. Die Macker mit glatt zurückgekämmten Haaren und die Hippies mit zotteligen, fettigen Locken bis auf die Schultern. Mädchen kamen in Schlaghosen oder Miniröcken.

Cash hatte eine verblüffende Erinnerungsfähigkeit. Sie konnte vor ihrem inneren Auge eine Seite ihres Naturkundebuchs aufrufen und aus dem Gedächtnis erneut lesen. Ebenso konnte sie einen Tag oder ein Geschehnis aufrufen und wie auf einer Leinwand abspielen, so als ob es gerade passierte. Das tat sie jetzt. Im Geiste sah Cash die Studis von letztem Donnerstag den Raum betreten. *Ah, da war sie*, die da musste das Tweed-Mädchen sein. Eine lange Blonde. Nicht dürr wie ein Twiggy-Model, sondern dünn wie gut ernährtes Farmvolk – kam rein, in kariertem Minirock und Mohairpulli, eine Umhängetasche über der Schulter. Sie setzte sich in die erste Reihe, ganz nach vorn und genau in die Mitte. Legte ihre Tasche unter den Stuhl und Bücher auf den Tisch. Die Augen fast geschlossen, suchte Cash den Raum ab. Nichts weiter zu sehen. Fenster, draußen Sonne. Mehr Studis trudelten ein. Sharon schlug ihr Heft zu, seufzte erleichtert. Mr. Danielson kam, und die Vorlesung begann. Nichts Ungewöhnliches.

Jetzt wusste Cash, von wem die Leute sprachen, wenn sie *das Tweed-Mädchen* sagten.

Cash hörte die Motoren der anderen Rübenlaster um sie herum dröhnend anspringen. Sie streckte ihren kurzen Körper, trat mit dem linken Fuß die Kupplung durch, den Rechten auf der Bremse, und drehte den Zündschlüssel. Blieb im Ersten, als sie den Kipper vorwärts rollen ließ, um zu den anderen aufzuschließen. Die Luft roch nach Flussschlamm und von Lasterreifen zermatschten Zuckerrüben. Man sollte meinen, es wäre ein sirupartiger, zuckriger Geruch, aber es erinnerte eher an verdorbenen Kohl. Dieser herbstliche Mief war gar nichts im Vergleich zu dem Faule-Eier-Gestank, der das Valley im Frühling verpesten würde, wenn die Rüben, die größtenteils aus Wasser bestanden, auftauten und das entstandene Ferment in die Abwasserteiche bei der Rübenfabrik sickerte.

Cashs Schicht endete um zwei Uhr früh. Sie holte ihren Ranchero von Milts geschottertem Hof, der nur von einer Halogenlampe beleuchtet war, und rief *Bis dann!*, gefolgt vom üblichen Winken in Richtung der anderen Fahrer. Sie düste zurück nach Fargo, wo sie ein schnelles Bad nahm, ein paar Marlboros rauchte und ein Bud trank, bevor sie ins Bett plumpste.

Als sie am Morgen aufwachte, machte sie Kaffee und ein Spiegeleisandwich. Sie hatte weder einen Toaster noch Butter, also briet sie das Ei und klappte zwei Scheiben Weißbrot drum herum. Sie aß das Sandwich auf der Fahrt zum College. Am Campus musste sie ein paarmal um den Block fahren, ehe sie einen freien Parkplatz fand. Sie griff sich ihre Bücher vom Beifahrersitz und ging zu Mrs. Kills Horses' Büro im Verwaltungsgebäude.

Mrs. Kills Horses telefonierte, die langen schwarzen Zöpfe hingen ihr über die vollen Brüste. Baumelnde türkise Ohrringe passten zur Kürbisblüten-Halskette. Sie winkte Cash herein, an der Hand drei Ringe aus Türkis und Silber. »Muss arbeiten«, sagte sie in den Hörer, bevor sie ihn zurück auf die Gabel legte. »Guten Morgen, Renee, wie geht es dir?« Cash sah, dass sie einen langen Jeansrock trug. Mit den Türkisen und den Zöpfen sah sie mächtig südwestindianisch aus.

»Gut. Ich wüsste gern, was ich tun muss, um mich durch Prüfung vom Englischkurs zu befreien?«

»Nur die allerbesten Studenten machen das, Cash.«

»Ich krieg nur Einser.«

»Es ist wohl ein bisschen spät im Semester für solche Überlegungen.«

»Tja, ich stell wohl solche Überlegungen an. Vielleicht sagen Sie mir einfach, mit wem ich darüber sprechen muss?«

»Du müsstest es diese Woche machen, sonst ist es wirklich zu spät im Semester.«

Mrs. Kills Horses beugte sich über ihren Schreibtisch und ordnete demonstrativ ihre Papierstapel. Als Cash nicht wegging, griff sie nach einem Vorlesungsverzeichnis und blätterte demonstrativ darin herum. Cash setzte sich auf einen Stuhl und wartete. »Ah, hier. Dekan des Fachbereichs Englisch ist Professor LeRoy.«

Als ob du das nicht gewusst hast.

»Du müsstest wohl mit ihm über die Befreiungsprüfung sprechen. Sein Büro ist in der Weld Hall. Aber du solltest dir das wirklich gut überlegen«, sagte sie und beäugte Cash mütterlich. »Ich kann ja mal den Fachbereich antelefonieren und mir deine Noten durchgeben lassen, wenn du willst.«

Cash, die selten lächelte, lächelte. Wäre Mrs. Kills Horses von aufmerksamer Natur gewesen, hätte sie bemerkt, dass das Lächeln Cashs Augen nicht erreichte. Mit ihrem falschen Lächeln – eine weitere Fertigkeit, die sie am College erlernte – log Cash: »Nee, ist schon gut. Ich sprech heute Abend mal mit meinem Dad darüber.« Sie stand auf und wandte sich zum Gehen.

»Tezhi sagt, du kommst Freitagabend zum Meeting. Da kannst du mal die anderen indianischen Studenten kennenlernen.«

»Tezhi?«

»Er sagt, er hat dich beim Poolspielen in der Campushalle getroffen?«

»Ach, klar, Tezhi.«

»Es ist ein Potluck. Alle indianischen Studenten kommen. Ich mache immer Sloppy Joes.«

»Ja, das hat Tezhi gesagt.« Cash ließ den neuen Namen über ihre Zunge rollen.

»Wir wollen ein Powwow planen und ein Symposium, jemanden von AIM herholen, um die Rechte indianischer Studenten hier auf dem Campus zu diskutieren.«

»Mal sehen. Kann sein, dass ich arbeiten muss.«

»Arbeiten? Wo arbeitest du denn? Du weißt doch wohl, dass jeder Verdienst gemeldet werden muss und dass das deine BIA-Fördergelder beeinflussen kann?«

Verdammt, dachte Cash. Anscheinend musste sie sich übers Studieren an sich mehr Wissen aneignen als für die ganzen Seminare. Zum Glück hatten die meisten Farmer kein Problem damit, bar auf die Hand zu zahlen. Sie schaute Mrs. Kills Horses direkt in die Augen und sagte: »Meine Tante braucht mich vielleicht zum Babysitten. Müsste ich das melden?«

»Gütiger, nein«, rief Mrs. Kills Horses aus und schüttelte den Kopf, dass ihre langen Ohrringe hin und her schaukelten. »Nur wenn du einen Job annimmst, weißt du, also Kellnern oder so etwas.«

»Ich wüsste gar nicht, wie das geht«, Cash war schon zur Tür raus.

»Bis Freitag! Halb sieben«, rief Mrs. Kills Horses ihr nach.

Cash schritt rasch aus dem Verwaltungsgebäude und nahm einen großen Schluck Herbstluft. Die Seminarräume in den Backsteingebäuden, selbst die mit den großen Fenstern, durch die sie Wolken über den Himmel ziehen sehen konnte, machten Cash kurzatmig, gereizt. Sie holte noch mal tief Luft, bevor sie entschlossen über den Campus zur Weld Hall ging.

Cash hielt inne, bevor sie an die Eichentür von Professor LeRoy klopfte. Bei den meisten Leuten hier auf dem Campus wusste sie nicht, was sie sagen sollte. Die redeten viel, hauptsächlich über nichts. Sie war an Männer gewöhnt, die wussten, was für Dünger aufs Maisfeld gehörte, und hauptsächlich darüber sprachen, wann man auf den gepflügten Feldern Mist ausbrachte. Und immer über den Getreidepreis an der Börse in Minneapolis. Die Männer, die sie kannte, verbrachten wenig Zeit mit Reden und viel Zeit mit Arbeiten. Die Männer hier am Campus – ihre Arbeit bestand darin, über Bücher, Schriftsteller, Gedanken zu reden. Doch statt die Lektüre des Tages zu besprechen, verzettelten sich die Gespräche im Kurs oft in Anti-Kriegs-Diskussionen und Debatten über Bürgerrechte. Cash war nicht sicher, was diese Themen mit ihr zu tun hatten.

Gerade als sie die Faust zum Anklopfen hob, öffnete ein kurzbärtiger Mann mit Hornbrille die Tür. Cash trat einen Schritt zurück.

»Oh, ich wollte Sie nicht erschrecken.« Professor LeRoy sprach leicht gehetzt, mit einem Akzent, den Cash noch nie gehört hatte. »Kommen Sie rein, kommen Sie rein. Ich habe den Schatten Ihrer Füße unter der Tür gesehen. Deshalb wusste ich, dass Sie da sind. Sie sind in keinem meiner Kurse. Sind Sie im ersten Semester? Setzen Sie sich. Womit kann ich behilflich sein?«

Ohne Cash die Möglichkeit einer Antwort zu geben, sprudelte Professor LeRoy weiter. »Tolles Wetter haben wir, nicht? Als ich aus New York hierhergezogen bin, haben mir alle geraten, den Herbst wertzuschätzen, denn die Winter seien echte Hämmer. Das war kein Witz. Nur eine Frage der Zeit, bis der Schnee fällt, nicht? Also was kann ich für Sie tun? Wollen Sie Ihren Kurs abbrechen? Den Prof wechseln? Meiner Erfahrung nach ist ein Lehrer so gut wie der andere,

Anwesende ausgenommen. Ha.« Er holte Luft, während er auf seinem Schreibtisch Zettel von einem Stapel auf den anderen schichtete.

In diese Lücke stieß Cash vor: »Ich will mich vom Englischgrundkurs freiprüfen.«

Professor LeRoy hielt beim Sortieren inne und starrte sie an.

»Ich hab überall Bestnoten.«

»Das College ist ein bisschen anders als die Highschool. Ich lehre hier seit fünfzehn Jahren, die Englischlehrer auf diesen Farm-Schulen haben kaum eine Ahnung von Shakespeare, ganz zu schweigen von Tennessee Williams oder Truman Capote. Selbst mit Bestnoten ist mir unklar, wie Sie einen Test auf College-Niveau bestehen wollen, ohne den Kurs belegt zu haben.«

»Ich kann das.«

»Wer unterrichtet euch dieses Semester?«

»Mr. Horace.«

»Mögen Sie ihn nicht? Andere Studenten lieben seine Kurse. Er passt die Noten an. Macht es leichter, zu bestehen. Sie wollen wohl nicht so früh aufstehen, ist es das?«

»Mir wurde gesagt, Studenten können sich freiprüfen, wenn sie wollen. Ich will mich freiprüfen.«

LeRoy sortierte weiter Zettel. Cash sah schweigend zu. Sie fragte sich insgeheim, was an ihrem Anliegen erst Mrs. Kills Horses und jetzt Professor LeRoy so irritierte.

»Die meisten Studenten, die diesen Antrag stellen, waren die Besten ihrer Highschool-Klasse.«

Schweigen. Zettelsortieren.

Cash steckte sich eine Marlboro an. LeRoy schob einen grünen Glasaschenbecher über seinen Schreibtisch. Qualm füllte die Luft. Die Beklemmung in Cashs Brust ließ etwas nach.

»Sie sind im ersten Semester?«

»Ja. Muss ich irgendwelche Formulare ausfüllen oder so, um die Prüfung zu machen?«

»Also.« Er kramte weiter in Papieren, zog eine Schublade auf und holte noch mehr Papiere heraus. »Hier ist das Antragsformular für die Befreiungsprüfung.«

Cash streckte die Hand nach dem Zettel aus. Dekan LeRoy legte ihn auf seinem Schreibtisch ab. »Sind Sie sicher, dass Sie das wollen?«

»Was passiert, wenn ich nicht bestehe?«, fragte Cash.

»Dann müssen Sie im Kurs von Mr. Horace weitermachen. Haben Sie mit ihm darüber gesprochen? Weiß er, dass Sie sich befreien lassen wollen?«

»Nein. Ich hab mit Mrs. Kills Horses gesprochen. Sie hat mir Ihren Namen genannt und mich hergeschickt.«

»Tja, ich weiß nicht, ob das so eine gute Idee ist, aber wenn Sie es sich in den Kopf gesetzt haben, können Sie es ja mal versuchen. Sie können das Formular ausfüllen und sich dann einen Termin für den Test holen. Sie müssten ihn in meinem Seminar schreiben. Unter Aufsicht.«

»Heute?«

»Nein, nein, nein. Füllen Sie das Formular aus, schlafen Sie drüber. Morgen kommen Sie wieder her und lassen mich wissen, ob Sie es immer noch wollen.«

Cash drückte ihre Zigarette aus und langte über den Schreibtisch nach dem Formular. Sie nahm einen Stift von seinem Tisch und machte sich ans Eintragen. LeRoy stand auf und öffnete das Fenster hinter dem Schreibtisch, um etwas Qualm rauszulassen. Er setzte sich wieder und kramte erneut in Papieren. Cash schob ihm das ausgefüllte Formular hin. »Ich komme morgen wieder, dann sagen Sie mir, wann ich den Test schreiben kann.« Sie machte kehrt und rannte fast aus dem Gebäude, schnappte gierig nach Luft.

In scharfem Tempo ging sie zu ihrem drei Blocks entfernten Ranchero. Sie sprang rein, drehte den Zündschlüssel und fuhr davon. Sie benutzte den Zigarettenanzünder, steckte sich eine an. Sie fuhr geradewegs zum Casbah, ihrem aushäusigen Zuhause. Es war noch zu früh am Tag für die Brüder Ole und Carl. Auch keine anderen Stammgäste waren da, bis auf Old Willie.

Cash wurde bewusst, dass sie noch nie vormittags in der Bar gewesen war. Gewöhnlich traf sie am späten Abend ein, wenn Willie in der Regel schon ohnmächtig in der hintersten Sitznische lag. So früh morgens saß er am Tresen, über ein Glas Dünnbier vom Fass gebeugt. Er sah Cash, prostete ihr zu und sagte: »Oje, wie soll das bloß werden, wenn das Jungvolk schon zum Frühstück hier ist?« Er nahm einen großen Schluck.

Shorty Nelson, Besitzer und Barkeeper, stand hinterm Tresen, ein weißes Handtuch über der Schulter. Sein Hemd wirkte tatsächlich gebügelt. Er sah ordentlich und beieinander aus. Nicht wie normalerweise bei Kneipenschluss. »Was machst du denn hier? Musste nicht in der Uni sein?«

»Gib mir 'n Bud.« Cash schob Geld über den polierten Tresen. »Die machen mich verrückt.«

»Du machst mich ganz verrückt«, lallte Willie, schlang einen grau behaarten Arm um Cashs Hüfte und zog sie an sich. Der Geruch schaler Achselhöhlen vermischt mit Morgen-danach-Bier ließ Cash beinahe würgen, als sie ihn wegstieß und sich aus seinem Griff befreite.

»Du Ekel!«

Willie rieb sich den Oberschenkel nah am Schritt mit der Hand, die nicht das Bierglas hielt. Er grinste, gelbe tabakfleckige Zähne erschienen unter seinem Hitler-Schnurrbart. Für den Bruchteil einer Sekunde fragte sich Cash, wie er es in seinem ständig besoffenen Zustand schaffte, das perfekte

Rechteck auf seiner Oberlippe zu pflegen, dann schüttelte sie sich unwillkürlich, als sie die Ausbeulung seiner Hose bemerkte, die noch besudelt war vom Suff der letzten Nacht.

»Herrgottnochmal«, sagte sie, griff sich ihr Bud, nahm einen großen Schluck und ging zum Pooltisch. Sie grub vier Vierteldollar aus ihrer Jeanstasche, steckte sie in den Münzeinwurf und lauschte dem tröstlichen Klang fallender Billardkugeln. Sie griff sich ein Hausqueue, hatte nicht mal daran gedacht, ihr eigenes mitzubringen, ließ es über den grünen Stoff rollen, sah, dass es verbogen war, stellte es zurück und nahm ein anderes. Dieses war etwas gerader, aber auch eine Spur leichter. Es würde gehen. Sie formierte die Kugeln zum vertrauten Dreieck. In einer fließenden Bewegung entfernte sie das Holzdreieck, nahm das Queue, lehnte sich über den Tisch und stieß die Weiße mit Wucht in das Rack, wodurch drei Kugeln in verschiedene Taschen fielen.

Shorty stützte die Unterarme auf die Bar und sah zu, wie Cash gegen sich selbst spielte. »Weißt du was, Cash, Willie hier war mal einer der reichsten Farmer im Valley.«

»Binnichnoch«, unterbrach Willie.

»Bis er anfing, morgens hier einzulaufen. Da hat er bald mehr Zeit mit Saufen verbracht als mit Pflügen.«

»Ich kann schon noch 'ne Furche ziehen.« Er grinste Shorty anzüglich an, rubbelte wieder seinen Schenkel, prostete in Cashs Richtung, bevor er austrank. Wischte sich den Bierschaum mit dem Unterarm vom Schnurrbart und zeigte mit dem Glas auf Shorty. »Noch eins. Dafür hab ich ja Söhne. Die schmeißen die Farm für mich, seit meine Arthritis losging. Dazu brauchen die keinen College-Abschluss.«

Shorty füllte sein Glas neu, sagte: »Halt's Maul und trink, Alter. Cash, du hast da was Gutes am Laufen, Kind. Was machste hier statt im Unterricht?«

Cash lehnte sich auf ihr Queue. Sie starrte Shorty streng an, damit er den Mund hielt.

»Weißte nicht, dass Ole und Carl hier drin jeden Abend endlos damit angeben, dass du jetzt aufs College gehst. Alle sind stolz auf dich.«

»Verdammt richtig.« Willie hob sein neu gefülltes Glas.

»Halt's Maul«, flüsterte Cash und schickte die 9 in eine Seitentasche. Zu Shorty sagte sie: »Ich weiß nicht recht, Shorty. Es ist 'ne völlig andere Welt.«

»Du bist klug, Cash.«

»Ich glaube, um klug geht's dabei gar nicht«, sagte Cash und zielte mit der Weißen auf die 2, die eine Handbreit vor der Ecktasche lag. »Diese Leute sprechen 'ne andere Sprache. Ziehn sich anders an. Hocken den ganzen Tag in Backsteinhäusern rum und überlegen sich, wie man schick Wörter aneinanderreiht, statt geradeheraus zu sagen, was Sache ist. Und ich glaube, die Lehrer denken alle, ich bin dumm, nur weil ich Indianerin bin. Ich bin's nicht gewöhnt, wie ein Dummchen behandelt zu werden. Gepöbel, Schimpfnamen, eklige Anmache«, sie zeigte mit dem Queue auf Willie, »an so was bin ich gewöhnt – aber mich für blöd halten, weil ich Indianerin bin? Das kotzt mich an.« Sie versenkte die 8 in derselben Tasche wie die 2. Steckte in den leergespielten Tisch weitere vier Vierteldollarstücke und baute wieder auf.

Während sie anstieß und weiterspielte, sagte sie: »Und diese Grundkurse sind so hohl. Den Kram hab ich auf der Highschool gelernt. Wieso soll ich mir das jetzt alles noch mal antun? Hab gehört, Studenten können sich mit 'nem Test von diesen Babykursen freiprüfen, aber wenn ich das will, behandeln mich alle nur wie 'ne dumme Indianerfrau.«

»Aber sie lassen dich?«, fragte Shorty und ließ wieder seinen Lappen über den Tresen huschen.

Cash kam vom Tisch hoch und sah ihn quer durch die Kneipe an. Sie nahm einen Schluck von ihrem Bud und einen Zug von ihrer Zigarette. »Ich hab heute früh das *Antragsformular* für die Befreiungsprüfung vom Grundkurs Englisch ausgefüllt«, sagte sie sehr sarkastisch. »Morgen red ich wieder mit dem Dekan und erfahre, wann er mich den Test machen lässt.«

Sie schoss noch ein paar Kugeln in den Tisch, bevor sie weitersprach.

»Dann geh ich zum Dekan der Naturkundefakultät, von dem Kurs will ich mich auch befreien lassen. Ich kann das Periodensystem vorwärts und rückwärts aufsagen. Ich weiß, Fotosynthese ist das, was uns hier im Brotkorb der Welt reich macht.« Cash beschrieb einen großen Bogen mit Queue und Bierflasche. »Ich muss ja wohl nicht im Kursraum hocken, mir auf harten Stühlen den Arsch platt sitzen und dieses komische Öl schnuppern, das die Hippies sich drauftun, um ihre Marihuana-Fahne zu überdecken, nur damit mir so'n alter Kerl erzählt, dass Mais und Zuckerrüben zum Wachsen Sonne brauchen.« Cash begann wütend Kugeln in Taschen zu stoßen. »Wenn ich mich freiprüfen lass, hab ich bloß noch Psycho und Judo. Die Kurse, in denen ich tatsächlich was lernen könnte.«

»Kannste das denn? Ich meine, lassen sie Studenten einfach so aus den Kursen raus?«, fragte Shorty.

»So steht's im Handbuch für Studenten«, antwortete Cash. »Wenn ich die Prüfung schaffe, bin ich den Rest des Semesters frei.« Sie schwang ihr Queue über den Pooltisch. »Und ich krieg mein Spiel wieder auf die Reihe. Schätze, ich bin nicht dafür geschaffen, in Backsteinbauten rumzuhocken.«

»Du fährst auch noch nachts Laster, oder?«

»Yeah, deshalb war ich nicht mehr hier. Tags Uni, nachts fahren. Heute hab ich's nicht mehr ausgehalten. Auf dem

Campus haben sie diese großen Tische. Da geh ich in den Pausen stoßen, aber mir fehlt das hier«, sie wedelte mit dem Queue, nahm noch einen Schluck Bier und zog an ihrer Kippe. »Hast du von dieser verschwundenen Studentin gehört?«

Shorty wischte den Tresen ab, wo Willie eine Bierpfütze hinterlassen hatte, als er aufstand, um aufs Klo zu gehen. Immerhin erleichterte er sich dort statt in der hinteren Sitznische wie praktisch jeden Abend. Stammgäste mieden seine Nische. Neuankömmlinge setzten sich wegen des Gestanks schnell woandershin. »Paar Leute haben davon geredet. Dann kam dieser Artikel im *Forum*.«

»Ach? Hab ich gar nicht gesehen.«

»Yeah, bloß dass sie wohl einfach in die Citys gefahren ist und seitdem niemand was gehört hat. Ihre Leute haben Angst um sie.«

»Sie ist in meinem Naturkundekurs. War.«

»Was denkste, was passiert ist?«

»Weiß nicht. Hab gestern Abend mit Wheaton geredet. Er hört sich um.« Cash räumte alle Billardkugeln vom Tisch. »Na dann, ich sollte mal zurück.« Sie stellte das Barqueue an einen leeren Platz im Wandständer. »Hab wohl den Englischkurs verpasst, aber Naturkunde kann ich noch mitmachen, und heute Nachmittag hab ich dann Judo. Bald kann ich Idioten von Barhockern treten.« Sie deutete einen Kick in Willies Richtung an.

»Immer schön büffeln!«, rief Shorty, als die Kneipentür hinter ihr zufiel.

Zurück auf dem Campus hatte sie Glück und erwischte einen Parkplatz, als ein anderer Wagen wegfuhr, direkt vor den Hauptgebäuden. Sie griff sich Naturkundebuch und

Schreibzeug vom Beifahrersitz und ging zur Vorlesung. Der Strom der Studenten, die durch die Flure von Kurs zu Kurs zogen, machte ihr Platzangst. Sie war die weiten Gefilde der Prärie gewöhnt. Das Gedrängel menschlicher Körper, hektische Leute ohne Blick für ihre Umgebung oder die Gegenwart anderer Wesen, machte ihr das Atmen schwer. Sie wich aus, drückte sich eilig an der Backsteinwand entlang, wollte nicht, dass jemand ihren Platz ganz hinten besetzte.

In diesem Kursraum gab es noch altmodische Holzpulte, Überbleibsel aus den Fünfzigern. Die Englisch-Fakultät hatte neuere Metalltische und Plastikstühle. Ins Holz der Pulte hier waren Namen und chemische Formeln geschnitzt, das bedeutete, man musste zum Schreiben ein Buch unterlegen, oder es gab jedes Mal beim Treffen einer Kerbe Löcher im Papier.

Mr. Danielson stand vorn und wischte die Formeln des Vorgängerkurses von der Tafel. Er trug Bluejeans mit reingestecktem weißem T-Shirt. Er maß gut eins achtzig und hatte die blassblonden Haare zum Pferdeschwanz zurückgebunden, lose Strähnen entwischten dem Gummiband. Cash nahm an, auf seine Rod Stewart-Art sah er vielleicht »heiß« aus. Er fing an, Stichpunkte an die Tafel zu schreiben.

Sharon spazierte zur Tür herein in einem Minirock, der kaum ihren Hintern bedeckte. Sie zwinkerte Cash zu, nahm in der vordersten Reihe Platz und schlug genau in dem Moment, als Mr. Danielson sich umdrehte, verführerisch die Beine übereinander. Cash schüttelte den Kopf und öffnete ihr Naturkundebuch auf der Seite mit der Aufgabe für heute.

Sie hatte eben angefangen, die Aufgabe noch mal zu lesen, als sie Sharon leise hüsteln hörte. Sie blickte nach vorn, Mr. Danielson schrieb wieder an die Tafel. So, wie Sharon sich zurücklehnte und ihr zugrinste, war klar, dass sie mit weit gespreizten Beinen dasaß. Als Sharon Cashs Blick einfing, lachte sie auf und setzte sich gerade hin. Bei dem Lachen wandte sich Mr. Danielson um und sah Sharon an, die sich wieder umdrehte und Cash ansah. Mr. Danielson folgte ihrem Blick nach hinten. *Verdammt*, dachte Cash, senkte schnell den Kopf und tat, als würde sie lesen.

Der Kursraum füllte sich. Die nächsten vierzig Minuten erging sich Mr. Danielson über die Tugenden der Fotosynthese, wobei er die ganze Zeit von Hibiskus und Bäumen im Regenwald sprach. Erst als er kurz erwähnte, dass auch Algen Fotosynthese nutzen, schrieb Cash etwas in ihr Notizheft – Pferdetränken.

Cash war ohnehin abgelenkt von dem Zusammenspiel der Persönlichkeiten vorne im Raum. Sharon meldete sich und stellte eine beliebige, nutzlose Frage. Sobald Mr. Danielson sie ansah, um zu antworten, posierte sie auf eine Art, die allen im Raum zu verstehen gab, dass sie mit ihm flirtete. Ihre Bemühungen waren an Mr. Danielson nicht verschwendet. Er stand ein wenig aufrechter, wenn er ihr antwortete. Am Ende der Vorlesung saß er vor dem Kurs auf dem großen Holztisch, die langen Beine in den Bluejeans ausgestreckt, die Füße an den Knöcheln gekreuzt, während er und Sharon darüber redeten, ob Pflanzen nun Fotosynthese zur Reproduktion brauchten oder nicht. Niemand im Kurs machte sich Notizen. Alle folgten gebannt dem ganz-und-gar-nicht-unterschwelligen Tanz zwischen Lehrer und Schülerin. Als einer der Studenten mit einem Knall sein Buch zuschlug, schraken einige heftig zusammen. Sie sahen alle auf die Uhr, dann begann ein allgemeines Stühlerücken und Bücher-und-Habe-Zusammensuchen, während Mr. Danielson sich schnell hinstellte und sagte: »Lesen Sie Kapitel 7, Seite 212 bis 245. Morgen schreiben wir einen Test. Bis dann.«

Cash ging gerade durch die Tür, als Sharon sie zurückrief. Cash drehte sich um. Sharon stand am Pult, Mr. Danielson dicht neben ihr. »Cash, leihst du mir einen Zettel, um die Aufgabe für morgen zu notieren?«, fragte Sharon mit großäugiger Unschuld.

Cash wäre fast weitergegangen, aber Mr. Danielson sagte: »Cash. Den Namen habe ich nicht auf der Kursliste. Ist das ein Spitzname?«

Cash trat zurück in den Raum und sah zu ihm hoch. Er blickte sie so an, wie sie Farmer Vieh hatte begutachten sehen – neugierig, interessiert, bemüht, das Temperament einzuschätzen, wie leicht es sich wohl auf die Rampe treiben ließ, die auf den Laster führte, um es zum Schlachthof zu karren. Cash schauderte, presste ihr Schreibzeug fester an die Brust.

Sharon antwortete für sie. »Sie hört nur auf Cash. Ihr offizieller Name ist Renee. Hast du mal einen Zettel?«, fragte sie erneut.

Ohne sich weiter in den Raum hineinzubegeben, setzte Cash ihre Sachen auf dem nächsten Tisch ab und riss ein Blatt aus ihrem Schreibblock. Sie hielt es auf Armlänge von sich, sodass Sharon zu ihr kommen musste, um es sich zu holen. »Los, komm, gehen wir.« Cash sah Sharon fest in die Augen, als die das Blatt nahm. »Komm schon.«

»Ich muss mir erst noch die Aufgabe holen«, sagte Sharon mit dümmlichem Lächeln.

»Sieht aus, als hätten Sie bisher lauter Einser in den Tests, Renee. Renee Blackbear?« Mr. Danielson blätterte in seinem Notenbuch.

Cash blieb, wo sie war, dicht bei der Tür. Ihr schoss durch den Kopf, dass es vielleicht mehr gute Gründe gab, sich von diesem Kurs freizuprüfen, als nur den, nicht die Zeit absitzen zu müssen. Cash stand schweigend da, während Sharon in ihrem Mini hüftschwingend zurück zu Mr. Danielson schritt. Als sie sich über das Pult beugte, um zu schreiben, rutschte der Rock unanständig hoch. Was Mr. Danielson nicht entging. »Sharon, komm jetzt!«, sagte Cash.

»Können diejenigen von uns, die sich mit Naturwissenschaft schwertun, bei Ihnen irgendwie an Extrapunkte kommen?« Sharon richtete sich endlich auf und steckte den Bleistift hinters Ohr. Ein paar Studenten betraten den Kursraum, drängten sich an Cash vorbei, die immer noch an der Tür stand.

»Sie könnten am Ende des Tages mal zu mir ins Büro kommen«, antwortete er Sharon mit einem Lächeln, bei dem Cash sich erbrechen wollte. »Ich habe hier in drei Minuten einen Kurs.« Er deutete auf die eintrudelnden Studenten.

Sharon drehte sich zu Cash um, die Hüften noch schwingend. Gleichzeitig trat eine schlanke Blonde auf den Lehrer zu. Er richtete die gesamte Aufmerksamkeit, mit der er gerade Sharon bedacht hatte, auf die Blonde, die lachte und ihn strahlend begrüßte.

Auf dem Gang sagte Cash: »Spinnst du? Der Kerl ist voll gruselig.«

»Nein, ist er nicht. Er ist heiß.«

»Lass es sein, Sharon.«

»Ich werd rausfinden, was für ›Extrapunkte‹ er so zu bieten hat.«

»Tu's nicht.«

»Ach komm, nun sei doch nicht so altmodisch.« Sharon hüpfte tänzelnd die Treppe runter, die aus dem Gebäude führte. »Ich bin verliiiebt!«

»Du hast schon 'n Freund. Sei nicht blöd. Er ist alt genug, um dein Vater zu sein.«

»Ist er nicht!«

Cash drückte die Tür nach draußen auf. »Er ist gruselig.«

»Renee! Renee!«, rief ihnen eine Männerstimme nach, als sie draußen vor dem Gebäude für Naturkunde die Stufen runtergingen.

Sharon fuhr herum, stolperte fast. Sie flüsterte: »Er ruft dich!«

»Hm?«

»Renee.« Mr. Danielson stand dicht hinter ihnen. Er hatte ihren Schreibblock in der Hand. »Den haben Sie auf dem Tisch liegen lassen. Vielleicht brauchen Sie Ihre Notizen für den Test morgen. Und falls Sie mal in meinem Büro vorbeischauen wollen … auch Beststudenten können Extrapunkte brauchen. Ich muss jetzt in die Vorlesung.« Er eilte die Stufen wieder hoch. »Bis später, Sharon«, rief er zurück.

Cash sah Sharon an und sagte streng: »Er *ist* gruselig. Lass bloß die Finger von ihm und seinen blöden Extrapunkten.«

Sharon schmollte vor sich hin, bis ihre Wege sich auf halbem Weg über den Campus trennten.

Cash ging zum Judo. Selbstverteidigung hatte Priorität, nachdem sie diesen Herbst schon zweimal überwältigt worden war. Das erste Mal von den Day Dodge-Kindern oben auf der Red Lake Reservation, wo sie hingefahren war, um zu helfen, als deren Vater ermordet worden und die Mutter gestorben war. Das zweite Mal, als die Kerle, die den Vater umgebracht hatten, sie auf der Hauptstraße von Halstad entführten und zu töten drohten. Obwohl Cash unterwegs immer ihre .22er Flinte bei sich hatte, fand sie, dass sie ein paar Nahkampfmanöver brauchte. Beide Male, die sie geschnappt worden war, hatte das Gewehr noch hinter dem Sitz ihres Rancheros gesteckt.

Nach der Judostunde holte sie sich im Silver Cup ein Thunfischsandwich und fuhr nach Norden aus der Stadt, um eine weitere Nacht mit Rübenlasterfahren zu verbringen.

Der Abend war öde, bis Jim Jenson ins Führerhaus ihres

Lasters kletterte, während sie darauf wartete, eine Ladung Rüben abzukippen. Jim trug ein kariertes Wollhemd, am Hals lugte sein Thermounterhemd hervor, und die typischen Farmer-Bluejeans. Grinsend rutschte er über den rissigen Ledersitz des International Harvester Trucks und steckte ihr die Nase in den Nacken. »Wo warste denn, Cash? Ich brauch 'n bisschen Cash.« Die Härchen in ihrem Genick kribbelten.

»Aah, hau doch ab!«, sagte sie und drückte gegen seine knochige Brust. »Hör auf – davon krieg ich 'ne Gänsehaut.«

»Wo biste gewesen? Du kommst gar nicht mehr ins Casbah. Und deine Tür war jedes Mal abgeschlossen, wenn ich vorbeigekommen bin. Früher haste mich nie ausgesperrt. Was ist los?«

»Ich muss früh aufstehen und studieren.« Sie tippte gegen das Buch auf dem Sitz zwischen ihnen. »Die halbe Nacht Laster fahren, bisschen schlafen und dann muss ich zur Uni.«

Jim ließ seinen Arm um ihre Schultern, zog sie an sich. »Hab dich nicht mehr gesehn, seit wir das Pool-Turnier im Flame verloren haben. Biste noch sauer auf mich?«

»Wir? Häng das nicht mir an. Das hast du ganz allein verloren.«

»Komm schon, Cash, sei nicht so hart zu mir. Ich vermiss dich.«

Seine Hand glitt ihr Bein hoch.

»Hau ab.« Sie drückte ihn wieder weg. »Ich muss studieren. Hab morgen 'nen Test in Naturkunde, dafür muss ich lernen.«

Jim zog sich zurück und rutschte ganz auf die Beifahrerseite. Sein Grinsen war verschwunden. Er starrte aus dem Fenster, dann wieder zu Cash. »Kommst du am Wochenende ins Casbah?«

Cash sah ihn an. Sie und Jim waren Pool-Partner. Waren miteinander ins Bett gegangen, bis vor einem Monat, als er ein Pool-Turnier vergeigte, was sie das Geld für ihre Miete gekostet hatte. Cash war ziemlich blau gewesen und handelte sich im Flame Hausverbot ein, als sie auf dem Weg raus ein paar Tische umwarf. Sie hatte mit dem anderen Arm auch noch ein paar abgeräumt und überall Scherben verteilt. Alles nur, weil die Kellnerin ihr unterstellt hatte, nach Schankschluss Bier in ihrer Handtasche rauszuschmuggeln.

Cash trug niemals eine Handtasche. Sie hatte sich zwei Flaschen hinten in die Jeans gesteckt, aber das war keine Handtasche. Cash betrachtete Jim. Er war schmal gebaut, die Haare nach hinten gekämmt, die Farmerbräune vom Sommer ließ nach. Bis Thanksgiving würde seine skandinavische Weißheit wieder voll durchschlagen. Er sah sie an, grinste hoffnungsfroh. »Warum biste an dem Abend überhaupt so ausgerastet? Nicht das erste Mal, dass wir verloren haben.«

Cash musste gegen ihren Willen lachen. »Ich weiß nicht. Sie hat mich einfach genervt. Nur Weiße tragen Handtaschen. Hätte sie mich nur beschuldigt, das Bier mitzunehmen, hätt ich's vielleicht dagelassen. Aber die Handtasche hat mir den Rest gegeben.« Cash lachte noch mehr.

»Du bist verrückt.«

Cash blickte ihn an. Er lächelte. Dieses Lächeln erinnerte sie daran, wie sie Jim am Tag des verlorenen Pool-Turniers mit seiner Frau und seinen Kindern gesehen hatte, in einem Restaurant im neuen Einkaufszentrum westlich der Stadt. Sein Lächeln jetzt war dasselbe glückliche Lächeln wie an jenem Tag beim Essen mit seiner Familie. Cash schaute rasch weg.

»Was?«

»Nix.«

»Zum Donner! Erst lachst du wie 'ne Irre, dann guckst du mich an, als ob du mich töten willst.«

Cash nahm einen Schluck lauwarmen Kaffee aus ihrer Thermoskanne. »Ich bin nur müde, Jim. Uni. Arbeit. Gewöhn mich gerade erst ans College.«

»Lass mich vorbeikommen, wenn wir mit der Schicht fertig sind. Ich bleib nur 'ne Minute.«

»Klingt nicht nach viel Spaß.« Cash lachte wieder.

Der Truck vor ihnen setzte sich in Bewegung. Jim öffnete die Beifahrertür. Als er runtersprang, sagte er: »Lass die Tür unverriegelt, okay?«

»Okay, für 'ne Minute.« Sie lachte.

Cash sah ihm im Seitenspiegel nach, als er zurück zu seinem Truck ging. Er hatte ihr gesagt, dass er verheiratet war, bevor sie das erste Mal miteinander schliefen. Meistens kam er mit in ihre Wohnung, nachdem sie den Abend gemeinsam mit Trinken und Pool-Spielen verbracht hatten. Dann hatten sie Sex, und dann ging er. Die Frau und die Kinder, von denen er erzählt hatte, waren für sie nicht real bis zu dem Nachmittag, als Cash sie im Einkaufszentrum beim Familienessen sah.

Cash machte die Schicht zu Ende, holte sich ihren Ranchero und fuhr zurück nach Fargo. Aus reiner Gewohnheit fuhr sie am Casbah vorbei, obwohl es schon seit ein paar Stunden zu war. Die Kneipe lag im Dunkeln bis auf das Neon der Hamm's-Bierwerbung über dem Tresen, die durchs Fenster leuchtete. Zurück in ihrer Wohnung nahm sie ein schnelles Bad, griff sich ein Bud aus dem Kühlschrank und kroch ins Bett. Die Flasche halb leer, kam Jim, blieb etwas länger als eine Minute und brach dann auf nach Nordwesten zu Frau und Kindern. Cash war eingeschlafen, bevor er die Tür hinter sich zuzog und den Riegel einschnappen ließ.

Cash stemmt sich hoch und zum Schlafzimmerfenster raus. Angst treibt sie vorwärts, barfuß auf dem feuchten Boden, sie hört schweres Atmen von hinten immer näher kommen. Sie rennt auf das gepflügte Feld vor sich, auf die Ortschaft zu. Ihr Fuß versinkt in der kalten Erde der Ackerfurchen. Als sie versucht, den Fuß hochzuziehen, sinkt das vordere Bein tiefer ein. Sie wirft sich vorwärts, krallt mit bloßen Händen, ihr hüftlanges dunkelbraunes Haar verfängt sich in ihrem gehetzten Griff. Sie hört immer noch das schwere, mühsame Atmen der Person, die hinter ihr her ist. Furcht treibt sie aus ihrem Körper, sodass sie gleicht darauf über sich selbst schwebt. Unten sieht sie sich längelang im Matsch, eingesunken bis zu den Knien, mit rudernden Armen. Cash kreist in der Luft wie ein Raubvogel, der auf eine Maus im Feld hinabspäht. Sie versucht zu erkennen, wer sie jagt, doch das Gesicht ist von Dunkelheit verschattet. Unten wird ihr eigener Körper zu einer bleicheren, langbeinigen, langhaarigen Blonden. Die junge Frau sieht zu Cash hoch und schreit: »Hilf mir!«

Cash saß aufrecht im Bett, ließ sich aufs Kissen zurückfallen. Ihr Herz raste. Derselbe Traum, zwei Nächte in Folge. *Verdammt.* Sie lugte rüber zum Wecker auf der Kommode; die Zeiger standen auf zwanzig vor vier. Cash langte rüber, knipste die Lampe auf der Kommode an, schwang die Beine über die Bettkante und tastete umher, bis sie die halb leere Flasche Bud auf dem Fußboden fand. Sie trank sie aus, legte sich wieder hin, ohne das Licht auszumachen, drehte das Kissen um und schüttelte es auf.

Sie spulte den Traum im Geiste noch mal zurück. Jetzt fiel ihr ein, dass sie diesen Traum in Pflegefamilien als wiederkehrenden Albtraum gehabt hatte. Und immer wenn sie im Traum aus ihrem Körper geschwebt war und hinter sich blickte, um zu sehen, wer sie verfolgte, war es jemand von den Pflegeeltern gewesen. In diesen Träumen, wo sie im Schlamm des Feldes stecken blieb und abhob, aufwärts und raus aus ihrem Körper, bis sie über sich schwebte, schaute sie immer irgendwann hinab. Wenn sie sich sah, langte sie hinunter und zog sich hoch, raus aus dem Feldschlamm und hinauf in den Himmel. Aber in diesem Traum jetzt erblickte sie, wenn sie runtersah, einen anderen Körper anstelle des ihren. Und das jagte ihr heillose Angst ein. Sie drehte das Kissen erneut um, diesmal klappte sie es in der Mitte zusammen und steckte den Kopf dazwischen.

Sie musste schlafen. Sie wollte den Naturkunde-Dekan fragen gehen, ob sie sich vom Biokurs freiprüfen konnte, und wenn sie Glück hatte, ließ Professor LeRoy von der Englisch-Fakultät sie morgen die Prüfung machen. Sie fing an, von zehn rückwärts zu zählen. Zehn-neun-acht und so fort bis eins. Dann zählte sie vorwärts. Sie schlief fast immer ein, bevor sie bei fünfzig war, und heute war es nicht anders.

Sie wachte um sieben wieder auf, als der Wecker losging. Sie bürstete ihre Haare, flocht sie schnell zu einem Zopf den Rücken runter, wusch sich das Gesicht, während ihr Kaffee kochte. Sie spülte ihre Thermoskanne aus, bevor sie sie mit heißem Kaffee füllte, machte sich ein Spiegelei-Sandwich, nahm Buch und Schreibzeug vom Küchentisch und fuhr zur Uni.

Ihr erstes Ziel war Professor LeRoys Büro.

»Oh«, sagte er und lehnte sich im Stuhl zurück, als sie eintrat. »Ich habe mir Ihre Noten angeschaut. Nicht schlecht. Sie haben schon an der Highschool ganz gut abgeschnitten, wie ich sehe.«

Cash blieb stehen, wartete ab.

»Also … Sie wollen sich immer noch befreien lassen?«

»Ja.«

»Na gut … wenn Sie meinen. Kommen Sie um zwei wieder, nicht hierher, sondern in Raum 103 in diesem Gebäude. Können Sie um zwei kommen?«

Cash nickte.

»Also dann. Um zwei, Raum 103, sehen wir mal, wie Sie sich anstellen. Bringen Sie ein paar Bleistifte mit, angespitzt, zum Schreiben. Das meiste sind Ankreuzfragen, aber Sie müssen auch ein Essay schreiben.« Er zog die Brauen hoch. »Ist ein Essay zu schwierig für Sie?«

Cash schüttelte den Kopf und wandte sich zum Gehen.

»Es ist noch früh genug im Semester, wenn Sie bestehen, können Sie sich in Englisch gleich für die nächste Stufe einschreiben«, sagte LeRoy zu ihrem Rücken.

Daran hatte Cash nicht gedacht. War auch noch nicht bereit, darüber nachzudenken. »Ich denk drüber nach«, sagte sie beim Rausgehen. Sie zog die schwere Tür hinter sich zu.

Vielleicht ließ sich diese Studiernummer durchziehen, ohne in Kurse zu gehen, dachte sie, als sie durch das Englisch-Gebäude lief, und ihre Schritte widerhallten zusammen mit den Stimmen anderer Studenten von dem Hartholzboden.

Nachdem sie, wie sie hoffte, ein letztes Mal den öden Grundkurs Englisch abgesessen hatte, trat sie raus in die Herbstluft und kämpfte gegen den Drang an, gleich weiter zu ihrem Ranchero zu laufen und den Fluss entlang nach Norden zu fahren … oder ins Casbah … oder was essen zu gehen. Alles war besser, als zum Biokurs zu müssen und dann diese blöde Prüfung abzulegen. Stattdessen lief sie über die Rasenfläche, betrat das Gebäude für Naturkunde, trottete die Treppe hoch in den zweiten Stock.

Sharon war schon da, erste Reihe Mitte, trug einen anderen Minirock als am Vortag. Diesmal mit künstlichen Lederfransen am Saum. Sharon schmachtete Mr. Danielsons Rücken an, während er Stichworte an die Tafel schrieb.

Cash setzte sich auf ihren üblichen Platz ganz hinten. Mit dem Test war sie lange vor den meisten anderen fertig. Mr. Danielson hatte gesagt, sie könnten gehen, sobald sie durch waren. Doch um keine Aufmerksamkeit auf sich zu ziehen, indem sie als Erste aufstand, gab Cash vor, noch zu arbeiten, während sie sich umsah, die anderen Studenten beobachtete. Ihr Traum kam ihr in den Sinn, von der Blonden, die um Hilfe schrie, die Blonde, die noch vor einer Woche ganz vorn gesessen hatte, wo Sharon jetzt saß. Beim Denken an den Traum stellten sich ihre Nackenhaare auf.

Auf einmal merkte Cash, dass Mr. Danielson sie anstarrte. Rasch senkte sie den Kopf und tat, als würde sie schreiben. Schließlich standen zwei Kerle auf und gaben ihre Tests ab. *Na endlich.* Ein paar Sekunden später holte sie Bücher und Schreibzeug unterm Tisch hervor, legte ihren Test auf Mr. Danielsons Pult und ging raus, die Treppe runter an die frische Luft. Sie zitterte, aber nicht vor Kälte. Danielson gruselte sie.

Ihr fiel ein, dass sie Dekan Olsen vom Fachbereich Naturwissenschaften auch auf die Befreiungsprüfung ansprechen wollte. Sie ging zurück ins Gebäude, fand seine Tür und durchlief das gleiche Gespräch, das sie zuvor mit dem Englischdekan geführt hatte. Der Wissenschaftsdekan war weniger redselig. Er sah sie durch eine Hornbrille an. Hinter seinem linken Ohr klemmte ein Bleistift. Er murmelte: »Sicher, komm Freitag um zwölf vorbei.«

Cash nickte und machte, dass sie aus seinem Büro kam. Es stank nach Formaldehyd.

Auf halber Strecke zur Campushalle holte Sharon sie ein.

Beim Klang fallender Poolkugeln quasselte sie die nächste Stunde darüber, wie lässig Mr. Danielson war. Nach vierzig Minuten räumte Cash ein letztes Mal den Tisch ab und sagte Sharon, sie solle »drüber wegkommen«.

Am Ende der Stunde ging sie zum Psychologiekurs. Der Stoff dieses Fachs war noch neu für sie. Sie fand Lektüren und Hausaufgaben sehr leicht, aber es hatte wohl keinen Sinn, zu versuchen, sich davon befreien zu lassen.

Nach Psycho ging sie zum Judo in die Turnhalle. Eine Stunde lang warf sie und wurde geworfen. Am Ende keuchte sie, war erschöpft. Sie musste anfangen zu trainieren wie früher an der Highschool. Da sie nicht mehr ganztags Feldarbeit machte, merkte sie, wie ihre Muskeln schwanden.

Punkt zwei Uhr stand Cash wieder vor Raum 103 im Englisch-Gebäude. Der Kurs war schon im Gang, doch als LeRoy sie durch die Tür gucken sah, signalisierte er ihr, reinzukommen. Er gab ihr mehrere standardisierte Prüfungszettel und ein paar leere Seiten liniertes Papier. »Ihr Essay soll ein Vergleich zwischen Shakespeare und einem Dichter oder Schriftsteller des zwanzigsten Jahrhunderts sein. Dahinten ist ein Tisch, an den können Sie sich setzen. Bringen Sie mir einfach alles hier nach vorn, wenn Sie fertig sind.«

Um kurz vor drei war Cash mit den Ankreuzfragen durch. Die nächsten zehn Minuten saß sie da und starrte aus dem Fenster des Kursraums. Da stand ein Ahornbaum, seine Blätter leuchteten herbstrot. Ein kleiner Vogel, ein Zaunkönig, hüpfte von Ast zu Ast. Cash dachte an die Zeile aus Shakespeares *Julius Caesar* – »Et tu, Brute?« – und daran, wie oft sie betrogen worden war oder sich betrogen gefühlt hatte, von Familien, die den Sozialarbeitern ins von Sorge oder kirchlichem Frohsinn gezeichnete Gesicht logen, dass sie sich gut um sie kümmern würden. Sie dachte an das Gedicht »Dream Variations« von Langston Hughes. Ehe sie alle Hoffnung fahren ließ, hatte auch sie von einem Tag geträumt, an dem sie sich drehen und in der Sonne tanzen konnte. Sie schrak auf, als LeRoy plötzlich das Fenster blockierte.

»Schaffen Sie alles?«

»Natürlich«, antwortete Cash. Sie griff nach ihrem Bleistift. Die nächsten fünfundzwanzig Minuten schrieb sie ohne Unterbrechung. Als die Glocke ertönte, setzte sie einen Punkt hinter den letzten Satz und schrieb ihren Namen oben auf jede Seite. Sie gab alles bei LeRoy ab und nahm den kürzesten Weg zur Tür. Draußen atmete sie gierig die frische Luft ein und sah zum roten Ahorn, wo der Zaunkönig weiter umherhüpfte.

Mission erfüllt.

Cash fuhr durch die Stadt Moorhead. Rasen färbte sich braun. Orange und gelbe Blätter fielen von den Bäumen. Noch herrschte keine Winterkälte, doch Herbstkühle lag in der Luft. Sie hielt an der roten Ampel auf der Hauptstraße und steckte sich beim Warten eine Marlboro an. Kombiwagen glitten vorbei, am Steuer Farmerfrauen, die zu einem Arzttermin in die Stadt kamen oder um Lebensmittel einzukaufen. Pickup-Trucks, die kaputte Farmausrüstung zum Gerätehändler schleppten, hinterließen Brocken von Ackererde auf dem Pflaster. Im Country-Radio wurde Merle Haggard im Knast einundzwanzig, und seine Mama weinte. Für eine flüchtige Sekunde dachte Cash an ihre Mom, doch diese Tür in ihrem Kopf machte sie schnell zu. Sie nahm noch einen Zug von ihrer Zigarette und drehte das Radio lauter.

Zurück in ihrer Wohnung steckte sie das Thunfischsandwich, das sie sich im Silver Cup geholt hatte, in ihre Brotdose und füllte eine Thermoskanne mit heißem Kaffee. Sie schlüpfte in Arbeitsklamotten und fuhr am Fluss entlang nach Norden.

Kurz vor Perley sah sie Wheatons Streifenwagen auf dem geschotterten Parkplatz des örtlichen Getreidesilos stehen. Als sie näher kam, blinkte er mit seinen Scheinwerfern. Sie hielt neben ihm, Fahrerfenster an Fahrerfenster.

»Wie läuft's College?«

»Okay.«

»Bestehste?«

»Natürlich.« Der Rauch ihrer Zigarette füllte die Luft zwischen ihnen.

»Haste noch was übers Tweed-Mädchen gehört?«

»Nö. Nix Neues, seit wir zuletzt geredet haben. Alle raten bloß rum, wo sie steckt, mit wem sie abgehauen sein könnte.«

»Ihre Leute sind mächtig in Sorge. Sagen, sie wär nie einfach abgehauen.« Wheatons große Hände kneteten nervös das Lenkrad des Streifenwagens. »Ich weiß, du hast gut zu tun mit Studieren und allem und dann noch Rübenlaster fahren, aber ich hab mich gefragt, ob du 'n paar Minuten Zeit hast und mit mir rauskommst zu ihrer Farm in Shelly, bloß mal gucken, ob du irgendwas aufschnappst, was mir vielleicht weiterhilft. Genau genommen will ich gar nicht, dass du ihren Leuten was dazu sagst, nur mal mit mir rausfahren, 'n Gefühl für sie kriegen.«

Er beobachtete, wie auf dem Highway ein Auto angerast kam. Es bremste leicht ab, als der Fahrer Wheatons Wagen sah. Wheaton knipste kurz das Blaulicht an. Das Auto wurde noch deutlich langsamer. »Vielleicht lernt er was fürs nächste Mal.«

Cash schnippte ihre Kippe auf den Schotter. *Hilf mir*, echote der Traum in ihrem Kopf. »Okay«, antwortete sie. »Fahren wir erst zu Wang, da kann ich meinen Truck lassen und mit dir fahren. Du setzt mich zum Schichtbeginn wieder ab?«

Wheaton ließ den Motor an. »Bis gleich.«

Als er sein Fenster hochkurbelte, tauchte auf dem Rücksitz ein kleiner schwarzer Hundekopf auf.

»Was ist das denn?«

»Ach, der«, sagte Wheaton.

»Wusste gar nicht, dass du ’n Hund hast.«

»Hatt ich auch nicht. Aber neulich Abend bin ich an der Farm vom alten Johannson vorbeigefahren. Nur so rumgefahren, weißte, und da seh ich ’n Kartoffelsack die Straße langkommen.«

»Kartoffelsack?«

»Kartoffelsack. Erst denk ich, der Wind bewegt ihn. Aber es weht kein Wind, der Sack bewegt sich von allein. Ich fahr rechts ran und geh hin, da hör ich’s jämmerlich winseln. Das Ding ist fest mit Zwirn verschnürt. Ich denke, vielleicht will jemand ’n paar Kätzchen loswerden, aber als ich den Sack aufmach, ist dieser kleine Kerl da drin. Rappeldürr, war wohl der Kümmerling im Wurf und wurde entsorgt. Jetzt weicht er mir nicht mehr von der Seite.«

Wheaton warf dem Welpen über die Schulter einen Blick zu. Wheaton war ein großer Kerl. Er füllte den Vordersitz ganz aus, war gebaut wie ein Footballspieler. Er schor sich die Haare militärisch kurz und seine Miene war meist streng, der harte Blick eines Bullen, der wusste, dass er Ernst machen musste. Doch als er den Welpen ansah, wurde sein Gesicht ganz weich.

»Irgendwie niedlich – für ’n Kümmerling. Wie haste ihn genannt?«

»Toffer.« Der kleine Hund spitzte prompt die Ohren. »Kartoffelsack ist zu lang.«

»Jetzt haste immer ’n Vollzeit-Deputy bei dir«, sagte Cash und schüttelte belustigt den Kopf. »Bis gleich bei der Farm.«

Sie setzte zurück, ließ Schotter fliegen, einfach nur so, und bretterte los, fuhr für fünf Meilen etwa zwanzig überm

Tempolimit, bevor sie auf die erlaubte Geschwindigkeit runterging. Sie warf einen Blick in den Rückspiegel und sah Wheaton hinter sich aufholen.

Solange sie ihn kannte, hatte er nie Frau oder Kinder oder ein Haustier gehabt. Einmal hatte sie sich zu fragen getraut, ob er je verheiratet war. Er hatte die Frage mit einem knappen Nein abgeschmettert und das Thema gewechselt.

Bei der Farm sprang sie aus dem Ranchero und stieg in den Streifenwagen um. Toffer machte einen Satz über die Lehne, setzte sich aufrecht zwischen Wheaton und sie und schickte ein tiefes, kehliges Knurren in Cashs Richtung.

»Guck ihn dir an«, sagte sie. »Er beschützt dich vor mir.«

Wheaton kraulte den Welpen hinter den Ohren. »Schluss jetzt, Toffer. Sie ist okay.« Der Hund legte den Kopf auf Wheatons Bein.

»Sieht aus wie 'ne Mischung aus schwarzem Labrador und Schäferhund, was meinste?«

»Yeah, so was in der Art denk ich auch.«

Wheaton ließ den Streifenwagen losrollen und fuhr von der Farm auf die Landstraße. Cashs Blick traf sich mit dem des Welpen. Er gab wieder ein kehliges Knurren von sich.

»Gewöhn dich besser an mich, Köter. Ich kenn Wheaton länger als du.«

»Was ist das bloß mit dir und Streunern auf Schotterstraßen?«, fragte sie Wheaton. »Mich hast du aus dem Straßengraben gefischt, als ich klein war. Hab meine Mom nicht mehr gesehen, seit sie das Auto da reingesetzt hat, aber irgendwie hab ich das Gesetz auf meiner Seite. Nicht, dass ich mich beschweren will, wohlgemerkt, nur …« Sie sah den Welpen an. »Und jetzt der Schlingel da. Wer steckt denn so was in 'nen Kartoffelsack und lässt es krepieren?«

»Ach weißte, mit Katzen machen Leute das ständig. Erst wollen sie Katzen, um die Scheunen und Kornspeicher frei von Ratten und Mäusen zu halten, aber nach 'n paar Generationen hat man leicht an die zwanzig wilde Katzen. Kommt schon vor, dass sich 'n Sack voll im Fluss findet oder auf der Müllkippe. Den kleinen Kerl hier, den hat jemand einfach weggeworfen. Er wollte wohl unbedingt leben, rennt in 'nem Kartoffelsack die Straße lang.« Der Welpe ließ den Kopf wieder auf Wheatons Schoß sinken.

Auf dem asphaltierten Highway fuhr Wheaton nach Norden, Richtung Shelly, eine kleine Ortschaft am oberen Rand des Countys. Wie bei allen Städtchen der Gegend lag die Zahl der Einwohner im Ort unter zweihundert. Es gab eine Hauptstraße, nämlich die Landstraße, die sie entlangfuhren. Die Prärie war so flach, dass Cash den Wasserturm schon aus sieben Meilen Entfernung sah.

»Wo liegt die Farm?«

»Vom Ort noch paar Meilen nordwärts, dann 'ne Viertelmeile nach Osten. Hab uns für halb fünf angekündigt.«

Wheaton sah auf seine Armbanduhr. Die letzten sieben Meilen bis zur Ortschaft fuhren sie in entspanntem Schweigen. Cash blickte aus ihrem Fenster über die Felder, die zum Saisonende untergepflügt worden waren. Mais und Weizen, Alfalfa und Gerste, alles war abgeerntet und auf Zügen in die Twin Citys verfrachtet oder eingelagert in Scheunen und Kornspeichern überall im Valley. Die einzigen Felder, auf denen noch Leute arbeiteten, waren die Rübenäcker. Auch jetzt waren Maschinen draußen am Rübenernten. Und Laster, die noch vor einem Monat auf einem Weizenfeld hinterm Mähdrescher hergefahren waren, trugen jetzt schwer an den Bergen von grauen Zuckerrüben, alle unterwegs nach Süden zur Zuckerfabrik.

Die Rübensaison forderte einen Tribut von den Landstraßen, wie es die anderen Nutzpflanzen nicht taten. Eine Lasterladung Rüben wog wesentlich mehr als Mais oder Weizen, wahrscheinlich wegen ihres Wassergehalts. Auch haftete oft noch Erde von den Äckern an ihnen, wobei die neueren Maschinen besser darin waren, die Wurzeln von den großen Klumpen zu befreien, noch bevor sie auf die Kipper geladen wurden. Das Ergebnis von all dem Gewicht und Dreck und der großen Anzahl der Laster, die zur Rübenerntezeit Tag und Nacht fuhren, waren schlimm mitgenommene Straßen. Und auf die asphaltierten Strecken legte sich eine Schmutzschicht aus Ackerschlamm. So nah am Red River verband sich die Erde mit Lehm aus dem Fluss, und diese Mischung wurde rutschiger als Eis, wenn sie nach einem Regenguss oder frühem Frost oder, Gott bewahre, vorzeitigem Schnee die Straße überzog wie ein Film.

Zügig durchfuhren sie den kleinen Ort Shelly im selben entspannten Schweigen. Kein Verkehr auf der Hauptstraße. Ein einsamer Pickup-Truck stand vor der einzigen Bar. Cash juckte es in den Fingern, ob es hier einen Pooltisch gab? Nichts, wofür Wheaton haltmachen würde. Ein Trio Teenager latschte eine Seitenstraße runter. Der gelbe Schulbus, der sie gerade abgesetzt hatte, schloss seine Tür und zuckelte davon. In einem Nest dieser Größe kannte jeder jeden: Diese Kids kannten das Tweed-Mädchen. Wenn nicht sie selbst, dann ihre Brüder und Schwestern. Vielleicht gingen sie alle in dieselbe Kirche oder Gemeindegruppe.

Am Ortsausgang beschleunigte Wheaton wieder. Minuten später bog er auf eine Hofzufahrt ein. Das Haus war ein altes zweistöckiges Farmhaus, nicht so ein Ranch-mäßiger Bungalow, wie bessergestellte Farmer sie sich gern bauen ließen. Ihre Ehefrauen waren es leid, in »ollen« Bauernhäusern zu leben, errichtet in der Zeit der ersten landwirtschaftlichen Besiedlung. Im Laufe der Jahre wurden Räume angebaut. Wasserleitungen und Innentoiletten installiert. Dachböden wurden zu Schlafzimmern, wenn die Familie mehr Zuwachs bekam.

Cash hatte in ein paar solchen Häusern gewohnt, als sie bei Pflegefamilien lebte. Einmal war ihr Zimmer eine angebaute Veranda, höllisch heiß im Sommer und eiskalt im Winter, während der Sozialarbeiter glauben gemacht wurde, dass sie mit der ältesten Tochter zusammen oben schlief. Ein andermal lag ihr Zimmer in einem modrigen Keller, dessen steinerne Wände immer nass waren. Cash war dort nicht allzu lange geblieben. Nur lange genug, um der Pflegemutter als Kindermädchen zu dienen, als die ihr siebtes Blag zur Welt brachte. Ein hässlicher, brüllender, kahler weißer Teigklops, so sah Cash das Neugeborene.

Ein rotblonder Collie-Mischling lief auf den Streifenwagen zu. Toffer sprang auf Wheatons Schoß und knurrte wild, das schwarze Nackenfell gesträubt.

»Ganz ruhig, Toffer. Still jetzt. Ab nach hinten. Alles okay. Bleib hier.«

Wheaton und Cash stiegen aus. Ein Mann in Arbeitsoverall und blauem Hemd hielt die Haustür geöffnet und wartete auf sie. Das blonde Haar hing ihm in die gefurchte Stirn. Die Schultern gekrümmt. Er war nicht alt, wahrscheinlich noch keine vierzig, aber zum alten Mann geworden, seit seine Tochter verschwunden war. Er sagte kein Wort, als Wheaton und Cash zur Tür kamen, hielt sie ihnen nur auf und winkte sie nach drinnen.

Gleich hinter der Tür hingen Arbeitskleidung und Jacken an in die Wand gehauenen groben Nägeln. Arbeitsstiefel und Schuhe standen ordentlich aufgereiht auf dem Linoleumboden, knapp neben einem handgeknüpften Flickenteppich.

Mr. Tweed führte sie zu dem runden Eichentisch in der Küche mit sieben Holzstühlen drum herum. Er zog ihnen jeweils einen hervor. Cash sah sich um. Ofen und

Kühlschrank an der einen Wand. Küchenspüle unterm Fenster mit Blick auf die Einfahrt des Hofs. Selbstgenähte Vorhänge davor. Tweeds Ehefrau setzte zwei Steingutbecher heißen Kaffee vor ihnen ab. Ihre zitternden Hände verschütteten vor Cash etwas Kaffee auf dem Tisch. »Tut mir leid«, murmelte sie, drehte sich um und ging zurück zum Küchentresen.

Sie war groß und knochig, trug ein gelbes Baumwollkleid, bedruckt mit kleinen lila Blumen. Cash bemerkte, dass sie es selbst genäht hatte. Sie erkannte das Schnittmuster aus der Heim-Rubrik im *Fargo Forum* vor ein paar Monaten. Jeden Sonntag war in der Zeitung ein Schnittmuster abgebildet, das man sich zuschicken lassen konnte. Wenn sie es erhielten, gingen Frauen sich Stoff kaufen, im Kaufhaus JCPenney oder bei dem größeren Textilgeschäft in Moorhead.

Mrs. Tweed hatte sich beim Nähen sichtlich Mühe gegeben. Das Kleid hatte an allen richtigen Stellen Ziernähte und vorne sogar Taschen mit Knopf. Aus den Knitterfalten und Essensflecken an den Seiten schloss Cash, dass sie es seit Tagen trug. Ihr dauergewelltes Haar war mit einem Gummi zurückgebunden. Lose Strähnen hingen schlaff um ihr vergrämtes Gesicht. Sie holte einen Spüllappen und noch einen Becher Kaffee für ihren Mann, wischte die kleine Pfütze vor Cash weg und ließ sich schwer auf den Holzstuhl neben ihrem Mann fallen, den feuchten Lappen noch in der Hand. Er legte ihr die Hand auf den Arm, wie um zu versichern, dass alles gut war, obwohl keiner von ihnen das glaubte.

»Das ist Renee Blackbear. Die Leute hier nennen sie Cash. Manchmal arbeitet sie mit mir zusammen, aber derzeit studiert sie in Moorhead.«

»Du bist doch die, die fast verbrannt worden wäre von den Kerlen, die den Mann aus Red Lake umgebracht haben, stimmt's?« Mrs. Tweed beugte sich aufgeregt vor. »Kennst du Janet?«, fragte sie, bevor Cash die erste Frage bejahen konnte.

Cash schüttelte den Kopf. »Wir sind im selben Naturkundekurs. Ich kenn sie aber nicht. Sie sitzt vorn. Ich sitz hinten.« Cash nahm einen Schluck starken schwarzen Kaffee.

»Wüsste gern, ob Ihnen noch was eingefallen ist, seit ich zuletzt hier war«, fragte Wheaton an Mr. Tweed gewandt.

Mr. Tweed schürzte die Lippen. »Nein. Nichts. Ich weiß nicht, wo sie hin ist. Warum sollte sie denn weglaufen? Sie hat gesagt, sie will mit Freunden in die Citys. Wir waren dagegen, stimmt's, Ma? Aber sie war ja immer ein Dickkopf. War schon hart, sie aufs College zu lassen. In der Großstadt hatte sie nix verloren. Aber Ma hier, die hat am Ende gesagt, also los, fahr hin. Guck dir die Welt an. Auf 'ner Farm gibt's für 'ne Frau nix als harte Arbeit.«

Er saß mit hängendem Kopf vor seinem Kaffeebecher, das Kinn auf den Handballen, Ellbogen auf dem Tisch. Während er vor sich hin brabbelte, fing seine Frau zu weinen an, Tränen liefen aus ihren blauen Augen über die geröteten Wangen. Mr. Tweed blickte auf und sah, wie Wheaton und Cash seine Frau anschauten.

»Ach, Barb, so hab ich's doch nicht gemeint. Ich tret doch immer in die dicksten Fettnäpfe. Es ist nicht deine Schuld, dass sie weg ist. Hab's nicht so gemeint.« Er legte sacht seinen Arm um ihre Schultern, als stünden sie ganz am Anfang einer Beziehung und nicht ein paar Jahre vor der silbernen Hochzeit. Er tätschelte ihre Schulter. »Ist nicht deine Schuld.«

»Vielleicht könnten Sie mir ihr Zimmer zeigen«, sagte Cash zu Mrs. Tweed. Sie stand auf.

Mrs. Tweed wischte sich die Augen. »Sicher.«

Cash folgte ihr durch das Wohnzimmer, ihre Schritte auf

dem Hartholzboden verstummten, als sie einen raumgroßen Flickenteppich überquerten. Mrs. Tweed öffnete eine Eichentür, die zu einer schmalen Holztreppe führte. »Sie hat oben geschlafen. Bob hat ihr die Dachstube ausgebaut, als sie auf die Highschool kam.« Sie plapperte atemlos, während sie Cash nach oben führte. »Mädchen brauchen einfach mehr Privatsphäre als Jungs. Steve hat sein Zimmer unten neben der Sonnenterrasse. Er kommt dieses Jahr in die A-Auswahl der Football-Mannschaft. Zehnte Klasse. Runningback.«

Am oberen Ende der Treppe lag wieder Linoleumboden. Sears musste dieses Muster im Sonderangebot gehabt haben, denn es war identisch mit dem unten im Flur. Ein Doppelbett mit einem selbstgemachten Quilt stand unter einem schmalen Dachbodenfenster. Zwei Kopfkissen mit passend bestickten Bezügen lagen nebeneinander am Kopfende des Bettes. An einer Gardinenstange zwischen den Dachsparren hingen Baumwollkleider, ein paar Sommersachen und andere aus dunkler Wolle für den Winter in Minnesota. Auf einer Kommode mit sechs Schubladen stand eine Cheerleader-Trophäe von vor ein paar Jahren. Es war ein sauberes, aufgeräumtes Zimmer. Nichts lag herum.

Mrs. Tweed starrte Cash an, ihre Hände malträtierten den Stoff der Taschen ihres Kleides. »Läufst du manchmal deinen Eltern einfach so weg?«, fragte sie.

Cash sah sie an. Sie überlegte, dann schüttelte sie langsam den Kopf. »Nein.«

»Arbeitest du jetzt für das County?«

»Nein. Wheaton will bloß manchmal meine Meinung wissen. Stört es Sie, wenn ich mir ihre Kleidung ansehe?« Sie deutete auf die Sachen an der Metallstange.

»Nur zu.«

Cash blätterte durch die Kleider, als wären es Seiten eines

Buchs. Bilder schossen ihr durch den Kopf, als sie sie Stück für Stück berührte: Ein Klassenraum voller lachender Kids. Ein Tanzabend im Gemeindehaus. Ein Kirchenchor, laut singend. Sie berührte einen weichen blauen Wollpulli – Gänsehaut kroch ihr den Arm hoch. Sie erschauerte und sah ein Mädchen über einem matschigen Acker schweben und um Hilfe rufen.

»Wird mächtig kalt hier oben, jetzt, wo der Herbst kommt.« Mrs. Tweed musste Cashs Schaudern gesehen haben. Sie setzte sich aufs Bett, die Eisenfedern quietschten unter ihrem Gewicht.

»Yeah. Wann hatte Janet diesen Pulli zuletzt an?«

»Ich glaube, sie hat ihn beim College-Footballspiel getragen. Das war erst vor 'n paar Wochen. Kommt mir vor wie 'ne Ewigkeit. Ihre Oma hat ihn ihr fürs College geschenkt. Sie hat ihn noch nicht oft angehabt. Es ist Wolle, aber es war auch 'n kühler Abend. Sie war ganz aufgekratzt und quietschig. Irgendein besonderes Date, schätz ich. Ich war nie mit jemandem aus außer Bob. Ihr Mädchen lebt in anderen Zeiten. Ach, ich weiß auch nicht.« Sie fing wieder an zu schluchzen.

»Wir können wieder runtergehen«, sagte Cash. »Ist kühl hier oben.«

Mrs. Tweed beugte sich vor, nahm den Saum ihres Kleides und wischte sich das Gesicht ab. Dann stand sie auf, und sie gingen hinunter.

Mr. Tweed und Wheaton saßen schweigend am Küchentisch, halbleere Kaffeebecher vor sich. Wheaton hob die Brauen, als Cash in die Küche kam. Sie nickte, fertig zum Gehen.

»Tut mir leid, dass ich im Moment nichts Neues hab. Wir suchen weiter nach ihr«, sagte Wheaton.

Mr. Tweed erhob sich und gab Wheaton die Hand. »Am

schlimmsten ist der Tratsch. Die Leute sagen, sie ist abgehauen wie das Bakkas-Mädchen damals mit der Karnevalstruppe. Mein Mädchen ist so nicht.«

»Natürlich nicht. Wir suchen weiter.«

Der Collie folgte ihnen zum Streifenwagen. Toffer lugte aus dem Fahrerfenster und knurrte. »Ab nach hinten«, sagte Wheaton.

»Hast dir 'nen Polizeihund zugelegt, wie so'n Großstadtcop.«

»Hm.« Wheaton langte nach hinten und tätschelte den Hundekopf. »Platz.«

»Hat ihr Dad noch irgendwas Neues gesagt?«

»Nein.«

»Ihre Mom auch nicht. Kann sein, dass vor 'n paar Wochen beim Footballspiel was passiert ist.«

»Und zwar?«

Cash zuckte die Achseln. »Ich hör mich mal um, was so geredet wird.«

Sie fuhren schweigend zurück zum Wang-Hof. Auf halber Strecke hüpfte Toffer vom Rücksitz nach vorn und legte den Kopf in Wheatons Schoß. Wheaton klopfte dem Hund die Schulter. Cash betrachtete das Ganze aus dem Augenwinkel. Sie hatte Wheaton noch nie so zufrieden erlebt. Ein Hund passte zu ihm.

Cash sprang auf der Farm raus. »Ich meld mich. Muss mich schnell mit 'nem Laster einreihen.«

Den Rest der Woche fuhr Cash bis zwei Uhr nachts Rüben. Es dauerte lange vom Feld zur Fabrik, der Laster schwer unter Tonnen von Zuckerrüben. Die Fahrt und das Warten in der Schlange gaben ihr Stunden zum Nachdenken über das verschwundene Tweed-Mädchen. Klar schien Cash nur, dass es ein blondes Mädchen gab, lebendig genug, um sie zur Hilfe zu rufen, quer durch Zeit und Traum. Jede Nacht fiel sie ins Bett mit dem unguten Gefühl, ihre Träume könnten so anstrengend werden wie ihre Arbeit.

Sie zieht am Hebel für die Hydraulik des Kippers und hört das stete, dumpfe Geräusch fallender Zuckerrüben auf dem Fließband, das sie in die Fabrik befördert. Cash spürt, wie der Laster zu schweben beginnt, während das Geräusch immer lauter und lauter wird und in den Rhythmus von »shave and a haircut, two bits« übergeht.

Cash fuhr im Bett hoch. Sie spähte durch den Schlitz zwischen den Vorhängen am Schlafzimmerfenster. Draußen war es noch Nacht. Sie warf das Bettzeug von sich und streifte Jeans und T-Shirt vom Boden über. Es konnte nicht Jim sein, der so klopfte. Er würde leise klopfen. Wenn sie nicht gleich reagierte, schlich er die Holztreppe wieder hinunter und ging nach Haus.

Das Klopfen ging wieder los. Cash trat an die Küchentür, ohne Licht zu machen. Vor der Tür, umrissen vom matten Schein der Straßenlaternen, stand ein Kerl in Army-Tarnjacke.

»Renee?«, rief er laut, die Hand zum Klopfen erhoben. »Renee Blackbear?«

Cash öffnete die Innentür, aber nicht das Fliegengitter.

»Yeah?«

»Willste deinem Bruder nicht mal die Tür aufmachen?«

»Hä?«

»Renee, ich bin's, dein Bruder, lass mich rein.«

Cashs Herz schlug auf einmal lauter als das Klopfen. Sie sah raus auf die Straße. Die wirkte echt. Sie sah zum

Küchentisch. Er wirkte auch echt. Sie streckte den Arm aus und berührte die Lehne des Holzstuhls, auf dem sie immer saß. Er war echt. Sie kniff sich mit der linken Hand in den rechten Bizeps. Sekunden verstrichen, während sie ihre Realität überprüfte, sich vergewisserte, dass sie nicht träumte.

Sie stieß die Fliegengittertür nach außen auf. Der Typ in der Army-Jacke trat in ihre Küche. Er setzte einen grünen Seesack auf dem Boden ab. Cash zog an der Schnur überm Küchentisch, um das Deckenlicht einzuschalten. Sie ging zurück zum Bett in ihrem Zimmer und sah auf die Uhr. Es war sechs. Sie hatte den Wecker auf acht gestellt, um es zu ihrem Acht-Uhr-dreißig-Kurs zu schaffen. Sie stand da, mit dem Rücken zur Küche, ihr Herz hämmernd, ihre Brust ganz eng, und fragte sich, ob sie gleich umkippen würde. Sie holte tief Luft und drehte sich um und ging wieder in die Küche, ohne den Kerl direkt anzusehen, der sagte, er sei ihr Bruder.

Er hatte sich einen Stuhl zurechtgerückt und saß am Tisch und betrachtete sie. Sie goss Wasser aus dem Hahn der Spüle in ihre Aluminiumkaffeekanne und nahm eine kleine Handvoll gemahlenen Kaffee, warf ihn hinein. Sie benutzte ein Streichholz, um den Gasherd anzumachen. Sie setzte die Kanne darauf. Die ganze Zeit über musterte sie ihn aus dem Augenwinkel.

Er war nicht besonders groß. Sein schwarzes Haar militärisch kurz. Schlank. Sehnig war das Wort, das ihr in den Sinn kam. Braune Haut, vernarbte Knöchel. Seine braunen Augen, kühl, aber lebhaft, huschten durch ihre Wohnung – beobachteten sie, kundschafteten ihren Lebensraum aus. Er steckte sich aus einem Päckchen filterlose Camels eine an. Mit dem ersten Zug blies er Rauchringe über den Tisch. Cash stand am Herd, wartete, gab acht, wann der Kaffee kochte. Und belauerte ihn die ganze Zeit. Ihre Brust war noch immer verkantet wie eine Eisenfalle, aber ihr Herz schlug etwas ruhiger.

Sie sah zu, wie sich kleine Bläschen bildeten, Dampf von der Kaffeekanne aufstieg, die Hand am Herdknopf, um die Flamme klein zu drehen, sobald das Wasser hochkochte. Sie erwischte genau den richtigen Moment, stellte die Hitze runter, ohne dass auch nur ein Korn über den Rand der Kanne quoll. Jetzt, wo der Kaffee sacht köchelte, drehte sie sich um, griff in den offenen Schrank hinter sich und holte zwei dicke weiße Steingut-Kaffeebecher raus. Soweit sie wusste, besaß sie genau zwei Kaffeebecher, beide irgendwann geistesabwesend aus dem Silver Cup mitgenommen.

Sie stellte dem Army-Kerl einen Becher hin und sich den anderen, zögerte unschlüssig: Er saß auf ihrem angestammten Stuhl. Schließlich setzte sie sich ihm gegenüber.

Er pustete in den Becher mit dampfendem Kaffee, bevor er einen vorsichtigen Schluck nahm. »Der beste Kaffee, seit ich wieder im Lande bin. Du fragst dich bestimmt, wie ich dich gefunden hab?« Er zündete sich die nächste Zigarette an. Cash fand, dass sie schon viel qualmte, aber dieser Kerl rauchte Kette, steckte sich die Kippe gleich an der Glut der vorigen an. »Ich bin seit 'n paar Wochen zurück. Bei der Familie, die mich adoptiert hat, bin ich rausgeflogen. War drüben, hab für Amerika gekämpft. Wurde zum Mann! Kam nach Hause, und kaum hab ich mich das erste Mal besoffen, haben sie mich rausgeworfen. Ich soll nie wiederkommen. Hab für den Alten die Drecksarbeit gemacht, seit ich acht war. Hatten mich verdammt noch mal adoptiert. Haben in der Kirche allen erzählt, ich wär ihr Sohn. *Genau wie einer von ihnen.* Ja, Scheiße. Alles, wofür ich geackert hab, kriegt sein Weichei von Sohn, nicht ich, wie er's mir all die Jahre eingeredet hat, was ich gehofft und geträumt hab, was er allen erzählt hat, genau wie 'n richtiger Sohn. Fuck!«

Er nahm einen großen Schluck Kaffee. »Ach, scheiß drauf.« Er grinste durch den Kaffeedampf. »Wie gewonnen, so zerronnen.« Er sah sie an. »Verdammt, wenn du nicht genau aussiehst wie Ma. Nur dass du keine Locken hast.«

»Sie hat Lockenwickler benutzt.«

»Stimmt.«

Schweigen.

»Die Leute, die mich adoptiert haben, meinten, du bist von Familie zu Familie weitergereicht worden, und sie hätten gehört, der Sheriff hat dich irgendwie unter seine Fittiche genommen. Ich hab im Gefängnis von Ada reingeschaut, und seine Sekretärin meinte, du lebst in Fargo. Also bin ich hergefahren. Ich hab mir 'nen Pontiac besorgt, 'nen silbergrauen Grand Am, vom Ersparten. Ist 'n feiner Schlitten, steht vorm Haus. Schneller als 'n Streifenwagen.«

»Woher hast du meine Adresse?«

»War in 'n paar Bars hier auf der NP-Avenue, paar Runden Pool, paar Bier. Im Casbah reden die Leute von dieser Indianerin, die echt Pool spielen kann, aber sie haben sie 'ne Weile nicht mehr gesehen. Hab gesagt, ich such meine Schwester, und der eine Kerl – ich glaub, er heißt Jim – meinte, die Poolspielerin hat keine Familie, oder dass sie vor Jahren alle bei 'nem Autounfall gestorben sind. Meinte, dein echter Name wär wohl Renee. Da hab ich gedacht, vielleicht bist du es. Aber wir sind gar nicht alle tot.«

»Nein?«

»Hölle, nein. Wie ich gesagt hab, mich hat der Farmer in Crookston adoptiert. Chi-Chi, unsere Schwester, ich hab gehört, wurde von irgend'ner Familie adoptiert, in Delaware oder so 'n Scheiß.«

Cash spürte ihre Brust eng werden. Eine Schwärze bildete sich in ihrer Magengrube und begann, sich langsam zu ihrem Zwerchfell hochzuarbeiten.

»Hey!« Der Army-Kerl sprang auf, zog ihren Stuhl vom Tisch weg und drückte ihren Kopf runter zwischen ihre Knie. »Atme.«

Sie schnappte nach Luft und setzte sich auf.

»Mensch, Mädchen! Deine Augen ham sich schon verdreht. Ich bin Sani. War Sani. Bin Sani. Biste okay? Nimm 'nen Schluck von deinem Kaffee. Wollte dich nicht erschrecken. Ich weiß nicht, wo unsere Mom ist. Oder unser Dad, wo wir schon dabei sind. Zuletzt hab ich gehört, sie ist in Oklahoma, wohnt bei irgend'nem ölreichen Indianer, und sie saufen sich zu Tode. Aber ich weiß nicht, was an der Geschichte wahr ist und was nicht. Kommste durch?«

Cash schluckte Kaffee. Nickte. Er saß wieder ihr gegenüber am Tisch. Steckte sich noch eine Zigarette an. Bot ihr eine an. Sie nahm sie. Obwohl es Camel ohne waren. Sie nahm einen tiefen Zug und fühlte den Rauch ihre Lungen beißen. Tabakkrümel klebten auf ihrer Zunge. Sie tupfte sie mit den Fingerspitzen ab. Sie musterte das Namensschild an seinem Army-Hemd. Lt. Sivertson.

»Yeah. Sivertson. Nicht Blackbear«, sagte er durch eine Rauchschwade. »Vielleicht änder ich meinen Namen wieder, jetzt, wo ich enterbt bin. Bei der Adoption haben sie meinen Vornamen von Fred in Paul geändert. Brauchten 'n ›christlichen‹ Namen. Scheißegal. Die Leute nennen mich bloß Geronimo. Kurzform Mo. Manche denken, ich bin 'n Spaßmacher wie Mo von den Three Stooges. Dann lernen sie mich kennen. Ger-ro-ni-MO!« Er lachte. »Ich bin nach Kneipenschluss gekommen, aber du warst nicht hier.«

»Ich fahr Rübenlaster.«

»Hab mein Auto dann unten am Fluss geparkt. Beim Aufwachen hatt ich 'n Krampf im Bein und musste pissen. Kam wieder hier vorbei und wollte gucken, ob du zu Hause bist.«

»Ich studiere. Ich muss mich fertig machen und zur Uni.« Cash trank ihren Kaffee aus und stand auf.

»Was dagegen, dass ich hier penne?«

Cash sah sich in ihrer kleinen Wohnung um, es gab nur die Küche, das Bad und ein Zimmer, das sie als Schlafzimmer benutzte.

Mo sah ihren Blick. »Pass auf, ich werf mein Zeug einfach hier an der Wand auf den Boden. Trockener als ein Reisfeld und viel weniger Moskitos. Bin die Kälte nicht mehr gewöhnt. Drinnen schlafen wär gut.«

»Sicher.« Cash ging ins Schlafzimmer und griff sich eine saubere Jeans und ein T-Shirt von dem Lehnstuhl, den sie als Kleiderschrank benutzte. Aus der Kommodenschublade holte sie Unterwäsche und Socken. Sie ging ins Bad und schloss die Tür. Als sie nicht richtig zuging, das Holz aufgedunsen von vielen feuchten Sommern, wurde ihr klar, dass sie sie wahrscheinlich noch nie zugemacht hatte. Sie drückte dagegen, bis sie festklemmte, obwohl immer noch ein Spalt Licht durchkam. Sie zog sich schnell an. Bürstete Zähne und Haare und sah schließlich in den Spiegel.

Warum biste beinah umgekippt? Sie stand da, starrte sich an, ängstliche braune Augen voller Tränen starrten zurück. *Scheiß drauf.* Sie spritzte sich kaltes Wasser ins Gesicht. Nahm ihr Handtuch und rubbelte sich das Gesicht trocken. *Beweg deinen Arsch zur Uni.*

Als sie aus dem Bad kam, lag Mo ausgestreckt auf dem Boden an der Küchenwand. Seine Matratze war eine Army-Decke auf dem Boden und sein Rucksack war sein Kissen. Er öffnete kaum die Augen. »Prüfe bloß, ob ich Löcher in den Lidern hab«, sagte er und machte sie wieder zu.

Cash nahm ihre Bücher vom Tisch und lief die Holztreppe runter. Die kühle Herbstluft füllte ihre Lungen und ihr wurde wieder schummerig. *Schluss damit.* Sie sprang in den

Ranchero, fuhr einen Block weit und parkte direkt vorm Casbah. Shorty sah sie kommen und setzte einen strengen Blick auf. »Fang gar nicht erst an«, sagte sie. »Gib mir einfach 'n Bud. Ich lass mich von Englisch befreien und von Naturkunde vielleicht auch. Ich muss da jetzt nicht hin.«

Shorty schob ein Bud über die Theke. »Du darfst dir das nicht angewöhnen. Ich hör auf, dich zu bedienen.«

Cash lachte. Sie nahm einen großen Schluck. »Wo's denn Old Man Willie?«

»Du bist heut noch früher dran als er, Mädchen. Das kannst du nicht machen.«

»Zwei Morgen … zwei Tage meines ganzen verdammten Lebens, davon werd ich nicht gleich wie Willie.«

»Du bist bloß 'n Jungspund, Cash – du hast noch kein ›ganzes verdammtes Leben‹, was der Rede wert wär. So'n Army-Typ war gestern hier, hat nach dir gefragt.«

»Ich weiß. Er hat mich gefunden.«

»Dein Bruder?«

»Schätze schon. Ich muss zum Kurs. Ziemlich sicher, dass ich die Prüfung bestanden hab und aus dem Englischkurs rauskann. Je eher ich wieder abends trinken kann, desto seltener musst du mich morgens bedienen.« Cash legte Geld auf den Tresen und ging.

Das Bier auf leeren Magen wirkte stark, aber immerhin hatte es ihre Nerven beruhigt. Sie fuhr von Fargo über den Red River nach Moorhead am Minnesota-Ufer des Flusses. Es war zu früh für ihren Kurs, zumal sie sicher war, dass sie die Englisch-Prüfung bestanden hatte. Sie lenkte nordwärts auf den Highway 75, ging auf die erlaubte Geschwindigkeit. Durchfuhr die kleinen Orte Kragnes, Georgetown, Perley und Hendrum, jedes Nest eine orange-gelbe Oase aus Bäumen in der flachen Prärie, die jetzt hauptsächlich aus schwarzen gepflügten Äckern bestand. Die Bäume am Fluss entlang waren golden. Sie leuchteten in der Morgensonne. An der Kreuzung, die die Leute hier Four-Mile-Corner nannten, vier Meilen vor der Ortschaft Halstad, legte sie eine Wende hin und fuhr im selben Schneckentempo zurück nach Moorhead, die Tachonadel genau auf dem Limit.

Sie steckte sich eine Kippe an und kurbelte das Fenster ein Stückchen auf, sodass der Rauch hinter ihr rauszog. Sie wusste nicht, was sie denken sollte. Als sie ihn das letzte Mal gesehen hatte, saßen sie hinten im Auto, kurz bevor ihre Mutter in den Graben fuhr. Da war er ein dürres, unterernährtes Kind. Seine Milchzähne faulten weg, noch bevor ihm mit sechs die Schneidezähne ausfielen. Sein Bürstenschnitt wurde nie rechtzeitig geschoren, sodass er immer wie ein strubbeliger Hahn aussah. Sie erinnerte sich undeutlich an ihre Schwester – Chi-Chi nannten sie sie. Chi-Chi war auch dürr, aber ihre Haare waren lang und lockig und im Nacken verfilzt, weil sie nie gebürstet wurden.

Cash hatte es vor langer Zeit aufgegeben, sich zu fragen, wo sie waren, wie es ihnen ging, warum sie nie jemand holen kam. Hoffnung wurde zur Bürde, untragbar. Ohne Familie, allein gelassen mit der ständigen Misshandlung durch Pflegefamilien, gab es Nächte, in denen sie schlafen ging und nie mehr aufwachen wollte. Andere Male redete sie sich ein, dass Traumzeit Echtzeit war und der Wachzustand nur geträumt. Doch dann schlug die Wirklichkeit wieder zu. So klein sie war, klammerte sie sich bald an die Haltung, dass jeder Tag so gut war, wie er eben wurde. Und darum gab sie alle Hoffnung auf: die Hoffnung, gerettet zu werden, die Hoffnung, ihre Familie wiederzukriegen, die Hoffnung, dass sich was änderte. Stattdessen hatte sie sich mit elf Jahren heimlich Zigarettenrauchen und Biertrinken angewöhnt, und beides schien alles erträglicher zu machen.

Erst als Wheaton ihr eine eigene Wohnung in Fargo

besorgte und sie so vor einem übergriffigen Pflegevater rettete, wurde Cash entschlossener. Sie machte ihren Highschoolabschluss und blieb bei der Farmarbeit. Jetzt hatte Wheaton sie aufs College geschickt. Während er eine Zukunft für sie zu sehen schien, bezweifelte Cash weiterhin, dass die Welt es gut mit ihr meinte. Sie lebte von Tag zu Tag, traute niemandem, verbrachte die meiste Zeit allein. Ihre engsten Freunde waren ihr Queue und der Ranchero. Und der Fluss, der nach Norden floss. Und das Land, das Leben gab, dem Weizen, dem Mais und den Zuckerrüben. Die flachen Ebenen, die ihr Raum zum Atmen gaben.

Ein Raubvogel flog über dem Ranchero, tief genug, dass Cash ihn als Rotschwanzbussard erkannte. Sie schnippte ihre Kippe aus dem Wagenfenster und kurbelte es ganz runter. Die kühle Brise half ihr den Kopf freikriegen. Hoffentlich hatte sie Englisch bestanden. Und hoffentlich bestand sie auch Naturkunde. Sie brauchte jetzt kein Kopfzerbrechen über gewisse Leute, die sich bis jetzt ja auch nicht allzu sehr um sie geschert hatten. Mo brauchte einen Schlafplatz ohne Moskitos. Sie hatte einen für ihn. Er schlief jetzt, dachte nicht im Geringsten an sie. Sie musste bei der Sache bleiben. Ihre Kurse bestehen. Aus diesen Backstein-Kursräumen rauskommen.

Sie bog auf den Parkplatz vom Piggly Wiggly, dem Supermarkt in Moorhead. Der Laden war geöffnet, vereinzelte Kombiwagen standen auf dem Parkplatz – Farmfrauen machten Besorgungen. Cash lief rein und kaufte vier Bismarck-Donuts mit Gelee-Füllung in Plastikfolie. Zurück im Ranchero riss sie sie auf und biss in einen rein. Wie sie es sich als Kind angewöhnt hatte, aß sie den Bismarck von außen nach innen im Kreis, hob sich das Gelee auf bis zum Schluss. Sie wischte sich die klebrigen Hände an der Jeans ab und trank etwas Kaffee aus der Thermoskanne, die sie im Wagen hatte.

Sie fand einen Parkplatz nah beim Campus und ging zum Naturkundegebäude. Sharon stand auf der Eingangstreppe und hielt Ausschau. Als sie Cash erblickte, kam sie ihr entgegengerannt.

»Da bist du ja! Ich hab dich schon überall gesucht. Ich war gestern bei Mr. Danielson wegen meiner Extrapunkte. Er war der perfekte Gentleman. Er hat nicht mal ansatzweise versucht, mir an die Wäsche zu gehen. Wir haben uns in sein winziges Büro gequetscht. Ich konnte kaum atmen, weil ich ihm so nah war. Ich weiß nicht, was ich machen soll. Was soll ich tun?«

Cash zog die Brauen hoch.

»Das macht mich fertig«, jammerte Sharon.

Cash schüttelte den Kopf. »Gehst du zu den Football-Spielen der Uni?«

»Nö. Wieso? Alle sagen, er treibt es mit Studentinnen. Was mach ich falsch?«

»Warum gehst du nicht zu den Spielen?«

»Keine Ahnung. Ist mehr was für Macker und Vereinsfans. Die Cheerleader-Meute. Seh ich etwa nach Cheerleader aus? Aiiii – das ist es. Er steht auf Cheerleader.«

»Hör jetzt auf. Ist am Wochenende 'n Spiel?«

»Eigentlich jedes Wochenende, soweit ich weiß. Jedenfalls bis Homecoming. Homecoming war doch noch nicht, oder?«

Cash zog sie zu einer Pinnwand im Naturkundegebäude und blieb stehen. »Guck mal, Homecoming ist dieses Wochenende. Wir sollten hingehen.«

»Nein, sollten wir nicht. Lehrer und Sportskanonen, Cheerleader und alte Leute. Nicht unsere Szene, Cash. Nicht unsere Szene. Außerdem gehen wir morgen Abend zum Potluck der Indianerstudis.«

»Yeah, aber das Spiel ist am Samstag. Komm schon, ich zahl dein Ticket, ja? Vielleicht geht Mr. Danielson hin«, köderte Cash sie.

»Und du sagst im Wohnheim Bescheid, dass ich bei dir und deinem Dad übernachte? Und ich muss mich nicht heimlich wegschleichen, um Chaské zu treffen?«

»Yep.«

»Guten Morgen, Sharon. Morgen, Renee«, grüßte Mr. Danielson, als sie den Kursraum betraten. Cash spähte rasch nach hinten, um sicher zu sein, dass ihr Platz frei war. War er. Sharon tänzelte auf einen leeren Sitz in der ersten Reihe zu. »Ich möchte Sie nach der Vorlesung gern kurz sprechen, Renee«, verkündete er, bevor er sich abwandte und weiter an die Tafel schrieb.

Sharon drehte sich auf ihrem Stuhl um, zog fragend die Augenbrauen hoch. Cash zuckte die Achseln. Es wurde eine lange, langweilige Stunde. Cash kritzelte Katzenschwänze und blätterlose Bäume, während sie darauf wartete, dass es vorbeiging.

Als die Glocke ertönte, packte sie ihre Bücher zusammen. Sharon wartete bei Mr. Danielsons Pult auf sie. »Wie ich höre, wollen Sie sich von meinem Kurs befreien lassen.«

Cash presste ihr Schreibzeug fest an die Brust. Hinter Mr. Danielsons Rücken hob Sharon die Brauen. Cash nickte.

»Nun ja, Sie haben auf jeden Fall gute Testnoten. Sie legen morgen die Prüfung ab?«

Cash nickte wieder.

»Sie wissen, dass ich auch Naturkunde für die nächste Stufe unterrichte? Falls Sie bestehen, hoffe ich, Sie ziehen in Betracht, den Kurs zu belegen. Oder vielleicht sehe ich Sie ja schon am Montag wieder hier.« Er ließ ein charmantes Lächeln aufblitzen.

Cash nickte und drückte ihre Bücher noch fester an sich. Sie sah Sharon an, drehte sich um und verließ den

Kursraum. Sharon folgte ihr. »Warum tust du das?«, flüsterte sie laut.

»Das meiste, was er unterrichtet, weiß ich schon. Wenn ich mich von diesem Kurs und von Englisch befreien lasse, muss ich nach der Nachtschicht nicht so früh raus«, flüsterte Cash zurück.

»Also ich bleib in seinem Kurs, schon um ihn angucken zu können.«

»Ich geh in die Campushalle bis zum nächsten Seminar. Komm mit.«

»Nein, im Gegensatz zu gewissen Leuten hier muss ich lernen. Wir sehen uns morgen. Und kochst du was fürs Potluck?«

Cash sah sie völlig verblüfft an.

»Die haben doch gesagt, ein Potluck. Das heißt, wir sollen für alle was zu essen mitbringen.«

»Ich koch nicht.«

»Na ja, sie meinten was von Bier – oder du bringst 'ne Packung gekaufte Kekse mit.«

Cash blies die Backen auf und schnaubte verdrossen. »Ich guck mal.«

Statt zur Campushalle zu gehen, stapfte sie zu ihrem Ranchero. Sie kurbelte beide Fenster runter, setzte sich rein und starrte auf die vorbeikommenden Studierenden und Autos, während sie noch einen Bismarck aß.

Sie dachte über das Tweed-Mädchen nach. Über Toffer, den von Wheaton geretteten Kartoffelsack-Hund. Sie schrieb ihr Englisch-Essay über Shakespeare und Langston Hughes im Geiste noch mal. Als ihre Gedanken abschweiften zu dem Bruder, der in ihrer Wohnung schlief, lenkte sie sie rasch um zu einer Schätzung ihrer nächsten Lohnauszahlung fürs Rübenfahren. Sie leckte sich die Finger ab und wischte sie an ihrer Jeans sauber, kurbelte die Truckfenster hoch und marschierte zur Campushalle, um Pool zu spielen, bis der Psycho-Kurs anfing.

Nach dem Unterricht wollte sie nicht zurück in ihre Wohnung. Noch nicht. Sie beschloss, bei Piggly Wiggly vorbeizufahren und Kekse fürs Potluck zu besorgen. Sie stand gut zwanzig Minuten in dem Gang mit den Keksen. Diese Auswahl. Welche würden die anderen mögen? Schokostückchen? Sirup? Zuckerguss? Ihr war übel.

Eine Frau betrat den Gang, schob einen mit Lebensmitteln vollgepackten Wagen vor sich her. Aus den Schachteln mit Frühstücksflocken schloss Cash, dass sie einen Haufen Kinder hatte. Wohlgenährte Farmerskinder.

Der überquellende Einkaufswagen stieß Cash zurück in eine Erinnerung, darin saß sie am Küchentisch einer Pflegefamilie. Alle anderen – die »richtigen« Kinder – aßen die neusten Flakes mit Zuckerfrost und Beerengeschmack und stritten sich, wer als Erstes den Papierdrachen von der Rückseite der Packung bestellen durfte. Sie lachten und stichelten. Der Größte sagte, er würde den Kleinsten mit dem Drachen in die Luft schicken, als Experiment. Der Zweitgrößte sagte: »Nein, nein, nimm Renee, nicht unser Baby.« Alle lachten noch mehr. Dünne Milchfontänen entwichen dem einen oder anderen Mund, während sie sich durch ihr Frühstück gackerten. Cash hockte vor ihrer Schale Cornflakes, die billigste Sorte, die Sorte, die sie essen durfte.

Die Einkaufswagen-Mutter unterbrach Cashs Rückschau mit einem leisen »Verzeihung« und langte an ihr vorbei nach einer Packung Waffelkekse. Die in Rosa, Braun und Vanille – lang, dünn und knusprig.

Als sie weg war, griff Cash sich dieselbe Sorte Waffelkekse und strebte zur Kasse mit der kürzesten Schlange. Die Frau vor ihr und die Kassiererin unterhielten sich gedämpft mit reichlich *ts-ts*. Cash trat näher und spitzte die Ohren.

»Weg – genau wie dieses Tweed-Mädchen.«

»Wie das? Wo denn?«

»Wissen sie nicht. Im Süden, so ein kleiner Ort, Melon oder Milan. Direkt an der Grenze, hab ich gehört.«

»Sie ist nicht einfach abgehauen? Das Jungvolk dieser Tage trampt ja per Anhalter durchs ganze Land.«

»Nein. Eine kleine Schülerin. Bestnoten an der Highschool. Hat grad irgend so 'n Preis bekommen und war damit in der Zeitung.«

»Was wird nur aus der Welt? Hippies. Anti-Kriegs-Proteste. Man ist ja nirgends mehr sicher.«

»Pass auf dich auf, Hazel«, sagte die Kassiererin, als der Packjunge die letzten Einkäufe der Frau eintütete, dann tippte sie den Betrag für Cashs Kekse in die Registrierkasse. »Nur die Kekse?«

»Yep«, sagte Cash und legte ihr Geld auf die Theke. Sie wünschte, sie hätte den Nerv, Hazel einzuholen und sie nach dem zweiten vermissten Mädchen zu fragen. Stattdessen nahm sie ihre Schachtel Kekse und fuhr über den Fluss zu ihrer Wohnung.

Sie saß im Ranchero vor ihrer Bude, rauchte eine Marlboro, blies den Rauch aus dem Fenster. *Na los, Mädchen, es ist deine Wohnung. Geh schon.* Sie ließ die Kekse neben den zwei verbliebenen Bismarcks auf dem Sitz liegen, stieg aus und trottete die Treppe hoch.

Schon von draußen roch sie Marihuana. Sie riss die Tür auf – ihr Bruder saß an ihrem Küchentisch, ein Joint brannte im Aschenbecher, daneben eine seiner filterlosen Zigaretten. Vor ihm lagen ein beträchtlicher Haufen Marihuana und etwa vierzig vorgerollte Joints. »Schaff mir den Scheiß hier raus!«, brüllte sie.

Er sah auf, amüsiert.

»Krieg dich wieder ein, kleine Schwester.«

Er sprach langsam. Auch seine Bewegungen wirkten langsam, als er sorgfältig den Joint fertig drehte, der gerade in Arbeit war, und ihn dann zu den anderen legte.

»Willste 'n Zug?« Er hielt ihr den Joint aus dem Aschenbecher hin.

»Du sollst diesen Scheiß aus meiner Wohnung schaffen!«

»Hey. Hey.« Er hob die Hände, als ob sie eine Waffe auf ihn richtete. Vorsichtig verstaute er die Joints in kleinen Sandwich-Tüten aus Plastik. Beim ersten Versuch verzählte er sich, woraufhin er sie ein zweites Mal zählte, seine glasigen Augen und lahmen Bewegungen ließen vermuten, dass er ein bisschen mehr geraucht hatte als nur den Joint im Aschenbecher. Cash stand mit verschränkten Armen da und funkelte ihn an.

»Komm runter, Schwesterchen. Guck, ich mach ja, was du sagst«, versicherte er, dabei füllte er den Haufen Gras in eine kleine Papiertüte und faltete sie mehrmals sorgsam von oben zu.

»Du musst den Scheiß aus meiner Wohnung schaffen«, wiederholte Cash.

»Okay, okay.« Er erhob sich langsam und ging zu seinem Seesack, der noch an der Wand auf dem Boden lag, die Army-Decke ordentlich gefaltet daneben. Er wühlte herum und kam mit einem großen schwarzen Abfallbeutel aus Plastik zurück. Er steckte die Joints und die Papiertüte mit dem Gras in den größeren Beutel.

»Gleich wieder da, Schwesterchen«, sagte er und ließ die Fliegengittertür mit einem Knall hinter sich zufallen, woraufhin er sich unwillkürlich duckte, bevor er merkte, dass es die Tür gewesen war. Er sah Cashs Blick und lachte über sich selbst, salutierte knapp und verschwand die Treppe runter.

Cash setzte sich auf einen Stuhl, dann stand sie wieder auf, um sich eine Tasse Kaffee warm zu machen. Sie überlegte kurz, ob sie Mo rauswerfen sollte, aber er gab sich alle Mühe, es ihr recht zu machen, und er hatte willig das Marihuana aus dem Haus geschafft. Als sie ihren Kaffee getrunken hatte, kippte sie den Satz aus der Kanne und machte eine neue. Schüttete den kalten Kaffee weg, der noch in ihrer Thermoskanne war. Verdammt, sie hatte vergessen, sich im Silver Cup ein Sandwich zu holen. Als der Kaffee fertig war, füllte sie ihre Thermoskanne. Sie fragte sich, ob ihr Bruder zurückkommen würde. Sie musste los zur Arbeit. Sie griff sich ihre Arbeitsklamotten vom Boden vor dem Bett und ging zum Umziehen ins Bad. Als sie rauskam, saß ihr Bruder am Küchentisch. *Verdammt*, dachte sie, sie hatte ihn nicht reinkommen hören.

»Alles cool, Schwesterchen, ist schon gut. Hatte vergessen, dass du mit dem Bullen befreundet bist. Kommt nicht wieder vor.«

»Ich muss zur Arbeit.« Cash stand in ihrer kleinen Küche.

»Okay, wenn ich noch bisschen bleib? Brauch nur die Ecke da. Kiff auch nicht mehr. Versprochen. Vielleicht geh ich nachher in deine Bar und stoß 'n paar Runden.«

»Meinetwegen.« Auf halbem Weg die Treppe runter machte sie kehrt, ging wieder hoch und in ihr Schlafzimmer. Öffnete ihre Kommode und nahm die Socke mit der Geldrolle heraus, die sie dort am Boden einer Schublade hortete. *Nur vorsichtshalber.* Sie stopfte das Geld in die Jackentasche und machte sich wieder auf. »Bis später«, sagte sie beim Rausgehen zu ihrem Bruder. Er saß am Küchentisch und mischte ein Deck Karten.

Sie stopfte das Geld zwischen die Sprungfedern unterm Autositz. Er mochte ihr Bruder sein, aber sie hatte keinen blassen Schimmer, wer er war. Gerade als sie den Truck startete, ging die Beifahrertür auf. Der Truck machte einen Satz und würgte ab. »Was zur Hölle?«, brüllte sie.

Ihr Bruder lehnte in der Beifahrertür und grinste.

»Noch was futtern gehen? Musst doch was essen, bevor du zur Arbeit fährst.«

Schon saß er auf dem Beifahrersitz und griff nach den Keksen, die sie gekauft hatte. Er sah aus, als würde er gleich darüber herfallen. Cash nahm sie ihm aus der Hand und verstaute sie unter der Sitzbank. »Die sind für 'n Treffen morgen Abend.«

»Na los. Gehn wir was essen. Ich lad dich ein. Hab höllischen Kohldampf. Kochste denn nie? Hast gar nix im Kühlschrank. Kein Wunder biste so winzig, du isst nix.«

Er grinste sie an. Was Cash zu schaffen machte, war, dass das Grinsen seine Augen nicht wirklich erreichte. Er wirkte nicht tückisch, aber wachsam, vorsichtig. Auf der Hut. Vielleicht war das das passende Wort. Auf der Hut. Als wäre er ständig auf irgendwas gefasst.

»Du hast dieses Gras doch nicht in meinem Truck verstaut, oder?«, fragte sie.

»Nee, Mann, nee. Würd ich dir nie antun, so was. Komm schon, gehn wir essen.«

Cash fuhr zum Silver Cup. Sie nahmen beide das Tagesgericht – Roastbeef-Sandwich mit Kartoffelbrei, in Bratensoße ertränkt. Sie aßen wortlos. Shirley staunte sie an, während sie hin und her wuselte, doch sie stellte keine Fragen. Kaum waren sie fertig, warf Mo eine Handvoll Scheine auf den Tisch und winkte Shirley zu, als sie zur Tür rausgingen.

»Für so 'ne Mahlzeit hätte ich meine Seele verkauft drüben im Busch«, sagte er und kletterte in den Ranchero. »Setz mich bei dieser Bar ab, ich spiel ein paar Runden. Hält mich in Form, um den Tisch zu laufen. Muss auf meine Wespentaille achten.« Er tätschelte sein nicht vorhandenes Bäuchlein.

Cash schlug nicht vor, dass er sein Fett wegbekam, indem er zu Fuß zur Bar ging. Nachdem sie ihn abgesetzt hatte, hielt sie beim Spirituosenladen und kaufte ein Zwölferpack. Am Tempolimit und auf der Hut vor Polizeiwagen, speziell Wheatons – den konnte sie jetzt gar nicht gebrauchen –, trank sie ein Bier. Auf der Arbeit vermied sie die ganze Schicht über Gespräche mit anderen Farmern. Statt über ihren Bruder oder den Rest ihrer verschwundenen Familie nachzudenken, befasste sie sich mit der jungen Tweed und der Geschichte, die sie im Piggly Wiggly gehört hatte. War es möglich, dass zwei Mädchen aus dieser ländlichen Gegend einfach so beschlossen hatten, sich in Luft aufzulösen?

Damals, als die junge Bakkas mit dem Schausteller vom Wanderzirkus durchgebrannt war, hatte es Gerüchte von Missbrauch und häuslicher Gewalt gegeben. Die Leute tuschelten, dass ihre Mom sie auspeitschte, wenn sie nicht schnell genug bügelte. Dass ihr Onkel sie anfasste. Es hieß auch: »Sie war immer eine ganz Wilde.« Cash wusste nicht, was davon stimmte und was nicht, aber es machte einen gewaltigen Unterschied, ob eine Familie wusste, du bist mit jemandem durchgebrannt, oder ob sie keine Ahnung hatten, wo du abgeblieben bist.

Wo lag dieser Ort, über den sie im Laden geredet hatten? Sie hatte noch nie von einem Nest namens Melon gehört. Miland? Eigentlich kannte sie nur diesen Teil des Valley gut, das Stück von Fargo-Moorhead bis zur kanadischen Grenze. Hier war sie in jedem kleinen Ort schon gewesen, und in den großen auch. Genau wie in den meisten Ortschaften auf der North-Dakota-Seite. Die Farmer erwarben und bestellten Land beiderseits der Staatengrenze. Die Leute sagten diesseits vom Fluss und jenseits vom Fluss. Selten war die Rede vom Bundesstaat. Soweit sie sagen konnte, war es ihnen gleich, wo sie ackerten, solange der Mutterboden üppig war und den Weizen, die Kartoffeln und Rüben hergab, auf die sie angewiesen waren. Sie wühlte im Handschuhfach des

Rübenlasters in der Hoffnung, eine Landkarte zu finden. Kein Glück. Im Ranchero hatte sie eine.

Normalerweise lernte sie für die Uni, während sie in der Schlange darauf wartete, eine Ladung Rüben loszuwerden. Heute Nacht lehnte sie ihren Kopf an den rissigen Ledersitz und versuchte, Verstand und Körper so weit zur Ruhe zu bringen, dass sie irgendeins der Mädchen erreichen konnte. Sie starrte in den Nachthimmel. Atmete die knackige Nachtluft ein. Und trieb davon. Sie fühlte ihren Geist ihren Körper verlassen und in die Luft steigen. Sie schickte ihren Willen nordwärts, schwebte über dem Tweed-Haus in Shelly. Ein offener Lichtkreis lud sie ein, runter ins Schlafzimmer der Tweed, wo auch diesmal der Pulli hing. Jetzt glitzerte er wie die Sterne über ihr, aber sonst war dort nichts Neues zu sehen oder zu spüren. Cashs Geist stieg aufwärts und raus aus dem Lichtkreis und strebte nach Süden. Sie flog den Fluss entlang, streifte die Baumwipfel. Sie fühlte weder Kälte noch Wind, nur ein sachtes Schweben, als glitte sie in einem inneren Tunnel über einen stillen See hinweg.

Unter ihr zog Fargo-Moorhead vorbei, die Straßenlichter ein Spiegel der blinkenden Sterne über ihr. Sie folgte dem Red River, so weit er sich nach Süden erstreckte. Sie wagte sich nicht weg von ihrer gewohnten Orientierungslinie, dem Fluss, den sie schon ihr Leben lang kannte. Ein Laster-Hupkonzert zerrte sie in ihren Körper zurück. Als hätte jemand das Gummiband einer Steinschleuder losgelassen. Rasch warf sie den Laster an, legte den Gang ein und schloss die Lücke in der Reihe.

Einer der anderen Rübenfahrer tauchte an ihrem Fenster auf, als sie zum Halten kam, klopfte gegen die Scheibe. Sein unrasiertes Gesicht, halb verdeckt vom Farmerhut, spähte zu ihr rein. Sie kurbelte ihr Fenster runter.

»Biste da drin eingeschlafen, Cash? Alles gut so weit?«

»Yeah, mir geht's gut. Bin wohl kurz weggenickt.«

»Hier, hab dir an der Bude 'n Kaffee geholt. Frisch und heiß.« Er hielt ihr dampfende Brühe in einem Styroporbecher hin. »Noch 'ne Woche oder so, und die Saison ist geschafft. Fährste am Wochenende? Hab gehört, 'n paar Farmer zahlen mehr dafür, wollen das Jahr rumkriegen.«

»Weiß nicht. Muss mal gucken.«

»Niemand will hier draußen sein, wenn der Schnee fällt. Bleib jetzt wach.«

Cash hob grüßend den Kaffeebecher, als er vom Trittbrett sprang und zu seinem eigenen Laster zurückging. Sie fuhr die Schicht zu Ende und gab den Kipper auf dem Hof ab. Sie kritzelte eine Nachricht an Milt, dass sie am Wochenende nicht arbeiten könne, aber Montagabend wieder dabei sei. Sie legte die Notiz aufs Armaturenbrett des Lasters. In ihrem Ranchero nahm sie einen Schluck von dem Budweiser, das sie angebrochen auf dem Boden hatte stehen lassen. Sie zündete sich eine Marlboro an und lauschte dem Schweigen der Nacht. Dann fuhr sie zurück nach Fargo, saß in ihrem Truck vor dem Haus, trank noch ein Bud. Es war nach Zapfenstreich, und sie sah Licht in ihrer Wohnung. Sie erkannte den Umriss ihres Bruders, der an ihrem Küchentisch saß. Sie aß einen der Bismarcks, der trocken wurde, aber immer noch süß war. Spülte mit Bier nach.

Morgen, Freitag, war der Termin für ihre Befreiungsprüfung in Naturkunde, und dann das Treffen Indianischer Studenten, für das sie zugesagt hatte, Kekse gekauft hatte. Und es war noch das meiste von dem Zwölferpack da, das sie vor der Schicht besorgt hatte. Sie leerte das Bier, schnappte sich noch eins und ging hoch.

Mo saß am Tisch, vor sich sieben leere Flaschen Schlitz. Der einzige Hinweis, dass er vielleicht ein bisschen betrunken sein mochte, war, dass seine Augen wie schmale Schlitze wirkten. Er grinste, als sie reinkam. Er zog ein Bündel Scheine aus seiner Flakweste und legte sie beiläufig auf den Tisch. »Hier, bisschen Geld fürs Bleibendürfen. Diese Witzbolde sind voll scheiße am Pooltisch.« Er lachte und legte noch eine Karte an seiner Patience an. »Hab noch mehr Bier geholt. Und Hamburger. Ist im Kühlschrank, wenn du Durst hast. Und Eier. Brot. Amerika-Futter.«

»Ich hab morgen früh Uni. Muss schlafen.« Cash ging in das Zimmer, wo ihr Bett stand, und stellte die Biere auf der Kommode ab, zusammen mit einer Packung Marlboro und einer Streichholzschachtel. Sie nahm eine Jeans und ein T-Shirt von dem Schmutzwäschehaufen auf dem Boden in der Ecke, schüttelte sie aus und roch daran, um festzustellen, ob sie nach Rübenacker rochen. Taten sie nicht. Sie ging ins Bad und schloss die Tür, so gut es ging, bevor sie pinkelte und die Sachen auszog, in denen sie gearbeitet hatte. Sie zog an, was sie gerade aus dem Wäschehaufen gefischt hatte.

Zurück in ihrem Zimmer warf sie die Sachen auf den Boden zu ihrer restlichen Dreckwäsche. Sie knipste die kleine Lampe an, die sie auf der Kommode stehen hatte. Reckte sich hoch und zog an der Schnur für das Deckenlicht. Die Federn quietschten, als sie sich aufs Bett setzte.

Sie süffelte ihr Bud aus der Flasche und steckte sich eine Marlboro an, beäugte ihren Bruder, der ganz in seine Patience versunken schien. Als das Bier geleert war, schüttelte sie ihr Kissen auf und legte sich auf die Seite, Gesicht zum Fenster. Verdammt, war sie müde, aber auch kribbelig. Unsicher, was sie denken oder empfinden sollte. Sie hörte das leise *Flapp-flapp*, mit dem Karten abgelegt wurden. Sie gähnte. Hörte das Mischen des Kartendecks, auf dem Tisch wurde eine Flasche abgesetzt. Noch mal gähnen. Sie legte den Arm übers Gesicht, um das Licht auszusperren.

Als Pflegekind hatte sie allnächtlich in der Zwickmühle gesteckt. Nacht war nicht immer die sicherste Zeit. Sollte sie ohne Licht schlafen, sodass sie in der Dunkelheit schwerer zu finden war? Oder sollte sie mit Licht an schlafen, damit sie sah, wer sich an sie heranmachte? Manche Familien zwangen sie, das Licht zu löschen, um Strom zu sparen. Ehe sie älter wurde und es besser wusste, rätselte sie ziellos bis tief in die Nacht, wie und wo Strom aufbewahrt wurde. Du kannst Strom nicht sehen. Außer Blitze. Also wo und wie wurde er aufbewahrt? Sie stellte sich gigantische Metallsilos vor, irgendwo da draußen, voll mit zuckenden Blitzen.

In einer Pflegschaft übte sie auch flaches, geräuschloses Atmen in der Hoffnung, dass ihr Körper so schwerer zu finden war. Wickelte sich fest ins Laken wie eine Mumie, damit das Zupfen zudringlicher Hände im Dunkeln sie weckte und sie sich schnell aufsetzen und die Hände wegstoßen konnte. Dann machten sich die Hände mit dem Rest des Körpers davon, nackte Füße schlurften auf den Hartholzböden. Sie gähnte noch mal und faltete sich das Kissen um den Hinterkopf, um die Geräusche der Karten auszusperren.

Cash erwachte zum Duft von Schinken und dem Prasseln spritzenden Fetts. Sie wälzte sich herum, nahm das Kissen vom Kopf und warf einen Blick auf den Wecker. Halb acht. Für einen panischen Augenblick dachte sie, sie käme zu spät zu Englisch, aber dann fiel ihr ein, dass sie die Prüfung gemacht hatte, um sich von dem Kurs zu befreien. Sie war noch nicht informiert, ob sie bestanden hatte oder nicht. Vielleicht würde sie auf dem Campus als Erstes bei Professor LeRoys Büro vorbeischauen. Ihre Beine fühlten sich steif und dreckig an vom Schlafen in Jeans. Der Metallknopf am Bund hatte einen deutlichen roten Fleck hinterlassen. Sie setzte sich auf die Bettkante, streckte ihre Beine. Zündete eine Zigarette an und lehnte sich auf dem Bett nach hinten, um das Fenster eine Handbreit zu öffnen. Ein kühler Morgenwind zog herein. Draußen kein erkennbarer Frost. Sie schloss das Fenster.

Sie griff ein paar Klamotten und ging ins Bad, um sich umzuziehen. Ihr Haar war ein Tohuwabohu. Sie bürstete es aus und schlang es auf dem Kopf zu einem Knoten, mit einem durchgesteckten Bleistift, damit es hielt. Als sie rauskam, stand ein Teller mit Rührei, Schinken und geschnittenem Weißbrot auf dem Tisch. Und eine dampfende Tasse Kaffee.

»Hab keinen Toaster gefunden. Hoffe, Rührei is okay.«

Cash setzte sich. »Danke«, murmelte sie.

Er verschlang gerade eine doppelt so große Portion. »Was ich von der echten Welt echt vermisst hab, war echtes Essen. Du hast Uni, hm?«

»Yeah.«

»Arbeit?«

»Nein. Nehm das Wochenende frei. Gibt paar andere Sachen, die ich machen muss.«

»Gestern Abend hieß es, es gibt da in paar Wochen so 'ne Art Poolturnier. Die meinten, du spielst da meistens mit, hast so 'n Weißen als Partner.«

»Kann nicht.«

»Kannst nicht?«

»Hab letztes Mal Hausverbot kassiert. So 'ne blöde Kellnerin hat mich beschuldigt, Bier zu schmuggeln. In einer Handtasche.«

»Hast du?«

Cash ließ ein schweres Seufzen hören. »Ich hatte zwei Bier im Hosenbund. Unter der Jacke. Ich trag doch keine dämliche Handtasche.«

Mo fing an zu lachen. »Also haste das Bier geschmuggelt und Hausverbot dafür gekriegt.«

»Nein, Hausverbot haben sie mir verpasst, weil ich auf dem Weg raus noch paar Flaschen abgeräumt hab.«

Jetzt lachten sie gemeinsam. Sie machte vor, wie sie mit dem Arm den Tisch leergefegt hatte.

»Was haste mit dem Bier gemacht?«

»Es unten am Fluss ausgetrunken«, lachte sie.

»Tja, dann sind wir wohl keine Partner beim Turnier, was?«

»Eher nicht.« Sie klappte eine der Brotscheiben um ein Stück Rührei und biss ab.

»Also, du gehst zur Uni und machst Farmarbeit. Die Leute sagen, du bist am Tisch 'n richtiger Scharfschütze. Was machste sonst? Haste 'n Freund?«

»Das ist alles. Uni und Arbeit.«

»Freund?«

»Nicht so richtig.«

Schweigen.

»Und du? Was hast du so gemacht?«

»Gerade erst zurück in der Welt. Ich dachte ja, ich komm wieder und mach die Farm. Futsch, nix mit Farm. Vielleicht noch mal Front. Mal sehen, was die nächsten paar Wochen läuft. Es ist so ruhig hier. Macht mich nervös. Passiert hier in der Gegend nie was Aufregendes?«

»Nicht viel. Ein Mädchen ist verschwunden, oben bei Shelly. Und gestern hab ich gehört, in einem Kaff südlich von hier wird noch eine vermisst.«

»Vermisst?«

»Yeah, die aus Shelly war in meinem Naturkundekurs an der Uni. Seit letzte Woche ist sie weg. Hat ihren Leuten gesagt, sie will in die Citys, und kam nicht wieder. Keine Rumtreiberin. Klug.«

»Was ist mit der anderen?«

»Keine Ahnung. Hab das erst gestern im Laden aufgeschnappt. Wohl 'ne Schülerin. Ich wollte heute zur Bibliothek, Zeitungen durchgucken, vielleicht fällt mir was auf. Aber erst muss ich den richtigen Ort rauskriegen. Ich hab nicht genau verstanden, was die Frauen gesagt haben, Melon oder Myland oder Midland, aber sie meinten, im Süden an der Grenze.« Sie sprang auf. »Ich hab 'ne Karte im Truck.«

Als sie wieder hochkam, außer Atem vom Treppe-rauf-und-runter-Rennen, hatte Mo den Tisch abgeräumt. Sie breitete die Karte aus, und sie beugten sich darüber. Cashs Finger folgte dem Red River von Fargo-Moorhead aus nach Süden entlang der Grenze zwischen Minnesota und North Dakota. Keine Ortschaft, die mit M anfing. Mo nahm sich die Liste mit Ortsnamen in einer Ecke der Karte vor. Er las laut: »Medina, Melrose, Mendota. Die sind alle zu weit im Osten. Milaca. Milan. Millerville. Melville.«

»Warte, warte, warte. Wo ist Milan? Und Millerville?«

»Milan liegt im Westen vom Staat und Millerville ganz weit im Osten. Genau hier. Guck, hier ist Milan. Direkt an der Grenze nach South Dakota. Meinst du, das isses?«

»Keine Ahnung. Ich guck an der Uni mal in die Zeitungen. Warum sollte ein kleines Mädchen von da verloren gehen?«

»Haste nicht gesagt, 'n Teenager?«

»Die Frauen im Laden haben gesagt: *eine kleine Schülerin.*«

»Weiße Sklaverei.«

»Hä?«

»Weiße Sklaverei.«

»Wovon redest du?«

»Vielleicht sind sie für den Weißen Sklavenmarkt entführt worden.« Er schlürfte Kaffee.

»Komm mal runter. Du hast wohl draußen im Dschungel zu viele True-Crime-Groschenhefte gelesen.«

»Nein, das ist mein blutiger Ernst. Auf dem Fleischmarkt verhökern sie drüben in 'Nam Mädchen aller Art. Runde Augen bringen 'nen höheren Preis. Wie überall auf der Welt, weiße Mädchen – blond mit blauen Augen – bringen die meiste Kohle.«

»Nee.«

»Kommt vor. Nach so was würd ich Ausschau halten, wenn zwei Mädchen einfach so verschwinden.« Er trank mehr Kaffee. »Mädchen, die noch nie Ärger hatten? Klar wie Kloßbrühe, die wurden entführt.«

Cash trank ihren lauwarmen Kaffee aus. »Das ist mir zu irre. Ich muss zur Uni.«

Sie stellte den Becher in die Spüle. Füllte ihre Thermos mit dem Rest aus der Kaffeekanne. Nahm ihre Zigaretten und Streichhölzer vom Tisch und ging.

Sie schauderte, als sie in ihrem Ranchero darauf wartete, dass die Heizung in Gang kam. Sie glaubte ihrem Bruder nicht. Sie hatte in ihrem Leben schon üblen Scheiß mitgekriegt, aber trotzdem, was er da sagte, konnte sie sich nicht vorstellen.

Sobald sie zur Uni kam, ging sie zur Englisch-Fakultät. Sie klopfte an die Tür des Professors, aber es kam keine Antwort. Am Türrahmen klebte ein Umschlag mit dem Namen »Renee Blackbear«. Sie öffnete den Umschlag. Auf einem halbierten Blatt Papier stand: »Sie haben bestanden. Ich würde gern mit Ihnen über Ihr Essay sprechen.«

»LeRoy«, kaum lesbar, war darunter gekrakelt.

»Ja!«, dachte sie und stopfte die Notiz in ihre hintere Jeanstasche.

Als Nächstes ging sie zur Campus-Bibliothek. Im Gebäude war es still und roch nach altem Papier. Staubflusen trieben im einfallenden Licht der Fenster. Cash sah sich vorsichtig um. Sie war den Bücherbus gewöhnt, der alle zwei Wochen in den Ortschaften durchkam. Der Einstieg war vorn. Drinnen füllten Bücherregale alle Wände. Auf einer Seite standen Kinderbücher, auf der anderen die für Erwachsene. Als Cash anfing, den Bücherbus zu nutzen, versuchte die Bibliothekarin sie zur Kinderseite zu lotsen. Damals sprach Cash mit niemandem, also nahm sie *Insel der blauen Delfine* mit und *Die Schatzinsel* sowie vier Biografien historischer Figuren für Erwachsene. So ging es einen Sommer lang. Die Bibliothekarin sah sich Cashs Bücher an und stellte Fragen wie: »Mochtest du das?«

Bald bot sie Cash andere Bücher von einigen derselben Autoren an. Sie bemerkte Cashs Interesse an indianischen Kriegshäuptlingen. Bei jedem Besuch lag ein neues Buch über einen indianischen Kriegshäuptling auf der Ablage neben der Bibliothekarin. Als Cash mit Lektüre über fernöstliche Meditation anfing, tauchten auch mehr Bücher übers Meditieren auf.

Die Campus-Bibliothek war nicht der Bücherbus. Sie war ein großer Backsteinbau mit endlosen Regalreihen voller Bücher, dunkler und einschüchternder noch als die öffentliche Bücherhalle in Fargo. Cash fand den Sitzbereich, wo an langen Holzstiften das *Fargo Forum* aushing. Die älteste war die Sonntagsausgabe. Es gab noch ein paar andere Lokalblätter und natürlich die Zeitung aus den Citys, aber nichts aus Milan.

Cash ging zum Auskunftsschalter. Es waren mehrere Bibliothekarinnen da. Sie holte tief Luft, atmete aus und ging zu der, die am jüngsten aussah. Sie wartete darauf, dass die junge Frau sie wahrnahm, aber die hantierte weiter mit irgendwelchen Karteikarten. Cash hüstelte.

»Oh.« Sie blickte mit gespielter Überraschung auf. »Kann ich helfen?«, fragte sie im Bühnenflüsterton.

Cash flüsterte zurück: »Zeitungen aus Milan, Minnesota?«

»Verzeihung?« Die Frau neigte den Kopf und strich sich blondes Haar hinters Ohr. »Sagen Sie das noch mal?«

Statt zu sprechen nahm sich Cash eine leere Karteikarte und einen Stift und schrieb: *Zeitungen aus Milan, Minnesota.*

»Oh. Das dürfte alles auf Mikrofiche sein. Studentenausweis bitte.«

Cash zog ihn aus der hinteren Jeanstasche. Die Frau las langsam ihre Personalien durch.

»Lokalzeitungen archivieren wir hier nicht auf Mikrofiche. Da müssen Sie in die öffentliche Bücherhalle gehen.« Sie gab ihr den Ausweis zurück.

Cash stopfte den Ausweis zurück in die Tasche und floh aus dem Gebäude. *Warum sagt dieses Aas das nicht gleich?*

Die öffentliche Bücherei hatte mehr Zeitungen aus anderen Regionen vorrätig als die Campus-Bibliothek. Sie brauchte bloß zehn Minuten, um herauszufinden, dass die *Chippewa County News* die Ortschaft Milan mit abdeckte. Und siehe da, vor etwas mehr als einer Woche brachte ein Leitartikel des Regionalblatts das ausführliche Porträt eines junges Mädchens, Candy Swenson, Schülerin an der Milan Highschool, die einen von der Organisation *Future Homemakers of America* ausgelobten Preis gewonnen hatte. Sie war zum landesweiten FHA-Treffen in Minneapolis gefahren, wo sie aus dem Curtiss Hotel verschwand, am selben Abend, als sie den Preis bekam.

In Luft aufgelöst nannte es der Artikel. Candy sang im Kirchenchor der Lutheraner und hatte zwei kleine Brüder. Der Reporter deutete an, dass Mädchen vom Lande, die in die Citys kamen, sich oft von den Lichtern und dem Trubel der Großstadt blenden ließen und viele nie nach Hause zurückkehrten. Als *tief bestürzt* bezeichnete der Artikel Familie und Gemeinde. Sie bestritten vehement, dass ihre Tochter jemals weglaufen würde.

Cash lehnte sich zurück und sah zum Büchereifenster hinaus. Der Stuhl, auf dem sie saß, war aus orangem Kunstleder, passend zu den Blättern der Bäume draußen. In all den Jahren, als sie den Pflegschaften zu entkommen hoffte, hatte sie nie einen brauchbaren Plan zustande gebracht. Und hier waren zwei Mädchen, keine hundert Meilen voneinander entfernt, deren Familien sie liebten, zu ihnen hielten – und hatten sich scheinbar in Luft aufgelöst. Beide mit herausragenden Noten. Und ja, ihr Bruder hatte recht, beide blond und blauäugig. Cash erschauerte unwillkürlich. Eine war mit Sicherheit in den Citys verschwunden. Von der anderen gab es Gerüchte, dass sie dorthin gewollt hatte.

Cash saß da und dachte über die Citys nach. Sie hatte viel davon gehört, war aber nie da gewesen. Sie hatte Bilder in der Zeitung gesehen und täglich im Radio den Agrarmarkt-Börsenbericht aus Minneapolis gehört – morgens und dann noch mal mittags. Dem Mittagsbericht folgte immer die Sendung *Paul Harvey News and Comment*. Seine raspelnde Stimme unterhielt Farmerfamilien überall im Valley.

Wenn Cash an die Citys dachte, stellte sie sich einen Ort wie Metropolis in den Superman-Comics vor. Stahl und Glas. Männer, die jeden Tag Anzug trugen, und Frauen in Bleistiftröcken und Blusen mit Schleifen am Ausschnitt.

Es fiel ihr schwer, sich überhaupt einen Ort außerhalb des Valleys vorzustellen. Das war nichts, worüber sie sonst nachdachte. Als das Leben in Pflegschaften schwerer und schwerer wurde, hörte sie auf, nach vorn zu blicken. Gab es auf, Pläne für die Zukunft zu machen. Es gab Tage, da kam schon mit den frühen Strahlen der Morgensonne die Verzweiflung zum Fenster rein. Sie dachte nicht an ihre Zukunft – oder an die nächste Ernte, nicht mal an nächste Woche. Wenn sie aufwachte – und bisher war das immer passiert –, machte sie weiter. Fuhr den nächsten Laster. Pflügte die nächste

Ackerfurche. Stemmte den nächsten Heuballen. Steckte die nächsten Prügel weg, die nächste Standpauke. Trank das Bier aus. Rauchte noch eine. Sie wusste nicht, ob es so was wie die Citys wirklich gab. Sie hatte sich damit abgefunden, dass nichts je wirklicher werden würde als das, was sie anfassen konnte oder fühlte.

Ein bisschen wie der Bruder, der in ihrer Wohnung saß. Sie hatte vor langer Zeit den Gedanken aufgegeben, dass der Rest ihrer Familie existierte. Jetzt war er da. In Fleisch und Blut. Vielleicht gab es ihn gar nicht. Vielleicht existierte er nur in ihrer Vorstellung und war nur wirklich, solange sie in ihrer Wohnung war und mit ihm sprach. Mit ihm am Tisch saß.

Das Frühstück war wirklich gewesen. Aber vielleicht war er jetzt nicht da. Ja, vielleicht war er eine Rauchschwade, die erschien und verschwand und nur körperliche Gestalt annahm, wenn sie neben ihm stand oder saß. Vielleicht gab es die Citys gar nicht, sondern sie waren nur Teil von jemandes Fantasie, wie Zeichnungen in Comicheften. Cash versuchte sich zu entsinnen, ob sie überhaupt wen kannte, der mal in den Citys gewesen war. Ihr fiel niemand ein.

Halt die Klappe, Cash. Du machst dich nur verrückt. Noch verrückter.

Sie löste das Titelblatt der Zeitung von der Holzstange, sah sich um, um sicherzugehen, dass sie niemand beobachtete. Faltete es zu einem kleinen Rechteck und steckte es in die Tasche ihrer Jeansjacke. Mit den Händen in den Taschen eilte sie aus der Bücherhalle.

Als sie wieder im Ranchero saß, packte sie das Lenkrad. Packte es und hielt sich daran fest. Es war stabil. Wirklich. Sie schlug auf den Sitz neben sich. Der übriggebliebene Bismarck hüpfte hoch, zusammen mit einer Wolke Ackerstaub. Cash griff danach, wickelte ihn aus der Plastikfolie und biss hinein. Himbeergelee quoll ihr auf beiden Seiten aus dem Mund. »Scheiße«, sagte sie durch den roten Glibber hindurch, nahm die Plastikfolie und wischte sich damit das Gesicht ab, so gut es ging. Jetzt hatte sie wirklich eine Schweinerei am Hals. Eine ganz wirkliche Schweinerei.

Sie fuhr zur Standard-Oil-Tankstelle, ging nach hinten zur Toilette und spritzte sich Wasser ins Gesicht. Wusch sich die klebrigen Hände, kam wieder raus und winkte den Tankwart weg, sagte ihm, sie brauche keinen Sprit, nur ein paar Papiertücher, um ihr Lenkrad sauberzukriegen.

Dann fuhr sie wieder über den Fluss nach Fargo rein, rannte die Stufen zu ihrer Wohnung hoch. Der Seesack ihres Bruders lehnte an der Wand, eine unbeendete Patience lag auf dem Küchentisch. Seine halb leere Kaffeetasse war kalt. Vielleicht war er nicht wirklich, aber sein Kram war es. Sie zog die Zeitungsseite aus der Jackentasche, entfaltete sie und warf sie auf den Tisch über seine Karten.

Aus reiner Gewohnheit öffnete sie den Kühlschrank. Verdammt, hatte er ihn vollgestopft. Speck. Eier. Milch. Butter. Was zur Hölle war das hier? Sie zog ein weißes Päckchen heraus. Mit schwarzem Malstift war »T-Bone« draufgeschrieben. Sie legte es zurück. Öffnete das kleine Gefrierfach. Eine Packung Tiefkühl-Hamburger. Die Eiswürfelbehälter gefüllt. Sie hatte sie noch nie beachtet, von daher wusste sie nicht, ob das Mo gewesen war oder nicht. Sie schloss das Gefrierfach, zurück zum Kühlschrank. Käse. Ketchup. Das unterste Bord war voll mit Schlitz-Flaschen. Sie machte den Küchenschrank auf, in dem sonst einsam ihr Salz- und ihr Pfefferstreuer standen. Hörnchennudeln. Lange Spaghetti. Ein paar Dosen Tomaten, und Tomatenmark. Rote Kidneybohnen? Dosenmais und grüne Bohnen im Glas. Der ganze verdammte Lebensmittelladen lag da drin.

Das Telefon klingelte. Cash fuhr zusammen, fühlte sich,

als wäre sie beim Klauen erwischt worden, oder beim Schnüffeln in fremden Schränken. Es klingelte wieder. Sie stand mit dem Rücken zur Küchenzeile. Der Einzige, der sie jemals anrief, war Wheaton, und sie war einfach noch nicht so weit, mit ihm zu reden. Sie hatte keine Ahnung, wie sie ihm von Mo erzählen wollte. Das mit dem vermissten Mädchen aus Milan sollte sie ihm sagen, aber nicht jetzt.

Stattdessen ging sie ins Bad und ließ sich Wasser ein. Sie holte saubere Sachen aus ihrem Zimmer, während die Wanne mit dampfend heißem Wasser volllief. Nahm einen Stuhl aus der Küche mit und klemmte ihn unter die Türklinke. Zog sich aus und kletterte in die Wanne. Um sie herum stieg Dampf auf. Sie erneuerte den vom Bleistift gehaltenen Haarknoten auf ihrem Kopf. Schloss die Augen und trieb davon ins Nichts. Schlief nicht. War nicht wach. Verließ ihren Körper nicht. Dümpelte einfach im dampfenden Wasser.

Als es lauwarm wurde, griff sie nach Seife und Waschlappen, seifte sich ein und spülte sich ab. Der Stöpsel hing an einer Metallkette, an der sie zog, ehe sie aus der Badewanne stieg. Das Wasser gurgelte beim Ablaufen, während sie sich abtrocknete und anzog. Saubere Jeans. T-Shirt. Unterhose. Socken. Sie nahm den Stuhl unter der Klinke weg und stellte ihn zurück an den Küchentisch, bevor sie an der Spüle ihre Haare wusch. Ihr fiel auf, dass Mo das Frühstücksgeschirr abgewaschen hatte. Sie blickte unter das Becken. Er hatte sogar noch Spülmittel besorgt.

Jetzt, wo sie sauber war, fühlte sie sich geerdeter. Mehr bei sich. Weniger durch den Wind.

Ihre Haare brauchten Stunden zum Trocknen, also bürstete sie es, so gut sie konnte, und schlang es wieder zu einem Knoten auf dem Kopf, den gelben Bleistift durchgesteckt, damit er hielt.

Bevor sie zur Uni aufbrach, vergewisserte sie sich, dass das Bündel Geld noch unterm Sitz vom Ranchero war. War es. Sie spähte hinter den Fahrersitz, und die .22er war auch an ihrem Platz, zusammen mit ihrem Queue. Acht Flaschen Budweiser waren noch im Zwölferpack und eine volle Schachtel Marlboro in der Tasche ihrer Jeansjacke. *So ist die Welt doch in Ordnung.*

Sie traf bei ihrem Psychologiekurs ein, als die Studenten gerade gingen. Sie atmete durch, fasste Mut, ging rein, entschuldigte sich für ihr Zuspätkommen und fragte die Professorin nach der Aufgabe fürs Wochenende. Ohne weitere Fragen gab sie Cash die Unterlagen und sagte: »Bis nächste Woche.«

Cash erschien pünktlich im Naturkundegebäude. Die Tür des Dekans stand offen. Ohne von den Arbeiten aufzublicken, die er gerade benotete, winkte er sie herein. Sie blieb dicht neben der Tür stehen, bis er sich erhob, seine Unterlagen und ein dünnes Büchlein ergriff und sagte: »Folgen Sie mir.«

Fünfundvierzig Minuten später trat Cash aus dem Naturkundegebäude. Sie war zuversichtlich, dass sie bestanden hatte. Die ganze Prüfung kam ihr so einfach vor wie eine Klassenarbeit in der Neunten. Cash fühlte sich leicht. Alles lief wie geplant. *Casbah, ich komme.* Wenn erst die Rübenernte vorbei war, noch eine Woche Arbeit, höchstens zwei, dann hatte sie richtig Freizeit. Sie machte sich auf zu ihrem Judokurs.

»Renee. Renee Blackbear.«

Es dauerte ein paar Sekunden, bis ihr bewusst wurde, dass jemand ihren Namen rief. Noch so was Gewöhnungsbedürftiges am College. Leute sprachen sie mit ihrem offiziellen Namen an. Sie blickte auf und sah Professor LeRoy quer über den Campus auf sie zu trippeln. Er war ein bisschen dicklich und trug seinen Gürtel unterhalb des Bauchs. Sein gestärktes Hemd spannte sich über einem runden Wanst. Er hielt irgendwelche Zettel in der Hand, mit denen er herumwedelte.

»Haben Sie meine Nachricht gefunden?«

»Ja.«

Er schloss zu ihr auf. »Ich muss dringend mit Ihnen über Ihr Essay sprechen. Es ist exzellent! Das Ganze war so kurzfristig, ich hatte gar keine Zeit, Sie aufzustöbern. Ich habe versucht, bei Ihnen zu Hause anzurufen. Da ist niemand rangegangen. Ich habe es heute Vormittag noch mal versucht.«

»Oh.«

»Bestimmt haben Sie davon gar nichts mitgekriegt – beworben haben sich hauptsächlich höhere Semester –, es gab einen landesweiten Wettbewerb für Essays von Studenten aus ethnischen Minderheiten. Ich konnte Sie nicht erreichen, aber ich wusste genau, Ihr Essay ist ein Anwärter, ein echter Kandidat, also hab ich es, ähm, für Sie eingereicht. Als Ihr Professor. Und Donnerwetter, es ist glatt unter den Finalisten gelandet. Der endgültige Gewinner wird nächstes Wochenende in den Citys gekürt, am Macalester College. Große Ehre. Sie müssen dahin.«

Cash verlagerte ihr Gewicht von einem Fuß auf den anderen. »Häh?«

LeRoy bremste sich etwas. »Das Essay, mit dem Sie sich um Befreiung vom Englischgrundkurs beworben haben, ja? Mit das Beste, was mir je untergekommen ist. Ich habe es beim landesweiten Wettbewerb eingereicht. Und heute Morgen kam die Nachricht, dass Ihr Essay in der Endrunde ist. Ich habe schon ein Behördenfahrzeug reserviert. Die Preisverleihung ist nächstes Wochenende, natürlich in den Citys, am Macalester College in St. Paul. Große Ehre für Sie. Große Ehre für unsere Englischfakultät. Es war ein Geniestreich, diese Befreiungsprüfung vom Grundkurs zu machen.«

Cash ergriff das Stück Papier, mit dem er herumfuchtelte. Es war an sie adressiert, c/o Professor LeRoy, Moorhead State English Department. Es besagte genau das, was er gesagt hatte. Ihr Essay war ein Anwärter auf den Landespreis. Preisverleihung am Samstag, den 11. Oktober. Neunzehn Uhr. Cash sah ihn an. Er grinste breit. Hocherfreut, so als hätte er ihr eigenhändig alles beigebracht, was sie konnte.

»Sie kommen doch mit, ja? Ich hab schon ein Behördenauto aufgetrieben. Ich fahr uns hin. Macalester hat ein Wohnheim für Minderheiten, da wird man Sie übernachten lassen.«

Ihr Magen zog sich zusammen. Cash fuhr nirgendwo mit niemandem hin, abgesehen von einer gelegentlichen Fahrt mit Wheaton. Und seit sie ihre eigene Wohnung besaß, hatte sie in keinem anderen Bett geschlafen als dem ihren. Und sie wollte auch gar nicht damit anfangen.

Sie las den Brief noch mal. Nie im Leben hatte sie sich so was auch nur ansatzweise vorgestellt. Sie sah Professor LeRoy an. Bei all der Aufregung in seinem Blick und seinem albernen Grinsen musste sie lächeln.

»Ich hab selbst ein Auto«, sagte sie. »Ich könnte Ihnen nachfahren.«

Er nahm den Brief aus ihrer Hand. Er wirkte verdutzt. Aber er fing sich schnell wieder. »Sicher. Das können wir machen. Es sind rund vier Stunden Fahrt. Wir treffen uns nächsten Samstag hier um zehn, dann sind wir am frühen Nachmittag da. Genug Zeit, um die Stadt anzusehen und das Minderheitenhaus zu finden.«

Cash sagte ihm nicht, dass sie keineswegs die Absicht hatte, im Minderheitenhaus zu schlafen, was immer das sein sollte, aber damit würde sie sich später noch befassen.

»Treffen wir uns beim Fahrzeugpark des College. Wissen Sie, wo das ist? Drüben bei der Turnhalle.«

»Yep.«

»Um zehn Uhr. Pünktlich!« Er winkte mit dem Brief in seiner Hand.

»Sicher.«

Er schwang herum und ging, auf seinen Zehen federnd, davon.

Cash wusste nicht recht, was sie davon halten sollte. Die Citys. Also würde sie wohl rausfinden, ob es sie wirklich gab. Wie alles andere in ihrem Leben war die Nominierung für einen Preis bloß ein weiteres nichtssagendes Molekül, eine Unbekannte im Universum, nichts, was Hoffnung gab oder nahm. Einfach nur etwas, das weggesteckt gehörte in die entfernteren Winkel ihres Bewusstseins, und dann mal abwarten, was sich ergab. Wenn überhaupt.

Nach dem Judo nahm sie eine schnelle Dusche in der Umkleide, hielt dabei den Kopf aus dem Wasserstrahl. Wenn sie es nicht wieder nass machte, könnte ihr Haar nachher trocken genug sein, um es durchzubürsten, wenn die Zeit für das Potluck kam. Sie sah auf die Uhr an der Turnhallenwand. Halb fünf. Reichlich Zeit für ein paar Übungsstöße an den Tischen der Campushalle.

Um halb sieben konnte sie es nicht länger aufschieben. Sie hatte die Kekse besorgt, sie hatte sich verpflichtet, zum Potluck zu kommen, jetzt musste sie hin. Sie kämmte ihre Haare erst mit den Fingern durch, dann nahm sie eine Bürste aus ihrem Handschuhfach. Sie bewerkstelligte einen losen Zopf, bevor sie zu Mrs. Kills Horses' Haus fuhr.

Cash war so nervös, dass sie sich nicht traute, unterwegs ein Bier zu trinken, obwohl sie wusste, es würde sie beruhigen. Dann saß sie im Ranchero, beobachtete das Haus der Kills Horses. Die Sonne ging schon unter, aber die Vorhänge waren noch offen. Drinnen brannte Licht, und sie sah Leute am Fenster. Mrs. Kills Horses sprach gerade energisch mit Händen und Armen.

Ein Klopfen am Wagenfenster schreckte sie auf. Sie sah hoch und einen langhaarigen indianischen Macker, der sie durch die Scheibe angrinste. Als sie das Fenster runterkurbelte, haute der Geruch von Patschuli sie beinahe um.

»Du musst Cash sein. Sharon hat mir erzählt, dass du 'n Ranchero fährst. Süße Karre.« Er verlagerte sein Gewicht auf die Fersen, breitete die Arme weit aus, um die Länge des Trucks anzudeuten, und pfiff leise. »Sharon kommt erst später. Hat wohl 'n wichtigen Termin mit ihrem Naturkunde-Prof. Noten besprechen oder so. Weiß nicht, was ihr Sorgen macht. Sie kriegt eh nur Einser. Gehst du rein oder spannst du nur durchs Fenster?«

Cash griff nach den Keksen und Bieren auf der Sitzbank. »Ich wollte gerade reingehen.«

»Lass mich doch das Bier tragen.«

Nur mit den Keksen in der Hand wäre Cash sich lächerlich vorgekommen, also schüttelte sie den Kopf und hielt das Bier fest. Der Typ hatte eine Papiertasche dabei. Er hielt sie hoch.

»Sharon ist heute früh vorbeigekommen und hat in unserer Küche im Wohnheim Thunfischauflauf gemacht.«

»Sie spricht jetzt mit dem Naturkunde-Prof?«

»Yeah. Kennst du die Leute hier?«

»Nee. Nur die Studienberaterin, Mrs. Kills Horses.«

»Sharon meinte, sie dachte erst, die wollten euch vermöbeln da in der Campushalle.«

»Ach wo.«

In dem Moment öffnete Mrs. Kills Horses die Haustür. »Kommt rein, kommt rein«, gurrte sie. Sie steckte in hautengen Bluejeans und einer weißen Bluse, weit aufgeknöpft, jede Menge Ausschnitt. Um den Hals, an Armen und Fingern prangte pfundweise Türkis- und Silberschmuck, zur Schau gestellt, als wollte sie ihr *Blood Quantum* in Gramm Silber ausdrücken. Sie trug die neuen Plateauabsätze, wie sie Hippie-Mädchen trugen. »Das Bier kommt in den Kühlschrank. Nehmt euch Essen vom Tisch. Ich nehm dir das mal ab.« Sie nahm Sharons Freund die Papiertüte aus der Hand. »Dich hab ich an der Uni noch nie gesehen.«

»Ich studier an der North Dakota State. Bin aus der Gegend um Aberdeen.«

»Na dann, willkommen. Immer gut, wenn alle einander kennenlernen. Und dein Name?«

»Chaské.«

»Kinder! Alle mal herhören. Das ist Chaské. Er geht auf die NDSU. Und ein paar von euch kennen Renee?«

»Cash.«

»Ja, Renee möchte Cash genannt werden. Tezhi kennst du bereits. Seine Freundin Bunk. Noch so eine, die ihren Spitznamen lieber hört. Wie war noch gleich dein richtiger Name, Bunk?« Als Bunk die Frage ignorierte, beeilte sich Mrs. Kills Horses, die Stille zu füllen: »Und das ist ihre Cousine, Marlene.« Die Namen der sechs oder acht anderen Studenten ratterte sie so schnell runter, dass Cash sie nicht mitbekam. Sie sah von ihrem Standort aus den Kühlschrank in der Küche, also ging sie schnurstracks hin, stellte das Bier rein und kam mit einem in der Hand zurück, auch wenn es ziemlich warm war, nachdem es Tag und Nacht im Auto verbracht hatte. Das Sofa war von Studenten besetzt. Chaské saß auf einem Kissen am Boden. Cash setzte sich auf ein Kissen daneben.

»Na los, kommt. Schlagt zu.« Mrs. Kills Horses stellte eine Kasserolle mit gebratenem Hackfleisch auf den Tisch neben die Hamburgerbrötchen. »Ist genug für alle da.«

Die anderen Studenten stellten sich an und füllten sich Teller. Chaské und Cash stemmten sich von ihren Kissen hoch, die Letzten in der Schlange.

Der Tisch war voller Essen. Als Cash sich etwas auftat, ging ihr durch den Kopf, dass sie in den letzten vierundzwanzig Stunden mehr gefuttert hatte als im ganzen letzten Monat.

Aber das Essen war gut. Sie beobachtete, wie andere Studenten sich einen Nachschlag holten. Es war leicht zu erkennen, bei welchen es zu Hause nicht viel gegeben hatte. Sie aßen schnell. Und viel. Sharons Thunfischauflauf erinnerte Cash an die wohltätigen Kaffeekränzchen der Protestantinnen. Die Sloppy Joes an Footballspiele auf der Highschool. Niemand benutzte die Papierservietten, die Mrs. Kills Horses auf dem Tisch platziert hatte, alle wischten sich die Hände einfach an ihren Jeans ab. Als Cash zum Süßen vorrückte, bekam sie nur noch einen ihrer rosa Kekse ab. Und es hatte einen Ansturm auf ihr Bier gegeben, sobald sie dem Kühlschrank den Rücken kehrte. Offenbar hatten die meisten Studenten ihre Six-Packs schön neben sich abgestellt. *Lektion gelernt.*

Kaum jemand sprach, während sie aßen, außer Mrs. Kills Horses. Sie redete genug für alle, füllte jede stille Lücke mit sinnlosem Geschnatter. Nachdem sich niemand mehr Nachschlag holte, beschloss Mrs. Kills Horses, dass es Zeit war, die Ämter für die Vereinigung Indianischer Studenten zu wählen. Fröhlich rief sie nach Freiwilligen für die Posten Präsident, Vizepräsident und Schatzmeister. Niemand ging auf ihre enthusiastische Frage ein. Cash sah, wie Tezhi mit dem Ellbogen seine Freundin Bunk anstieß, die daraufhin ihre Cousine Marlene anstieß. Marlene knuffte Bunk zurück, die wiederum Tezhi knuffte.

Die Bewegung zog Mrs. Kills Horses' Blick auf sich. »Tezhi? Meldest du dich freiwillig für die Präsidentschaft?«

Bunk hob seinen Arm hoch. »Ganz genau!«, antwortete sie für ihn.

Marlene sagte leise, fast flüsternd: »Und Bunk als Vizepräsidentin.«

»Und wie wär's mit dir als Schatzmeisterin?«, fragte Mrs. Kills Horses mit honigsüßer Stimme.

Marlene senkte den Kopf.

»Okay! Will sich noch wer um einen Posten bewerben?«, fragte Mrs. Kills Horses die Gruppe.

Alle duckten sich, blickten auf ihre Teller oder schüttelten die Köpfe.

»Okay! Schön, wir müssen immer noch wählen. Können wir das einfach per Handzeichen machen?« Ohne auf eine Antwort zu warten, fragte sie: »Wer ist dafür, dass Tezhi Präsident der Vereinigung Indianischer Studenten wird?«

Alle Hände gingen hoch.

Der Ablauf wiederholte sich für Vizepräsidentin und Schatzmeisterin, es gab keine Gegenstimmen.

Mrs. Kills Horses klatschte. Sie war die Einzige, die das tat. »Herzlichen Glückwunsch zu unseren neuen Studentenvertretern. Tezhi, möchtest du als neuer Präsident ab hier übernehmen?«

»Ähm, was soll ich machen?«, fragte er.

»Es ist Semesterbeginn, und wir haben zum ersten Mal eine Vereinigung Indianischer Studenten hier an der Moorhead State, von daher gibt es keine alten Punkte abzuarbeiten, also könntest du einfach neue eröffnen.«

»Irgendwelche neuen Punkte?«, fragte Tezhi.

Bunk antwortete. »Denkt dran, wir hatten besprochen, dass wir jemanden von AIM hierher einladen wollen. Um vor der ganzen Studentenschaft zu reden. Vielleicht helfen die uns auch einen Weg finden, wie wir Kontrolle über unsere Hilfsfonds kriegen.«

Einzelne Studenten begannen zu nicken.

»Wie kommen wir an die ran?«, fragte jemand.

Bunk erwiderte: »Marlenes Tante lebt in den Citys. Sie sagt, sie redet für uns mit denen.«

Jemand anders fragte: »Wann, wie lang dauert das? Ich muss für jeden Kleinkram, den ich brauche, einen Antrag fürs Amt ausfüllen.«

»Ich kann meine Bücher selbst bezahlen. Ich weiß nicht, warum ich da jedes Mal hinmuss, wenn ich einen Bleistift brauche oder ein Paket Nudeln.«

»Ja, genau, diese neugierige Dame im Sekretariat, die fragt immer, warum ich Geld für dies oder jenes brauche. Es ist mein Geld. Ich hab's satt, jedes Mal mein Leben vor ihr auszubreiten, wenn ich Bargeld brauche. Es ist unser Geld.«

»Yeah, genau«, echote es durch den Raum.

»Wie bringen wir für AIM die Kosten auf?«, fragte jemand anderes.

»Das Büro für Minderheitenangelegenheiten hat uns ein bisschen Geld für kulturelle Aktivitäten bewilligt. Ich stelle mir vor, wenn wir ein spätherbstliches Powwow organisieren und Gastsprecher von AIM zu unserer Kulturveranstaltung einladen, könnten wir das alles mit abdecken«, klinkte sich Mrs. Kills Horses ein.

Cash wurde langweilig. Wo zur Hölle blieb Sharon? Ihr ganzes Bier im Kühlschrank war weg, Zigarettenrauch trieb durch den Raum, ihr Bauch war voll, und es wurde ganz schön stickig. Sie warf einen Blick zu Chaské. Er saß im Schneidersitz da, Ellbogen auf den Knien, Hände am Kinn, und sah ins Gespräch vertieft aus, aber als sie sich von ihrem Kissen erhob, sprang er ebenfalls auf und flüsterte: »Fertig zum Abflug?«

Ja.

»Ich auch. Machen wir die Fliege.«

Er ging zum Tisch und holte Sharons leere Auflaufkasserolle. Mrs. Kills Horses folgte ihnen zur Haustür, hoffte, dass es ihnen gefallen hatte, wünschte einen schönen Abend, hoffte, sie nächste Woche an der Uni zu sehen und auch bei der nächsten Versammlung, und dankte ihnen fürs Kommen, während Cash und Chaské unter dem Dauerfeuer ihres Wohl-Wollens nach draußen schlüpften.

Sobald sie auf dem Bürgersteig standen, fragte Cash: »Wo ist Sharon? Sie hat gesagt, sie kommt.«

Chaské wirkte weder besorgt noch verärgert. Er zuckte die Achseln. »Du weißt, wie sie ist. Nimmste mich mit nach Fargo?«

»Klar.«

An ihrer Wohnung in der NP-Avenue stieg Chaské aus und sagte, er würde das Stück zur NDSU laufen oder trampen. Wenn Sharon nicht schon da war, dürfte sie bald auftauchen, da war er sicher. Cash fing einen Hauch Grasgeruch ein, als er sich eine ansteckte und wegging.

Oben in ihrer Wohnung lag eine angefangene Patience auf dem Tisch, der Seesack noch in der Ecke. Kein Bruder in Sicht, aber das Geschirr war gespült, und über den bogenförmigen Durchgang, der ihr Schlafzimmer von der Küche trennte, war ein dunkelblaues Laken genagelt. Cash öffnete den Kühlschrank. Kein Bud, aber immerhin ein Schlitz, besser als nichts. Sie ließ es aufploppen und setzte sich auf »ihren« Platz am Tisch, der jetzt irgendwie der Platz ihres Bruders geworden war. Sie legte die Patience weiter, drehte langsam Karten um, legte sie an, trank das Bier und rauchte ein paar Zigaretten.

Mo war wahrscheinlich in einer der Bars an der Avenue. Sie musste nicht arbeiten. Es war noch nicht mal halb neun. Sie konnte ins Casbah gehen, wenn sie Lust hatte. Oder nach Ada fahren und versuchen, Wheaton zu erwischen. Ihm von dem anderen vermissten Mädchen erzählen. Ja, wahrscheinlich sollte sie das tun. Danach blieb noch genug Zeit für ein paar Runden Pool.

Sie deckte noch eine Karte auf – die Herz-Zehn passte nirgendwohin. Sie schaufelte alle Karten zusammen, mischte sie ein paarmal und legte neu aus, für Mo, wenn er wiederkam.

Sie warf die Bierflasche in den Müll und machte sich auf, nahm den Highway 75 nördlich nach Halstad auf die vage Hoffnung hin, Wheaton könnte an diesem Freitagabend auf Streife sein. Kein Glück. Sie bog an der Four-Mile-Corner ostwärts ab in Richtung Ada. Auch auf dieser Straße kein Wheaton. Als sie nach Ada hineinfuhr, sah sie, dass am Highschool-Sportplatz die Flutlichter an waren. Sie steuerte dorthin.

Die Tribünen waren voll mit Schülern und Studenten in Wollmänteln und mit Schals um den Hals gegen die Herbstkälte. Sie hörte den Singsang der Cheerleader, als sie hielt. Ältere Farmerpärchen saßen in mit Sicht aufs Spielfeld geparkten Autos. Manche ließen den Motor laufen, die Heizung aufgedreht. Andere hatten das Fenster einen Spalt breit offen, Zigarettenrauch quoll heraus. Die Luft roch nach trockenem Laub, Popcorn und Hotdogs. Cash fand eine freie Lücke und stellte den Ranchero zwischen die anderen in Richtung Sportplatz geparkten Wagen. Sie stieg aus und schritt die stadtwärts gelegene Seite vom Spielfeld ab. Entdeckte Wheatons Cruiser ganz am Ende, aber er saß nicht drin, also ging sie auf die Tribünen zu und spähte die Reihen der Sitzenden entlang, bis sie ihn sah, ein Stück weiter an das hölzerne Geländer gelehnt, das als Absperrung diente.

Die Studentenschaft auf den Tribünen brach in wildes Jubelgeschrei aus, als ein Angriff der Ada Tigers einen Touchdown erwarten ließ. Cash sah zur Anzeigetafel. Die Tigers lagen knapp in Führung. Die Cheerleader warfen sich verstärkt ins Zeug: »T-O-U-C-H-D-O-W-N. Touchdown!«

Der Quarterback übergab den Ball an den Tight End, der damit in die gegnerische Endzone rannte. Das ansässige

Publikum wogte nach vorn. Leute sprangen aus den Autos und eilten so nah wie möglich ans Spielfeld. Die Menge schien sich zu verdoppeln. Cash musste sich mühsam zu Wheaton durchdrängeln.

Er trug eine Wolljacke mit Sheriffabzeichen am linken Arm. Schnitt und Stil ähnelten den typischen Highschool-Baseballjacken. Nur war seine schlicht braun, fast militärisches Braun, während die Studenten in den Farben ihrer Highschoolmannschaft auftraten: Ada orange und schwarz, die gegnerische Mannschaft rot und weiß.

Wheaton, die Hände um den Mund gelegt, brüllte: »Super, Harry Junior. Super.« In der kalten Nachtluft umwölkte Dampf seine Worte. Cash ging hin und stellte sich neben ihn. Harry Junior lief in der Endzone Triumphrunden, hielt den Football hoch, während seine Teamkollegen ihn umringten und ihm auf die Schultern klopften. Die Schiedsrichterpfeife erklang, und die Teams nahmen Aufstellung für den Extrapunkt nach dem Touchdown.

Wheaton schaute runter, als er Cash neben sich wahrnahm. »Hey, Mädchen, was machst du denn hier?«

»Yeah, Football ist gar nicht mein Ding, weißt du. Aber was soll's – los, Tigers!« Cash reckte die Faust. Sie lachten beide.

»Spiel ist fast rum. Sieht nach Heimsieg aus.«

Sie standen da und sahen dem Rest des Spiels zu. Cash musste mit den Füßen stampfen, ein paarmal auf und ab hüpfen, um warm zu bleiben. Sie hätte doch ein Sweatshirt unter ihre Jeansjacke ziehen sollen.

Dann war das Spiel vorbei, die Menge jubelte und grölte. Autoscheinwerfer blinkten wild, Hupen plärrten. Die Tigers reihten sich zum Händeschütteln mit der gegnerischen Mannschaft auf. Die Cheerleader in ihren kurzen Faltenröckchen und orange-weißen Wollpullis johlten:

»S, I, E, G, für die Tigers seid ihr Reh!«, und warfen die Beine in die Luft.

Als Cash und Wheaton durch die Zuschauer gingen, klopften ihm Männer auf die Schulter, als gehörte er zum Siegerteam. Cash fragte sich, ob welche von denen mit ihm befreundet oder ob die jovialen Gesten ein Versuch waren, sich sein Wohlwollen zu sichern für zukünftige Geschwindigkeitsüberschreitungen oder nächtliche Ruhestörungen in einer der Kneipen hier. Jedes Mal, wenn jemand ihn berührte oder »Guten Abend, Sheriff« sagte, hob Wheaton die Hand zum Gruß und antwortete: »Auch so«, während er beständigen Schrittes zu seinem Streifenwagen ging.

»Ich hab dahinten geparkt«, sagte Cash. »Wo treffen wir uns?«

»Wir können nach Twin Valley rüberfahren. Der Laden da hat ein bisschen länger auf. Hier macht alles bei Sonnenuntergang dicht.«

»Okay, ich bleib hinter dir.« Autos setzten zurück und bildeten eine Reihe in Richtung Ausgang. Wheaton fuhr an die Seite und wartete im Leerlauf auf sie. Sie hängte sich an seinen Wagen und folgte ihm den ganzen Weg bis in die Kleinstadt Twin Valley, vierzehn Meilen östlich von Ada.

Das Café war noch geöffnet, leer bis auf die Kellnerin, die am Tresen Kaffee nippte und Zeitung las. Sie kam mit zwei weißen Tassen und einer halbvollen Glaskanne. Der Kaffee roch, als hätte er ein paar Stunden geköchelt. Sie stellte die Tassen ab und füllte sie. »Wir haben noch Blaubeerkuchen da. Oder wollten Sie Burger?«

Wheaton sah Cash an, zog die Brauen hoch.

»Kuchen ist gut.«

»Ich nehm das Gleiche«, sagte Wheaton.

Die Kellnerin schritt über den Linoleumboden, schwarzweißes Schachbrettmuster, zerschrammt von Stuhlbeinen und Arbeitsschuhen. Als sie hinterm Tresen war und den Kuchen aus der Etagere nahm, fragte Wheaton: »Also, was treibt dich nach Ada?«

Cash nippte Kaffee. »Weißt du, dass noch ein Mädchen weg ist?«

»Von der Uni?« Seine Kaffeetasse blieb auf halber Strecke zum Mund in der Luft hängen.

»Nein, aus 'nem kleinen Ort südlich von Fargo-Moorhead. Milan. Ich weiß nicht, wie es ausgesprochen wird. Schreibt sich M-i-l-a-n.«

»Woher hast du das?«

»Ich war im Piggly Wiggly und hab's von ein paar Frauen aufgeschnappt. Die meinten, in irgend'nem Ort südlich von uns würde dieses Mädchen vermisst. Ich war in der Moorhead-Bücherei und hab's in der Zeitung nachgeschlagen.«

Die Kellnerin kam wieder zum Tisch und brachte zwei Teller Blaubeerkuchen. Die Kruste war hellbraun und zart mit Zucker bestreut. Cash drückte die Gabel in den Zucker und leckte sie ab, genoss die Süße.

Wheaton war schon halb fertig, während sie noch den ersten Bissen aß.

»Und, was hast du in der Zeitung gefunden?«

»Dass sie im dritten Jahr auf der Highschool ist. Sie hat einen FHA-Preis gewonnen und ist zur Preisverleihung in die Citys gefahren. Aus dem Curtiss Hotel verschwunden. Seit fast zwei Wochen vermisst.« Cash aß ihren Kuchen auf und kratzte den Rest Zucker und Kruste vom Teller.

»Das war's?«

»Yeah, sie ist gut in der Schule. Blond, blauäugig, sieht aus wie alle Mädchen hier. Ihre Familie sagt, sie wär nie weggelaufen.«

Wheaton blickte in die Ferne, über Cash Schulter hinweg, zum Fenster raus. »War's das?«

»Das war's.«

Beide schlürften Kaffee. Die Kellnerin kam wieder, um ihre Tassen aufzufüllen und die Teller abzuräumen.

»Wo ist Toffer?«

»Zu Hause. Ich wollte ihn nicht im Streifenwagen lassen, während ich beim Spiel bin. Hoffe, er zerfetzt nicht wieder meine Schuhe. Als er das letzte Mal allein war, hat er meinen rechten Hausschuh gefressen.«

»Was ist Weiße Sklaverei?«

»Weiße Sklaverei? Wo hast du das gehört?«

»So 'n Kerl«, log Cash. Sie war noch nicht so weit, Wheaton von dem Bruder zu erzählen, der bei ihr untergeschlüpft war. »So 'n Kerl meinte, das Tweed-Mädchen könnte für Weiße Sklaverei entführt worden sein. Er sagt, weiße Mädchen bringen viel Geld.«

»Ich schätze, da ist was Wahres dran.«

»Aber was ist das?«

»Leute, Männer, die Frauen in die Prostitution verkaufen. Gab schon Gerüchte, dass Mädchen aus der Gegend hier manchmal nicht abhauen, sondern entführt werden. Auf den Strich geschickt. Mit Drogen abgefüllt. Und zu Prostituierten gemacht.«

»Prostituierte? Sie verkaufen sich für Sex?« Cash hatte Mühe, das Gesagte wirklich zu verstehen. In ihrer Schulzeit hatte es Mädchen gegeben, die Huren genannt wurden. Alle wussten, dass sie mit Jungs schliefen. In den kleinen Nestern im Valley gab es einen Kodex, was okay war und was nicht. Wenn Footballteam-Kapitän und Ober-Cheerleaderin fest miteinander gingen, wurde nach ein paar Jahren gemutmaßt, dass sie auch »Nägel mit Köpfen machten«, denn sie würden, natürlich, gleich nach der Highschool heiraten. Wenn ein Mädchen mit einem oder mehreren Jungen »Nägel mit Köpfen machte«, ohne fest mit ihm zu gehen, wisperte das Wort Hure durch die Schulflure.

Schon mit zu vielen Jungs rumzuknutschen konnte einem Mädchen das Etikett Hure eintragen. Oder als indianisches Pflegekind auf einer neuen Schule zu sein, selbst wenn man mit niemandem knutschte. Alles, was Cash über Prostituierte wusste, hatte sie aus Büchern oder den Western im Fernsehen. Frauen in Saloons zum Beispiel. In der Handlung schwang mit, dass sie Sex für Geld anboten. Das schien nicht das zu sein, wovon Wheaton oder Mo sprachen.

»Also jemand hier verschleppt diese Mädchen in die Citys und verkauft sie zum Sex? Versteh ich nicht. Warum rennen sie nicht weg und kommen nach Hause?«

»Na ja, ich glaube, die haben nicht die Wahl, Cash. Vielleicht haben sie der falschen Person vertraut. Die nimmt sie mit in die große Stadt und übergibt sie einem Kerl, den man Zuhälter nennt. Der Zuhälter setzt sie unter Drogen oder sperrt sie ein. Und sie werden gezwungen, Sex mit Männern zu haben. Ziemlich bald schämen sie sich vielleicht schon zu sehr, um nach Hause zu kommen. Ich hab solche Gerüchte gehört, aber ich weiß nichts Genaues, vielleicht ist die Geschichte von dem Kerl, den du da kennst, auch weit hergeholt.«

»Jeder hat Sex mit jedem, Wheaton. Freie Liebe und so.« Sie hob die Stimme. »Warum bezahlen Leute für Sex?«

Wheaton wurde rot. Sah zur Kellnerin rüber, die eindeutig so tat, als läse sie Zeitung.

»Ich weiß nicht, wie ich dir das erklären soll, Cash. Da draußen gibt's Leute, die nicht gerade nett sind.«

»Das weiß ich. Aber Sex kaufen?«

»Ist bloß 'ne Geschichte, Cash. Dein Freund weiß nicht, was er da redet. Iss deinen Kuchen.«

»Hab ich schon.«

»Nimm noch einen.«

»Nein.«

Cash merkte, dass Wheaton zu peinlich berührt war, um weiter Fragen über Prostituierte zu beantworten, also schaltete sie um. »Es ist noch ein Mädchen verschwunden, Wheaton. Vielleicht musst du mal zu dem zuständigen County-Sheriff und rauskriegen, was er so weiß.«

»Ich kann da anrufen. Geht schneller als hinfahren. Wo war das? Melon?«

»M-i-l-a-n wird es buchstabiert, und es ist im Süden, nah an der Grenze zu South Dakota.«

Wheaton zog einen Kugelschreiber aus der Hemdtasche und schrieb Milan auf seine Serviette. Stopfte Stift und Notiz in die Tasche zurück. »Wie läuft's mit Uni?«

»Gut.«

»Deine Noten?«

»Astrein. Mustergültig.« Cash lächelte stolz. »Hab mich vom Englisch-Grundkurs befreien lassen. Nie wieder diesen stinklangweiligen Kurs ertragen.«

»Sie haben dich geprüft und befreit?«

»Yeah. Ziemlich cool, oder? Ist doch sinnlos, meine Zeit mit Stoff zu verschwenden, den ich längst kann. Ich hab auch die Prüfung zur Befreiung von Naturkunde gemacht, weiß nur noch nicht, ob ich bestanden hab.«

Wheaton nickte sichtlich erfreut. »Neue Freunde?«

»Ich war heute beim indianischen Studententreffen, vor dem Spiel. Die Studienberaterin hat uns bekocht. Alle haben was zu essen mitgebracht. Ich wusste nicht, was ich mitbringen soll – ich kann nicht kochen –, also hatte ich bloß Kekse dabei. Hab nur einen abgekriegt. Alle haben sich darüber hergemacht und sie weggeputzt.«

»Ah, gut, beim College geht's ja nicht nur um Vorlesungen.

Auch darum, neue Leute zu treffen. Neue Ideen, Erfahrungen, Sachen kennenlernen, von denen du sonst gar nichts mitkriegst. Leben ist mehr als Feldarbeit.«

»Prostitution?« Cash konnte nicht widerstehen.

»Näh.« Wheaton linste schnell zur Kellnerin, erneut peinlich berührt. »Mit 'nem Collegeabschluss kannst du die Welt entdecken. Nicht in so 'nem Nest wie Twin Valley festsitzen, Kuchen essen und mit 'nem alten Mann über Verbrechen reden, nur um die Zeit totzuschlagen. Du kannst dir die Welt ansehen. Vielleicht nach Übersee gehen. Nach Europa.«

Jetzt war es Cash, die sich unbehaglich wand. Sie hatte keinerlei Sehnsucht danach, die Sicherheit des Valleys zu verlassen, das Leben, das sie kannte. Der beständige Wechsel der Jahreszeiten, Aussaat und Wachstum der Feldfrüchte, eine nach der anderen, die lockere Freundschaft der Kerle, mit denen sie arbeitete, Kerle, die sie als eine von ihnen behandelten. Sie erwarteten von ihr nur, dass sie pünktlich erschien und so hart arbeitete wie sie. Sich auf dem Feld so dreckig machte wie sie. Sie liebte Pool spielen. Bier trinken. Das war die Welt, in der sie aufgewachsen war.

Und nach dem ständigen Wechsel von Pflegschaften, nach Jahren voller Misshandlung und Einsamkeit war der ruhige Lebensrhythmus im Valley alles, was sie brauchte. Sie brauchte nicht zu wissen, ob es die Citys wirklich gab. Es genügte ihr völlig, sie sich im Geiste vorzustellen wie Supermans Metropolis. *Verflixt.* Sie hatte Wheaton gar nichts von dem Preis gesagt.

Sie senkte den Kopf, legte die Hände um die Kaffeetasse vor sich und sagte leise: »Ich bin für irgend so'n Preis nominiert.«

»Was?«

»Bei der Prüfung zur Freistellung von Englisch musste ich ein Essay schreiben. Der Professor hat es bei so einem

Preiswettbewerb eingereicht, und ich bin wohl in der Endrunde gelandet. Ich soll nächsten Samstag mit ihm in die Citys fahren.«

Wheaton lächelte. Cash hatte ihn noch nie so glücklich dreinschauen sehen. In seinem Job als County-Sheriff sah er immer arbeitsam aus. Oder besorgt. Sogar wenn er nicht im Dienst war. Er hatte permanent Sorgenfalten zwischen den Augen. Rechnete immer mit dem nächsten Zwischenfall, dem nächsten Raser, dem nächsten Kind in Not.

Jetzt grinste er sie nur breit an. »Ich hab's gewusst. Ich wusste es.« Die Kellnerin tat so, als würde sie nicht gucken.

Nun war Cash mit Rotwerden dran. »War nichts dabei. Ich hab nur aufgeschrieben, was mir in den Sinn kam. Zu Shakespeare und Langston Hughes.«

»Von Shakespeare hab ich gehört, aber nicht von diesem Hughes.«

»Gibt ein Gedicht von ihm, das ich mag.«

»Und?«

»Nix. Es ist nichts dabei. Der Englisch-Prof will, dass ich mit in die Citys komme. Ich mag nicht bei ihm mitfahren. Nachher versucht er noch, mich in die Prostitution zu verkaufen.« Cash grinste schief.

»Sei nicht albern. Das ist 'ne gute Sache. Natürlich gehst du dahin. Du kannst doch selber runterfahren. Oder den Zug nehmen.«

»Hab ich auch gesagt, ich fahr selbst. Den Zug? Ich bin erst ein Mal Zug gefahren, mit einer Sozialarbeiterin. Die ist mit mir nach Crookston rauf, zum Brustkorbröntgen. Hast du gewusst, dass meine Mom TBC hatte?«

Wheaton ignorierte die Frage. »Na ja, der Zug fährt auch in die Citys.«

»Ich fahr selbst.«

»Wesentlich mehr Verkehr als hier in der Gegend.«

»Schon okay. Das krieg ich hin.«

»Ich bin stolz auf dich, Cash.«

»Gehen wir. Dein Hund frisst wahrscheinlich gerade deinen linken Hausschuh.«

Wheaton lachte. Er stemmte sich aus der Sitzecke, ging zur Kellnerin und gab ihr ein paar Scheine. Cash wartete an der Tür. Sah zu, wie ein Wagen vorbeifuhr, die Scheinwerfer reflektierten in den Schaufenstern auf der anderen Straßenseite. Sie sah auch ihre eigene Spiegelung in der Tür, und Wheaton, der sich jetzt von der Kellnerin abwandte. Dann innehielt und sich einen Zahnstocher nahm. Den er in den Mund schob, was zum drauf Kauen. Cash trat nach draußen. An seinem Streifenwagen blieb Wheaton mit offener Tür stehen und sagte noch mal: »Ich bin stolz auf dich, Cash. Richtig stolz.«

»Gibt wahrscheinlich Frost heut Nacht«, sagte Cash. Sie hüpfte in den Ranchero, bevor er noch was sagen konnte. Sie wartete, bis er den Streifenwagen ausgeparkt und Richtung Ada gewendet hatte, dann fuhr sie hinterher.

Als sie nach Ada kamen, ließ Cash ihr Fernlicht aufblitzen, um Wheaton gute Nacht zu sagen. Sie trank nicht gern in den Kneipen von Ada. Die schienen ständig voller Jungs, mit denen sie zur Schule gegangen war, und jetzt waren das Männer, die Daddys Farm geerbt hatten. Um diese Zeit abends würde es bei Arnie in Halstad ruhig sein, die Letzten in der Kneipe die alten Farmer-Hagestolze, auf die zu Hause niemand wartete.

Sie fuhr die dreiundvierzig Meilen nach Fargo und hielt kurz vor der Sperrstunde vor dem Casbah. Ihr Körper entspannte sich. Die blinkenden Hamm's- und Grainbelt-Bierreklamen im Fenster des Casbah wirkten in ihren Augen wie schöne Kunst. Aus der Jukebox drinnen hörte sie einen alten Countrysong nölen. George Jones Rockabilly schrammelte gerade von den Freuden schwarzgebrannten Schnapses: *shhhh – white lightning*. Sie atmete die kalte Herbstluft ein.

Zuhause, dachte sie spontan beim Aufstoßen der Tür, die dank eines Federmechanismus von selbst hinter ihr zuschwang. Der Geruch von abgestandenem Bier und Zigaretten beruhigte sofort ihre Nerven. Nach wochenlangem Rübenlasterfahren und tagelangem Sitzen auf harten Unistühlen war Cash froh, wieder in ihrem Element zu sein.

Shorty griff unter die Bar und stellte zwei Flaschen Budweiser auf den Holztresen. Die Brüder Ole und Carl, angestammte Barhockerwärmer, prosteten ihr mit schäumenden Biergläsern zu. Old Willy hing in der hintersten Nische über einem halb geleerten Bierglas, eine brennende Zigarette im Aschenbecher, Rauch umgab seinen schmierigen Kopf wie ein kaputter Heiligenschein.

An den Pooltischen sah sie ihren Bruder Mo gegen ihren Turnierpartner Jim spielen – vielleicht auch ihren Ex-Turnierpartner, da sie im Flame jetzt Hausverbot hatte. Mo trug seine Army-Tarnklamotten, Jim die übliche Farmerkluft: Bluejeans und blau kariertes Flanellhemd. Mo war klein und drahtig, bewegte sich wie eine gespannte Feder. Jim dagegen schlurfte mit ländlicher Gemächlichkeit um den Tisch. Dabei war Jim gar nicht der schwerfällige Typ – eigentlich auch eher dünn, aber verglichen mit Mo bewegte er sich wie Zuckerrübensirup, der im Kühlschrank gestanden hat.

Cash stellte sich an die Bar und sah ihnen zu, bevor sie rüberging und ihre Biere in der nächstgelegenen Sitznische deponierte, ihre Zigarette im Aschenbecher. Sie legte ein paar Vierteldollarstücke auf den Tisch. »Ich spiel gegen den Gewinner.«

Von der Bar kam ein Johlen: *Nehmt euch in Acht, Jungs.*

Mo schlug Jim. Cash warf ihre Münzen ein und baute auf. Mo zeigte keine Gnade und räumte den Tisch ab. Manche seiner Stöße waren sanft und lässig, andere einfach wüste Glückstreffer. Am beeindruckendsten waren die, wo die weiße Kugel in Zeitlupe übers Grün rollte und geräuschlos eine andere schnitt – gerade genug, um sie sacht in eine Tasche plumpsen zu lassen. Cash hatte schon viel Pool gespielt, eine Menge Spiele gesehen, hol's der Geier, einen ganzen Haufen Kneipenturniere gewonnen, aber sie hatte noch nie gesehen, dass jemand seine Stöße so anschnitt wie Mo. Als er die 8 versenkte, wobei er die Tasche ansagte, obwohl er das gar nicht musste, schüttelte Cash nur staunend den Kopf.

»Na, das war schon beaucoup Glück«, sagte er und vernichtete ein Bier. Er wischte sich den Mund mit dem Handrücken ab und bat: »Bau wieder auf. Und, wer will jetzt?« Er sah sich in der Runde um, die sich um den Pooltisch versammelt hatte. »Wer spielt einen Vierer gegen meine Schwester und mich? Nicht so schüchtern, das war doch bloß irres Glück eben.«

Jim deutete mit dem Queue auf einen anderen Stammgast und warf seine Vierteldollars in den Pooltisch. Mo bedeutete Cash, den Anstoß zu machen. Sie nahm dafür ein Bar-Queue und wechselte dann zu ihrem eigenen, als eine Volle reinging. Sie lochte noch zwei Kugeln ein, bevor sie bei einem Mitteltaschenschuss die Weiße versenkte. Mo legte ihr den Arm um die Schulter und sagte leise: »Wenn du hinter der Kugel die Tasche siehst, kannst du die Weiße 'ne Spur tiefer treffen. Versuch's nicht mittig. Sonst schießt du dich raus, wie eben. Schneid sie ganz leicht unten an, dann plumpst sie nicht hinterher. Und sachte anspielen. Nur streifen.«

Sie spielten im Team bis zur Sperrstunde. Die Runden liefen schnell. Niemand in der Bar, nicht mal Jim und sein

Partner, konnte es mit dem Duo Cash und Mo aufnehmen. Die Typen, die gegen sie antraten, wollten nur um Bier spielen, egal wie sehr Mo spöttelte, damit sie Geld setzten.

Als Shorty rief: »Zapfenstreich. Austrinken«, hatten Cash und Mo je vier Biere auf dem Tisch stehen. Und zwar ohne die, die sie gerade tranken. Cash gab eins an Jim und zwei an Ole und Carl. Erstaunt sah sie, wie Mo zwei wegtrank und sich eins hinten in den Hosenbund schob, die Ausbeulung verdeckt durch die Flakweste, die er trug. Das letzte steckte er in eine Innentasche der Weste. Als Cash ihr Queue einpackte, sagte er: »Ich fahr noch ’n bisschen rum. Sehn uns dann in der Bude.«

Cash verließ das Casbah mit Jim im Schlepptau. »Treffen wir uns bei dir?« Er tippte ihr sanft auf die Schulter. Sie fuhr ihren Ranchero um den Block und auf den Parkplatz vor ihrer Bleibe. Als sie ausstieg, parkte Jim neben ihr. Sie stiegen die Holztreppe hoch, stampften im Takt, das dumpfe Geräusch hallte in der Straße wider.

Cash machte das Küchenlicht an. Jim sah sich um, als wäre er zum ersten Mal da. Er beäugte Mos Schlafplatz auf dem Boden. Ein ordentlicher Stapel Armeegrün. Er zupfte an dem Laken vor dem Raum, in dem Cash schlief. Sah sie an. Cash zuckte die Achseln und nahm zwei Bier aus dem Kühlschrank, gab ihm eins und ließ das andere aufploppen. Sie zog sich schnell aus und kroch ins Bett, stopfte die Kissen hinter sich, damit sie aufrecht sitzen, ihr Bier trinken und eine rauchen konnte.

Jim kam rein. Er setzte sich vorsichtig aufs Bett, trank sein Bier, starrte auf das Laken am Türrahmen. »Wie lang bleibt dein Bruder?«

»Weiß ich nicht.«

»Wann kommt er heute Nacht wieder?«

»Weiß ich nicht.«

Cash kuschelte sich ins Bett, schlang ihren Körper um Jims knochigen Rücken. »Zieh dich aus. Mach schon. Worauf wartest du?«

Jim kippte Bier. »Was, wenn er zurückkommt?«

»Davon geh ich aus. Also beeil dich lieber.« Cash schmiegte sich an ihn, schob Jims Hemd hinten hoch, strich mit der Hand sein Rückgrat rauf.

»Ähm, ich weiß nicht. Fühlt sich nicht richtig an. Was, wenn er hier reinplatzt?«

Cash stieß sich ab, schubste Jim fast vom Bett. Er rutschte schnell wieder auf die Matratze und nahm noch einen Schluck Bier.

Cash setzte sich am Kopfende auf, zog die Decke hoch über ihre Brüste. »Fühlt sich nicht richtig an?« Sie trank einen Schluck. »Ich hab einen Bruder, der auf meinem Küchenboden schläft, einen Bruder, den ich Jahre nicht gesehen hab, und das fühlt sich nicht richtig an?«

»Was, wenn er uns überrascht?«

»Besser er als deine Frau«, erwiderte Cash sarkastisch, leerte ihr Bier und tauchte wieder unter die Decke, zog sie energisch bis unters Kinn. »Mach die Tür zu, wenn du gehst. Die Fliegentür versohlt dir den Arsch.«

»Ach, Cash, komm schon. Jetzt sei nicht so.« Jim beugte sich über sie, küsste ihren Haaransatz.

»Raus mit dir. Hau ab. Bevor du mich richtig sauer machst. Na los!« Cash zog sich das Kissen über den Kopf. Jim rutschte auf der Bettkante herum, nahm einen Schluck von seinem Bier. Stellte die Flasche auf die Kommode. Das Bett ächzte, als er aufstand. Cash spürte, dass er sie ansah.

»Tut mir leid, Cash. Fühlt sich einfach ungut an. Vielleicht sehn wir uns morgen Abend in der Bar?«

Keine Antwort.

Jim ging raus, zog die Wohnungstür hinter sich zu, donnerte die Stufen runter. Warf seinen Truck an. Sie riss sich das Kissen vom Kopf und stand nackt auf. Spähte durch den behelfsmäßigen Vorhang, dann ging sie in die Küche und holte sich noch ein Bier aus dem Kühlschrank. Sie krabbelte zurück ins Bett, steckte eine Zigarette an, schaltete die Lampe aus. Im Dunkeln trank sie das Bier und rauchte zwei Zigaretten. Sie drückte die letzte Kippe aus, nahm den letzten Schluck Bier und legte sich hin. Sprang dann schnell wieder auf, tastete sich blind durch einen Berg Wäsche auf dem Boden. Nahm das erstbeste T-Shirt und eine Unterhose, zog beides an und krabbelte wieder ins Bett. *Mein scheiß Bruder ruiniert mein Liebesleben* war ihr letzter Gedanke, als sie wegdriftete.

Cash stemmt sich hoch und zum Fenster raus. Ihr Herz hämmert in ihren Ohren und sie zittert unkontrollierbar. Ihr Blick schießt nach links und rechts, als sie barfuß über den feuchten Boden rennt. Sie erreicht das gepflügte Feld. Ihr Fuß versinkt in der kalten, nassen Erde. Als sie ihn hochzuziehen versucht, sinkt das vordere Bein noch tiefer ein. Sie wirft sich vorwärts, krallt sich mit bloßen Händen fest, hört den schweren, mühsamen Atem der Person, die sie verfolgt. Angst treibt sie aus ihrem Körper, sodass sie über sich selbst schwebt. Sie blickt runter, sieht ihren Körper längelang im Matsch, eingesunken bis an die Knie, mit rudernden Armen, die Haare verfangen sich in den Händen. Auf einmal verwandelt sich die Gestalt auf dem Feld, nicht mehr sie strampelt da, sondern zwei bleichere Frauen, langbeiniger, blond. Die jungen Frauen schauen hoch zu Cash. Flehen stumm: »Hilfe. Hilfe.«

Mit einem Ruck fuhr sie hoch. Mo stand am Fußende ihres Betts. Die Haare zerzaust, das Gesicht schmerzverzerrt. Cash warf einen Blick auf ihr Schlafzimmerfenster, das weit offen stand, mit aufgeschlitztem Fliegengitter. Sie sah wieder Mo an. Er hatte etwas in der Hand, sah aus wie ein Besenstiel, angespitzt zu einem Speer. Im Schein der Straßenlaterne bemerkte Cash eine dunkle Flüssigkeit an der Spitze des Speers.

Sie sprang aus dem Bett, suchte fieberhaft ihre Jeans, die irgendwo auf dem Boden sein musste. »Was zur Hölle hast du getan?«, fragte sie. »Hast du jemanden umgebracht?«

Mo starrte den Speer an. Sein ganzer Körper schlotterte. »Nein, ich bin in einen Hinterhalt geraten. Die haben mir den Punji hier ins Bein gejagt. Hab sie überwältigt. Hab ihnen das verdammte Ding abgenommen. Die Umgebung ist sicher. Ich bin vorsichtshalber hinten die Mauer hoch, damit ich sie auf keinen Fall herführe.«

Cash tastete hinter sich nach der Lampe. Wie eine Katze sprang er sie an, nagelte sie fest auf den Boden. »Nicht«, zischte er. »Nicht unsere Position verraten.«

Cash hatte Angst. Sie rührte sich nicht. Er hatte aufgehört zu zittern. Er hielt sie unten, aber mehr so, als ob er ihr mit seinem Körper Deckung gab. Er bedeutete ihr, keinen Mucks zu machen. Schließlich rollte er von ihr runter, völlig geräuschlos, und kroch auf dem Bauch unter dem Laken durch in die Küche. Cash blieb still liegen, wagte keine Bewegung. Sie hatte Geschichten über Veteranen gehört, die wiederkamen und ein Stück Dunkelheit in sich trugen. Sie war offenbar auf einem Trip zurück nach 'Nam dabei.

Mo kam zurückgekrochen. Schlängelte sich zum Fenster rüber, schonte beim Aufstehen sein linkes Bein, das blutete, wie Cash sah. Er spähte hinaus, drückte sich eng an die Wand. Der Punji steckte in seinem Hosenbund wie ein

Schwert. So, dass man nur seinen Arm sah, langte er hinaus und schloss das Fenster so leise wie möglich. Er zog die dünnen Vorhänge ganz zu, um den Schein der Straßenlaterne auszusperren. Er hängte noch ein paar Hemden über die Vorhänge, hatte dabei nie den Körper vor dem Fenster. Als immer noch Licht durchschien, zog er schweigend die Decke von ihrem Bett und hängte damit das Fenster vollständig zu. Cash wälzte sich auf den Bauch und kroch zu ihm. »Mo, du bist verletzt«, flüsterte sie. »Du brauchst einen Arzt.«

Er sah sie ausdruckslos an. »Ich bin der Sani in diesem Trupp.«

»Na schön, wie wär's, wenn ich dich verarzte? Ein verletzter Sani nützt keinem.«

Mo sackte schwer auf den Sessel, der Cash als Kleiderschrank und Wäschekorb diente. »Nur die Guten sterben jung, Soldat. Keine Sorge, Unkraut verdirbt nicht.«

Er zog eins von Cashs T-Shirts unter sich hervor und zerriss es mit bloßen Händen. Dann riss er dünne Streifen ab. Im Dunkeln wickelte er sich die Stofffetzen ums Bein, quer über die klaffende Wunde, kreuz und quer über den deutlich sichtbaren Schlitz in seiner grünen Armeehose.

Und er fing an zu reden, saß im Sessel, hob drohend den Besenstiel-Punji, wann immer draußen ein Auto vorbeifuhr. Er salbaderte vom Vietcong und seinem Kumpel, der immer noch auf Patrouille draußen war. Cash lag auf dem Boden, bewegte sich lieber nicht. Er kannte sie nicht gut. Sie kannte ihn nicht gut. Was, wenn in seinem Hirn ein Schalter umsprang und er sie als Feind einstufte? Als er sich hinters Ohr griff und einen Joint hervorzog, sagte sie kein Wort. Der beißende Rauch erfüllte das kleine Zimmer. Sie sagte leise *nein*, als er ihr einen Zug anbot. Sie wälzte sich auf die Seite und reckte den Hals, versuchte einen Blick auf die Uhr auf der Kommode zu werfen. Könnte halb fünf sein. Ruhig sagte sie: »Wie wär's, wenn ich mal rauskrieche und dir ein Bier mitbringe?«

»Guter Plan, Soldat. Ich mach die Vorhut. Bleib hinter mir.« Er drückte den Joint zwischen den Fingern aus und glitt zu Boden, um bäuchlings zum Türrahmen zu kriechen. Er spähte unter dem Laken durch, sah nach links und rechts, dann signalisierte er Cash mit der rechten Hand, dass sie vorrücken konnte. Cash imitierte sein Kriechen – Elle um Elle, Hüfte um Hüfte – bis zum Kühlschrank. Als sie ankam, zögerte sie. Wenn sie ihn aufmachte, würde das Licht angehen. Sie rief sich vor Augen, wo genau das Bier im Kühlschrank stand. Mit einer einzigen raschen Bewegung öffnete sie die Tür, packte zwei Bier und schloss sie wieder.

Im selben Moment kam Mo vom Boden hoch und schnellte quer durch die Küche zur Wohnungstür, schmiegte sich flach an den Türrahmen, verschmolz konturlos mit der Wand. Durch das Türfenster spähte er in die Nacht hinaus, den Punji an seiner Seite fest umklammert.

So schnell sie konnte, robbte Cash zurück ins Schlafzimmer, beide Flaschen in der Hand. Zum Glück hatte sie auf der Kommode einen Flaschenöffner liegen. Sie langte hoch und holte ihn sich. Leise öffnete sie ein Bier. Beim zweiten schoss ihr der Kronenkorken weg und fiel ein Stück entfernt auf den Boden. Mo tauchte sofort auf. Er war eine schweigsame Erscheinung im Lakenvorhang, ein diffuser Schatten am Türrahmen. Cash hielt das Bier in seine Richtung hoch. Er glitt geräuschlos wieder zum Sessel zurück und setzte sich, nachdem er Cash das Bier aus der ausgestreckten Hand genommen hatte. Cash bewunderte seine Lautlosigkeit.

Sie tranken ihr Bier. Immer noch darauf bedacht, sich nicht zu schnell oder zu heftig zu bewegen, zog Cash sich ein Kissen und das Laken vom Bett. Wickelte sich auf dem kalten Boden in das Laken und legte den Kopf auf das Kissen. Sie beobachtete, wie Mo sich einhändig mit dem Streichholz eine Zigarette anzündete, ein Trick, den sie selbst von einem Vietnamveteranen auf Heimaturlaub gelernt hatte. Er barg die Zigarette in der hohlen Hand, wenn er zog, um die glühende Spitze abzuschirmen. Auf der Hälfte der Zigarette steckte er sie noch brennend am Ansatz zwischen Ring- und Mittelfinger fest. Er lehnte sich im Sessel zurück, schien zu schlafen. Nach einem Weilchen, die Zigarette wurde kürzer und kürzer, sagte Cash leise: »Mo?«

»Prüfe bloß, ob ich Löcher in den Lidern hab, Soldat.« Er blieb vollkommen reglos.

Cash sah zu, wie die Zigarette auf den Filter runterbrannte. Es war das Letzte, was sie mitbekam, bevor sie in den Schlaf davontrieb.

Sie erwachte zum Geruch von gebratenem Schinken. Irgendein Kerl mit Baritonstimme sang. Ihr Bruder sang grottenfalsch mit: »*I'm going home, my tour is done …*«

Sie rappelte sich von dem kalten Boden auf, die Beine steif und verfroren, warf das Kissen zurück aufs Bett und krabbelte hinterher, wickelte sich fest in das Laken. Ihre Decke hing noch vor dem Fenster.

Der Bariton sang in gemessenem Tempo: »*I'm going home, I'm a lucky one …*«

»*I'm a lucky one*«, wiederholte ihr Bruder und schlug im Takt mit dem Pfannenwender auf den Eisenherd.

Cash zog sich das Kissen über den Kopf, warf es dann von sich und das Laken auch. Sie stand auf, zog die Jeans vom Vorabend über, steckte sich eine Zigarette an.

Himmelherrgott noch mal, was zur Hölle war das für eine Nummer? Sie sah sich im Schlafzimmer um. Stellte sich ans

Fenster und guckte raus. Das Fliegennetz war zerschnitten. Sie machte das Fenster auf, wobei ein Schwall eiskalte Luft reinkam. Sie hielt sich am Fensterrahmen fest, lehnte sich raus und sah runter. Zweiter Stock. Außenwand aus rotem Backstein. Sie streckte die Hand aus und befühlte sie. Die verputzten Lücken zwischen den Backsteinen boten kaum Halt für ihre Finger. *Wie zur Hölle ist er hier raufgekommen?* Sie warf das Fenster zu, schauderte. Wenn er die Mauer hochgeklettert war, dann war er ein verdammter Affe.

Laut sagte sie: »Was zur Hölle?«

»Komm her, hau rein. Essen fassen.«

Mo stand am Herd und brutzelte Speck, behielt dabei die beidseitig gebratenen Spiegeleier im Auge. Auf einem Stuhl neben seinem improvisierten Schlafplatz stand ein Plattenspieler. Der Sänger huldigte jetzt den Krankenschwestern in Vietnam. Mo sah, wie Cash den Plattenspieler beäugte. »Hatte ich im Wagen. Dachte mir, so'n bisschen Musik am Morgen schadet nicht. So, Futter ist fertig.« Er reichte ihr einen Teller mit Speck und Eiern. Sie bemerkte einen Stapel schon gebutterte Toasts auf dem Tisch, was hieß, dass er irgendwann einen Toaster gekauft haben musste. Und ja, da stand er, eingestöpselt auf dem Küchentresen.

Mo trug Bluejeans. Sein Zeug lag in der Ecke. Die Armeehose von letzter Nacht lag zusammengefaltet auf seiner Bettrolle, der Punji war nirgends zu sehen. »Ist wohl n' bisschen wild zugegangen letzte Nacht.« Er setzte sich und spießte sein Ei an, tunkte ein Stück Toast ins fließende Eigelb und schaufelte es sich in den Mund, grinste sie an.

Cash setzte sich ihm gegenüber. »Wie geht's dem Bein?« Sie musterte seine linke Hand, in der letzte Nacht die brennende Zigarette gesteckt hatte, als er einschlief.

»Gut. Bloß 'n Kratzer.« Er tunkte mehr Eigelb. Bemerkte, wie sie seine Hand inspizierte. Die Haut zwischen Ring- und

Mittelfinger war nikotinfleckig. Er lachte. »Ah, den Trick kennst du nicht? Wenn du müde bist, rauchst du mit diesen beiden Fingern. Beim Wegdösen schließt sich deine Hand von selbst um die Zigarette. So brennt dir nicht die Hütte ab.«

Cash aß schweigend. Sie stand auf, schenkte sich Kaffee ein, setzte sich wieder hin. Sie wusste nicht, wie sie die Sache mit letzter Nacht ansprechen sollte, also ließ sie es bleiben.

»Jim war noch hier, ist aber gleich wieder abgehauen.«

»Er spielt nicht schlecht.«

»Sogar ganz gut. Wir haben schon einige Turniere gewonnen.«

»Wir sollten nachher rüber ins Casbah und ein paar Runden spielen. Ich zeig dir, was du mit Effet noch so alles anstellen kannst.«

Cash schlürfte ihren Kaffee, rauchte noch eine Zigarette. Stand auf und ging zu dem Stuhl, auf dem der Plattenspieler stand, noch immer sang der Bariton. Sie nahm das Plattencover vom Boden. *The Ballad of the Green Berets.* Der Sänger war Sergeant Barry Sadler.

Mo wrang den Spüllappen aus und ließ ihn durch die Luft schnellen. »Los, gehen wir Pool spielen. Der Tag ist nicht mehr jung … Ich bring dir 'n paar von meinen Minnesota-Fats-Kunststücken bei.«

»Will mich noch bürsten.«

Innerhalb von Minuten waren sie zur Tür raus und die Treppe runter. Sie gingen den kurzen Weg zum Casbah, ohne zu reden. Es war zehn Uhr morgens.

Mo verbrachte die erste Hälfte des Tages damit, Cash darin zu schulen, wie jeder Stoß am Pooltisch sich clever anschneiden ließ. Im Casbah gab es nichts zu essen, also naschten sie nachmittags Erdnüsse und Popcorn von hinter der Bar. Gegen sechs gingen sie zurück zu Cash, um den Ranchero zu holen, und fuhren rüber nach Moorhead zu Shari's Kitchen, wo es Patty Melt gab, Cheeseburger mit karamellisierten Zwiebeln. Das Essen nahm ihrem leichten Schwips die Spitze, bevor sie für den Rest des Abends ins Casbah zurückkehrten. Nachdem sie den ganzen Tag gepichelt hatte, fühlte sich Cash trotz der Mahlzeit zwischendurch mächtig angesäuselt. Mo hingegen verhielt sich, als hätte er nur Wasser getrunken.

Gegen elf brauchte Cash schon die Kante des Pooltischs als Stütze und verpatzte öfter, als dass sie traf. Als sie versehentlich die 8 versenkte, sagte sie »Scheiß drauf«, knallte ihr Queue auf den Tisch, schraubte es schnell auseinander und fummelte es ungeschickt in sein Futteral.

Mo lachte. »Kein Stehvermögen, Schwesterchen?«

Cash schüttelte den Kopf und sackte auf die Bank. Jim schlüpfte an ihre Seite und beschmuste ihren Hals. Cash schob ihn weg. »Lass das. Mir ist schlecht.«

»Soll ich dich nach Hause bringen?«

»Vielleicht. Yeah.« Sie stieß ihn aus der Nische und er zog sie hoch. Er griff nach ihrem Queuefutteral und legte ihr einen Arm um die Taille. Sie lehnte sich schwer gegen ihn.

Zurück in ihrer Wohnung fiel sie aufs Bett. Jim zog ihr Schuhe und Socken aus, deckte sie zu. »Ich muss kotzen.« Sie sprang aus dem Bett und schaffte es gerade noch zur Toilette, bevor sie sich übergab. Jim hielt ihr einen nassen Waschlappen hin.

»Guck mich nicht an«, sagte Cash. »Geh weg.« Sie erbrach sich erneut.

Dann musste sie kurz weggetreten sein. Sie würgte ein paarmal heftig, ohne dass was kam, und wischte sich mit dem Waschlappen übers Gesicht. Irgendwann fühlte sie sich stabil genug, um aufzustehen. Sie lehnte sich gegen den Türrahmen vom Bad, legte ihre Stirn für eine Sekunde an das kühle Holz, bevor sie schnurstracks ins Schlafzimmer strebte. Das Laken brachte sie beinahe zu Fall. Sie wedelte wild mit dem Arm, um es wegzuschlagen, und stolperte. Jim sprang von einem Küchenstuhl auf, packte sie und brachte sie ins Bett. Cash hatte gar nicht gewusst, dass er noch in der Wohnung war. Bevor sie in grauen Dunst eintrat, spürte sie mehr, als dass sie es sah, wie er den Mülleimer aus der Küche holte und neben ihr Bett stellte.

Am nächsten Morgen erwachte sie wieder zum Geruch bratenden Schinkens, aber diesmal drehte es ihr den Magen um. Sie beugte sich über die Bettkante und würgte. Nichts mehr zum Auskotzen drin. Sie hörte Mo lachen. Sergeant Barry Sadler sang was von einer Tapferkeitsmedaille. Sie stöhnte und hielt sich mit beiden Händen den Kopf.

Mo rief: »Komm her und hau rein.«

Sie wälzte sich langsam aus dem Bett. Der Boden war kühl an ihren nackten Füßen. Sie hatte immer noch die Sachen an, die sie am Vortag in der Bar getragen hatte. Behutsam, Zoll für Zoll zog sie sich das T-Shirt über den Kopf und stattdessen ein sauberes an. Schlurfte in die Küche. »Kaffee, bitte.«

Mo stellte ihr eine Tasse hin. Und einen Teller mit Eiern und Speck. Er hatte sogar Pfannkuchen gemacht. »Geht nichts über ein bisschen Eiweiß gegen einen Kater. Hau rein.«

Cash trank die Hälfte ihres Kaffees, bevor sie sich an die Eier wagte. Und aß dann vorsichtig. Kleine Bissen. Schlucken. Warten. Prüfen, wie der Magen reagiert. Je mehr sie aß, desto besser ging es ihr. Bis auf ihren Kopf. Sie stand auf und ging zum Arzneischränkchen im Bad und holte sich zwei Aspirin. Sie schluckte sie mit dem Rest ihres Kaffees. Mo füllte ihre

Tasse neu. Er war bei seiner zweiten Portion, diesmal nur zwei Pfannkuchen statt drei. Cash musterte seine drahtige Gestalt und fragte sich, wo das ganze Essen blieb. Barry Sadler hörte auf zu singen. Mo stand auf und setzte die Nadel zurück. *The Ballad of the Green Berets* begann von vorn.

»Ich hab gestern Abend mit Shorty geredet. Wir machen im Casbah heut Nachmittag ein 8-Ball-Turnier. Zwei Spielgruppen. Doppelausscheidung. Der Sieger kriegt alles. Jeder zahlt 'n Fünfer Einstand. Um eins geht's los. Hatte schon Angst, du wachst nicht rechtzeitig auf.« Er lachte.

»Ich werd nix trinken.«

»Es ist Sonntag. Wird eh nur Dünnbier ausgeschenkt.«

»Ich brauch ein Bad.«

»Na dann los. Ich bin schon gestriegelt und gespornt bis zum Arsch.«

Cash nahm ein langes heißes Bad. Wusch sich die Haare in der Wanne. Zog saubere Sachen an. Spülte den Mülleimer aus und goss das Wasser ins Klo. Als sie fertig war, hatte Mo das Frühstückschaos beseitigt. Ihr war gar nicht klar gewesen, was für ein Saustall ihre Küche war, ehe Mo aufkreuzte. Bei ihm war immer alles sauber und ordentlich. Bis auf das aufgeschlitzte Fliegennetz in ihrem Schlafzimmer. Diese kleine Eskapade hatten sie beide mit keinem Wort erwähnt. Und würden es wahrscheinlich auch nie tun.

Mo gewann das Turnier. Am Ende der Spiele stopfte er ein dickes Bündel Scheine in die Tasche seiner Flakweste. Jim wurde Zweiter. Cash Dritte. Es gab halbherziges Geplänkel von wegen Abzocke, aber alle zahlten willig. Cash trank fast den ganzen Tag Brause. Am frühen Abend trank sie ein Glas Bier aus dem Krug auf dem Tisch. Ein Glas ist genug, sagte sie sich. Mo hatte den ganzen Tag gebechert, und seine

Nebenwetten auf die Spiele sorgten dafür, dass immer ein voller Krug Dünnbier auf dem Tisch stand. Es gab nicht das leiseste Anzeichen dafür, dass der Alk eine Wirkung auf ihn hatte. Zum Ende des Abends hatte sie den Überblick verloren, wie viele Gläser Bier sie intus hatte, das Ein-Glas-Versprechen hatte nicht lang gehalten. Aber sie fühlte sich nicht betrunken. Bloß angeheitert. Locker. Behaglich.

Nach dem Zapfenstreich sagten sie Jim gute Nacht und schlenderten nach Hause, dabei pfiff Mo eine Melodie aus der Kindheit, an die Cash sich dunkel erinnerte. In der Bude holte Mo ihnen je ein Bier aus dem Kühlschrank, legte wieder Sadler auf und legte eine Patience aus.

»Ich hab morgen früh Uni. Ich muss die ganze Woche arbeiten, weil ich das Wochenende freigenommen hab und auch das nächste frei brauche.« Cash setzte sich ihm gegenüber.

»Was planst du nächstes Wochenende?«

»Fahre in die Citys.«

Mo pfiff. »Machste auf Stadtmädchen? Wie kommste hin?«

»Mit dem Ranchero.«

»Fährste selber?«

»Ich kann fahren. Praktisch schon mein ganzes Leben.«

»Was gibt's denn in den Citys?«

»Vielleicht krieg ich 'n Preis für ein Essay, das ich in Englisch geschrieben hab. Der Professor sagt, es gibt 'ne feierliche Preisverleihung in irgend so 'nem College da.«

»Die Dinge laufen anders in der Stadt.«

»Ich hab nicht vor, was zu machen, außer hinfahren und mir den Preis holen.«

»Massen von Leuten. Autos. Als ich das erste Mal in der Stadt war, bin ich so was wie seekrank geworden davon. All dieses Gewusel, hin und her, rauf und runter. Hat mich ganz rammdösig gemacht.«

»Im Ernst?«

»Ernst wie Arsch.« Er raffte die Karten zusammen, eindeutig vom Spiel besiegt, und legte sich ein neues Blatt aus. »Wenn du hier in der Prärie aufwächst, wo du je nach Blickrichtung bis ins Gestern *und* ins Morgen gucken kannst, dann kann dir von all den Gebäuden und Autos in der Stadt ganz schnell kotzübel werden. Schlimmer als letzte Nacht.« Er lachte auf und legte die Herz-Acht an die Pik-Neun an. »Vielleicht siehst du ein paar Bordsteinschwalben.«

»Bordsteinschwalben?«

»Du bist echt auf dem Feld gewachsen, was? Bordsteinschwalben. Huren. Prostituierte. Vielleicht siehst du deine vermissten Mädchen. Sie sind lange genug weg, wahrscheinlich sind sie schon auf der Straße.«

»Wovon redest du da?«

»Pass auf: Die schnappen sich solche Mädchen, sperren sie weg, setzen sie unter Drogen. Machen Sex mit ihnen. Dann zwingen sie sie, auf die Straße zu gehen und sich zu verkaufen.«

»Warum laufen sie nicht einfach weg?« Cash nahm einen langen Zug von ihrer Zigarette.

»Ist 'ne große böse Welt da draußen, Schwesterchen.«

»Sag schon, warum laufen sie nicht einfach weg?«

»Das schaffen sie nicht. Sie haben Angst. Sind auf Drogen. Viele werden geprügelt. Wie bist du von deinen Pflegefamilien weggekommen? Bist du weggelaufen?«

Cash verspürte einen Hauch von Scham. »Nein. Ich wusste nicht wie. Oder wohin. Alles, was ich kenne, ist das Valley. Jeder kennt hier jeden. Es gab kein Entkommen.«

Mo kippte seinen Stuhl auf die hinteren Beine, die rechte Hand am Tisch. »Also, wie bist du da rausgekommen? Vertrau mir, ich weiß, dass Pflegschaften kein Fronturlaub sind.«

»Wheaton. Der Sheriff. Er hat mir geholfen. Hilft mir noch.«

»Genauso ist es mit der Weißen Sklaverei. Es gibt kein Entkommen. Es sei denn, jemand geht hin und nimmt sich ihrer an. Holt sie da raus. Nur werden die Mädchen hin und her verschoben. Wenn sie von hier kommen, sind sie inzwischen in den Citys oder in Chicago. Vielleicht sogar in New York.«

»Ernsthaft?«

»Ernsthaft.«

»Tja, Wheaton hat keine Ahnung, wo das Tweed-Mädchen ist. Klingt auch nicht so, als hätten sie in Milan ihre Vermisste wiedergefunden. Wenn die Citys echt so groß sind, was würdest du tun, wenn du sie aufspüren willst?«

»Weiß nicht. Ich war noch nie in den Citys, außer als Zwischenstopp auf dem Weg nach Fort Bragg. Jede Stadt hat ein Rotlichtviertel, einen Stadtteil, wo die Zuhälter die meisten ihrer Mädchen auf den Strich schicken. Männer können an jeder Tankstelle fragen und werden in die richtige Richtung geschickt. Für dich als Frau wär das nicht so einfach.«

»Wheaton glaubt nicht, dass so was dahintersteckt. Er sagt, ich soll mich auf mein Studium konzentrieren. Er will, dass ich das College abschließe. Ich muss jetzt ins Bett. Uni. Arbeit. Bett. Wahrscheinlich sehen wir uns diese Woche nicht viel.«

Cash stand vom Tisch auf. Nahm ihr Päckchen Marlboros und ging in ihr Zimmer. Zog ihre Sachen aus und schlüpfte unter die Decke. Sie rang mit sich, ob sie noch mal aufstehen und sich ihr gewohntes Gutenachtbier holen sollte. Es machte ihr zu schaffen, wie übel es ihr am Abend vorher ergangen war, sie traute ihrem Magen nicht, auch wenn sie die Biere in der Bar anscheinend gut vertragen hatte. Statt noch mal aufzustehen, rauchte sie eine letzte Zigarette, dann legte sie sich auf die Seite und schlief beim leisen *Flapp-flapp* der Karten ein, die an die Patience angelegt wurden, während Barry Sadler vor sich hin schmachtete.

Cash verbrachte den Rest der Woche mit Uni und Lasterfahren. Jeden Morgen, wenn sie wach wurde, hatte Mo Frühstück gemacht. Es gab keine weitere Punji-Eskapade.

Sharon, in Schlaghosen und einem dicken, viel zu großen Mohairpullover, gestand ihr am Montag, dass sie sich »echt tödlich« blamiert hatte. In ihrer hauchdünnsten Hippiebluse hatte sie sich am Freitag in Professor Danielsons Büro eingefunden. Statt sie in seine Arme zu reißen, hatte er sie bequatscht, seine Kinder zu babysitten, damit er und seine Frau was trinken und ins Kino gehen konnten. Die Beschämung hatte sie genötigt, sich das Wochenende über zu verkriechen. »Tut mir leid, dass ich dich und Chaské versetzt hab.«

Sie entschuldigte sich für das verpasste Homecoming-Spiel. Cash nahm ihr die Last ab – sie hatte das auch komplett vergessen. Stattdessen Pool gespielt.

In dieser Woche verbrachte Cash, weil sie vom Englischgrundkurs befreit war, einige Stunden in der Campushalle und übte, mit Effet in die Seitentaschen zu spielen. Ihr Judo machte Fortschritte. Und Mittwoch erfuhr sie, dass sie sich erfolgreich vom Naturkundekurs befreit hatte. Noch eine Stunde mehr fürs Pool. Es war billiger, mit ihrem Studentenausweis auf dem Campus zu spielen, als für den Tisch und Getränke im Casbah zu blechen. Ab Donnerstag stieß Mo in der Campushalle zu ihr.

Und am Donnerstag rief Professor LeRoy sie zu sich, als sie über den Campus ging. »Sie kommen doch weiterhin mit in die Citys zur Preisverleihung, ja? Große Ehre für Sie und fürs College. Ich weiß, dass Sie an der Spitze landen, dass Sie einen der ersten drei Plätze machen, ich fände es aber auch zu schade, die Leute hier zu enttäuschen, immerhin hat das College nicht jeden Tag einen preisgekrönten Essayisten – auf Landesebene, wohlgemerkt. Lässt uns alle gut dastehen, Sie sind ja auf dem besten Weg zu einer akademischen Laufbahn, und das bereits im ersten Semester, schon drüber nachgedacht, was für Kurse Sie als Nächstes belegen wollen? Verschwenden Sie bloß Ihr Talent nicht.«

Cash war an Leute, die so viel redeten, nicht gewöhnt. Oder so schnell. Sie stand da, verlagerte Bücher und Schreibzeug von einem Arm auf den anderen, schaute rüber zur Campushalle, wo sie eigentlich hingewollt hatte. »Ja.«

»Gut, gut, gut, wollen Sie immer noch unbedingt selbst fahren? Wäre viel billiger für Sie, bei mir im Wagen der Behörde mitzufahren. Ist umsonst, Sie müssen nicht mal fürs Benzin zahlen, die Uni gibt uns eine Kreditkarte für so was.«

»Nein. Ich meine, ich fahre selbst. Ich …« Sie konnte schlecht sagen: »Ich fühl mich in die Enge getrieben, wenn jemand anders fährt.« Oder: »Ich will mir einen Fluchtweg offen halten, falls ich schnell wegmuss.« Sie argwöhnte, dass die meisten Leute diese Aussagen gar nicht verstehen konnten.

»Schön, ganz wie Sie wollen, sehen Sie nur zu, dass Sie Samstagmorgen hier sind, um hinter mir herzufahren. Das ist eine Großstadt, kein Vergleich mit dieser lauschigen, *hah*, skandinavischen Oase in der Prärie, ich würde Sie nur ungern aus den Augen verlieren, wenn wir erst mal dort sind, wir würden uns nie wiederfinden, wenn Sie sich da nicht auskennen.«

Cash nickte und wollte weggehen.

»Renee«, rief er ihr nach, »es gibt noch mehr Studenten, die mitfahren, da läuft parallel noch eine Preisverleihung für irgendwas Wissenschaftliches. Danielson kommt also auch mit, zusammen mit zwei höheren Semestern, aber falls Sie Ihre Meinung ändern und doch lieber mitfahren wollen, ist immer noch ein Platz frei.«

Jetzt war für Cash erst recht klar, dass sie nicht mitfuhr. Außerdem war klar, dass sie Sharon nicht erzählen würde, was sie am Wochenende vorhatte. Sie winkte LeRoy zu und ging weiter zur Campushalle.

Sie hatte gerade ein Rack am Start, als Mo reingeschlendert kam. »Heul nicht, bau auf.« Er ging sich ein Haus-Queue aussuchen. »Schwarz geht überall oder letzte Tasche?«

»Du stößt an. Schwarz geht überall. Wenn du mir 'ne Kugel übriglässt, hab ich vielleicht 'ne Chance.«

Sie spielten gute zwei Stunden, beide voll bei der Sache. Mo gab ihr Tipps für die angeschnittenen Stöße. Er holte am Tresen einen Krug Cola. Das zuckrige Getränk missfiel den beiden, die an schäumendes Bier gewöhnt waren. Sie nippten die Brause langsam, das Zeug wurde schal in den Gläsern.

»Ich fahr dieses Wochenende in die Citys. Hol mir diesen Preis. Der Professor hat mich auf dem Weg hierher abgepasst.«

»Lass dich nicht in die Weiße Sklaverei verkaufen.«

»Ich bin nicht weiß. Und nicht blond genug.«

Sie lachten beide.

Mo sang, so falsch wie immer, tanzte mit seinem Queue als Tanzpartner um den Pooltisch. »*Pretty blue eyes, please come out today …*« Er wirbelte um die eigene Achse. »*… My heart skipped a be-e-e-eat.*«

»Das war grässlich«, lachte Cash. »Echt grässlich.«

»Du verletzt meine Gefühle.« Mo verbeugte sich vor seinem Queue.

»Glaubst du wirklich, dass so was mit ihnen passiert ist?«, fragte Cash, lehnte sich über den Tisch, streckte sich vergeblich, gab auf und griff unter dem Tisch nach dem Hilfsqueue, der »Oma«. Noch so was, das sie am College lernte – wie man die Oma einsetzte.

»Es sind schon schrägere Sachen passiert«, antwortete Mo. Er zeigte mit dem Finger genau auf den Punkt der 5, den sie treffen musste, um die Kugel einzulochen. »Wirkt zwar ziemlich weit hergeholt, aber wo sollen sie sonst sein? Sind ja nicht wieder aufgetaucht, oder?«

»Vielleicht sind sie einfach abgehauen. Hier kann es ziemlich öde sein. Was willst du als Mädchen schon machen? Heiraten und einen Haufen Kinder kriegen. Aber wenn sie bloß nach Fargo-Moorhead gekommen wären, hätte sie inzwischen jemand gesehen.«

»Also gehen sie stiften in die Citys. Oder nach Chicago. New York vielleicht.«

»Zur Army.«

»Genau, zur Army. Krankenschwestern geworden. Vielleicht sollte ich dann doch drüber nachdenken, mich wieder zu verpflichten.« Er fing wieder an mit seinem Queue zu tanzen.

»Mach deinen Stoß.« Cash zeigte mit ihrem Queue auf den Tisch. »Letztes Spiel. Dann muss ich zum Kurs.«

Später, nach dem Psychologiekurs, wartete Mrs. Kills Horses vor der Tür auf sie.

»Gratuliere. Professor LeRoy hat mir von dem Landespreis erzählt, für den Sie nominiert sind. Ich wusste, Sie können das«, sprudelte sie hervor.

»Danke.« Cash versuchte an ihr vorbeizukommen. *Yeah, und wie du das wusstest.* Aber Mrs. Kills Horses hielt sie am Arm fest. »Sie fahren doch in die Citys, stimmt's?«

Cash war es zuwider, dass Mrs. Kills Horses sich benahm, als wären die indianischen Studenten ihr Eigentum, und sie hasste es, angefasst zu werden. Sie drehte ihren Arm leicht, bis er freikam. Und nickte knapp.

»Wie aufregend, ich freue mich für Sie. Am Macalester College gibt es sogar eine Abteilung für American Indian Studies. Ich höre, Sie übernachten im Studentenwohnheim für Minderheiten. Da können Sie andere indianische Studenten kennenlernen.«

Cash stand reglos da. Es war klar, dass sie hier nicht wegkam, bevor Mrs. Kills Horses mit ihrer Ansprache fertig war, was immer sie loswerden wollte. *Woher hatte sie gewusst, wo sie zu finden war? Sie musste sich im Registraturbüro ihren Stundenplan beschafft haben. Was wollte sie von ihr?*

Jetzt wühlte Mrs. Kills Horses in ihrer fransenbesetzten schwarzen Lederhandtasche. Am Trageriemen waren überall Conchas mit eingefassten Türkisen angenietet. »Hier! Das ist die Beraterin für indianische Studenten an dem College. Die sollten Sie unbedingt aufsuchen. Und hier ist die Adresse vom Studentenwohnheim für Minderheiten, wo Sie wohnen werden. Männer neigen dazu, diese Dinge zu vergessen. Wenn Sie mir diese wunderbare Neuigkeit rechtzeitig mitgeteilt hätten, hätte ich mir freigenommen, um Sie hinzufahren.«

Cash nahm das Stück Papier und stopfte es sich in die Gesäßtasche.

»Oh, und eins noch. Wir hatten doch beim Treffen darüber gesprochen, AIM hierher einzuladen? Auf diesem Zettel hier steht die Adresse vom AIM-Büro in St. Paul. Vielleicht könnten Sie da vorbeischauen und mal vorfühlen, ob jemand bereit wäre, zu uns zu kommen?«

»Ich kenne da niemanden.«

»Oh, ich bin sicher, das spielt keine Rolle. Die werden

alle entgegenkommend sein. Es geht ja schließlich um die gemeinsame Sache. Die Sache der Native Americans«, sagte sie voller Inbrunst, warf ihren Zopf über die Schulter nach hinten und zog den Reißverschluss ihrer Handtasche zu. »Sie gehen einfach da vorbei und fragen, ob jemand kommen würde. Wir könnten ihnen sogar ein kleines bisschen Geld für ihren Aufwand anbieten.« Sie drehte sich um und schritt davon, ihre Hacken knallten auf dem Granitboden. »Und Glückwunsch! Bin immer stolz auf unsere aufsteigenden Sterne.«

Cash stopfte den zweiten Zettel zu dem ersten in ihrer Jeans.

Sie fuhr zur Wohnung, um sich eine Thermoskanne Kaffee und ein Thunfischsandwich zu holen. Mo war nirgends in Sicht. Cash fuhr nach Norden und fing so früh mit Rübenlasterfahren an, dass sie um elf mit ihrer Schicht fertig war. Sie hielt beim Casbah, aber alle Stammgäste waren drüben im Flame beim monatlichen Turnier. Sie spielte ein paar Runden, trank ein paar Bier, tanzte ein paar Country-Two-Steps mit einem betrunkenen Farmer, der ihr nur dreimal auf die Zehen trat. Sie verließ die Bar zur Sperrstunde.

Als sie nach Hause kam, nahm sie ein schnelles Bad. Wusch sich die Haare in der Küchenspüle. Zog sich eine Jeans an und ein extragroßes T-Shirt. Holte unter der Spüle eine große Papiertüte raus und betrachtete den Haufen Wäsche auf ihrem Sessel. Was zog man an, wenn man einen Preis bekommen sollte? *Scheiße, was, wenn erwartet wird, dass ich ein Kleid trage?* Sie sank auf die Bettkante und starrte auf ihren Stapel Jeans und T-Shirts. Nicht ein Kleid oder Rock in dem ganzen Haufen. Und es war schon spät. Nichts hatte mehr offen. In der ganzen Stadt konnte man jetzt kein Kleid mehr kaufen.

Sie konnte sich nicht mal erinnern, wann sie überhaupt

zuletzt ein Kleid getragen hatte. Irgendwann vor langer Zeit, vielleicht in der zehnten Klasse? Da gab es bei den Pflegeeltern so eine Art Familientreffen, und alle machten sich fein dafür. Die Pflegemutter bestand darauf, dass Cash ein Kleid trug. Die Frau hatte es im Kleidergeschäft in Ada gekauft. Es war gut eine Nummer zu groß. »Da wächst du schon noch rein« – ein zu oft gehörter Spruch. Niemand schien je zu bemerken, dass Cash mit zwölf zu wachsen aufgehört hatte. Es war ein widerwärtiger Gelbton gewesen, mit weißem Kragen. Cash hatte es »versehentlich« mit einer Ladung Bleichwäsche zusammen gewaschen. Niemand würde dieses Kleid je wieder tragen.

Sie starrte auf ihren Kleiderstapel und fragte sich, was zum Teufel sie in die Citys mitnehmen sollte.

Nach fünfzehn Minuten Starren und einer halben Flasche Bier wühlte sie in den Kommodenschubladen, wo sie Kleidungsstücke und allerlei andere Sachen aufbewahrte, die sie nie benutzte. Aus der untersten zog sie ein langärmliges Baumwollhemd, von dem sie vergessen hatte, dass sie es besaß. Es war altweiß mit winzigen blauen Blümchen drauf. Und nicht mal allzu verknittert. Sie strich den Baumwollstoff auf dem Bett glatt. Das Hemd hatte noch alle Knöpfe. Wenn sie ihre Jeansjacke über das Hemd zog, würden die paar Knautschfalten gar nicht auffallen. Sie rollte das Hemd fest zusammen und packte es zuunterst in die Papiertüte. Sie fand ein Paar schwarze Jeans und tat mit ihnen das Gleiche. Unterhosen. Ein sauberer BH. Socken. Obendrauf stopfte sie ihre gut eingelaufenen Cowboystiefel, Sohlen nach oben.

So. Sie hatte gepackt. Sie zog die oberste Schublade von der Kommode auf und nahm ein paar Päckchen Marlboro aus der Stange, die sie dort aufbewahrte. Warf sie in die Tüte. Und ihre Haarbürste.

Cash hatte von der Landarbeit einen inneren Wecker.

Egal ob sie erst um vier Uhr früh ins Bett ging oder sich am Vorabend besoffen hatte oder krank mit Grippe im Bett lag, sie wachte unweigerlich mit der Sonne auf, Sommerzeitumstellung hin oder her. Kein Ding. Aber sie war nervös wegen dieser Fahrt in die Citys. Wegen dieser Preisverleihungsgeschichte. Also stellte sie ihren Wecker auf sechs Uhr dreißig, nur für den Fall. Dann streifte sie die Jeans von sich und kroch ins Bett.

Als sie schon am Einschlafen war, dachte sie an die Zeit in den Pflegschaften zurück. An die Abende, an denen sie ins Bett ging mit der Hoffnung, nie wieder aufzuwachen, oder falls doch, dass sich beim Aufwachen alles nur als böser Traum erweisen würde. Es gab rein gar nichts in ihrer Welt, was sie aufs College vorbereitet hätte oder auf Preisverleihungen oder Reisen in die Citys. Vor langer Zeit hatte sie damit aufgehört, ans Morgen zu denken. Es gab immer nur diesen Augenblick, diese Zeit, dieses Jetzt. Und mit diesem Gedanken schlief sie tief und fest ein.

Ihre Träume waren unzusammenhängend. Mädchen mit sehr langen Beinen, Beine so lang wie Strommasten, gingen eine Straße entlang, spärlich von Laternen beleuchtet. Mo tanzte mit einem Queue, aber einen Jitterbug, keinen langsamen Walzer, das Queue wirbelte durch die Luft. Auf einmal schwebte Cash über Baumwipfeln dahin, gepflügte Felder zogen unten vorbei und schließlich einzelne rechteckige Gebäudekomplexe, die höher aufragten, als sie je welche gesehen hatte. Die Luft war schwer und dickflüssig. Sie musste sich anstrengen, um hindurchzufliegen, ganz anders als bei der Landluft, durch die sie sonst in ihren Träumen flog. Lange Zeit flog sie über Häuser, Häuser und noch mehr Häuser hinweg. Wenn sie runterguckte, sah sie eine Menge

Bäume, alle schon winterkahl. Es gab Seen und einen Fluss, der sich zwischen zwei Städten dahinschlängelte, ein bisschen wie Fargo-Moorhead von oben. Die Straßen bildeten ein Rechteckraster wie Ackerland, nur viel, viel kleiner. Sie spürte, wie eine Strömung sie zur Ostseite des Flusses lenkte. Es war wie ein sanftes Vakuum, das sie zu sich hin und runter zog. Sie fühlte die Baumwipfel ihren Bauch streifen und musste ihren Körper umsichtig steuern, um den obersten Ästen auszuweichen.

Sie sah hinab. Unter ihr lagen jetzt mit Bäumen gesäumte Straßen, Backstein- und Holzhäuser reihten sich aneinander. Grüne Straßenschilder standen an jeder Ecke. Cash versuchte sie im Vorbeifliegen zu lesen. Selby Avenue, Marshall Avenue, Kent Street, Mackubin Street. Manche Schilder waren verschwommen, und sie konnte sie nicht schnell genug entziffern. Aus heiterem Himmel kam sie plötzlich zum Halten, schwebte vor einem großen roten Backsteinhaus. Dunkel. Die Straße verlief von Süd nach Nord. Die Hausnummer leuchtete kotzgrün. 175. Dieser Ort war eiskalt. Das Haus hatte im Erdgeschoss eine Veranda, deren Verkleidung an einer Stelle weggebrochen war. Ohne aufzuwachen wälzte sich Cash im Bett auf die andere Seite, zog die Decke fester um sich und trieb davon in einen Traum, wo sie im Laster saß und darauf wartete, dass der Mähdrescher ihre Ecke des Feldes erreichte.

Cash erwachte – wieder einmal – zum Duft bratenden Schinkens. Wie zum Henker schaffte es der Kerl bloß, die ganze Nacht durchzusaufen, ohne Kater aufzuwachen und dann putzmunter und vergnügt Frühstück zu machen? Und was hatte den nächtlichen Flashback neulich ausgelöst?

Vielleicht schlief er nicht. Oder er schlief tagsüber, während sie Uni hatte oder arbeiten war.

Sie riss ein Blatt aus einem ihrer Schreibblöcke, strich es auf ihrer Kommode glatt und schrieb alles auf, was sie von dem Traum noch wusste. Sie unterstrich die Hausnummer 175.

Sie wühlte herum, fand die Adressen vom AIM-Büro und dem Studentenheim für Minderheiten in St. Paul und legte die beiden Zettel zusammen mit der Aufzeichnung von ihrem Traum auf die Kommode. Dann zog sie saubere Jeans an und ein T-Shirt und unter ihrer Jeansjacke noch einen Fleece-Kapuzenpulli, der sie warm halten würde.

Sie hielt inne, stand einen Augenblick reglos in ihrem Zimmer herum. Fragte sich, ob die Citys weit genug im Süden lagen, dass es da ein bisschen wärmer war als in Fargo-Moorhead. Zweihundertfünfzig Meilen reichten wahrscheinlich nicht, um einen nennenswerten Unterschied zu bewirken.

Ob es die Getreidebörse in Minneapolis wirklich gab? Jeden Tag sendete das Radio den Agrarmarkt-Börsenbericht. Es war ihr noch nie in den Sinn gekommen, sich zu fragen, ob das tatsächlich ein reales Gebäude war.

»Schlag zu, solang es stillhält, Mädchen«, sagte Mo und stellte einen Teller mit Eiern, Schinken und Pfannkuchen auf den Tisch.

Cash zog sich den Stuhl ran und setzte sich zum Essen. »Bald pass ich nicht mehr in meine Jeans.«

»Du brauchst mal 'n bisschen Fleisch auf den Knochen. Wann sollst du drüben an der Uni sein?«

»Um zehn auf dem Parkplatz, wo sie die Behördenwagen stehen haben. Da ist noch so'n anderer Prof, der mit ein paar Naturkundestudenten hinfährt. Ich häng mich einfach dran.«

Cash aß auf, stellte ihren Teller in die Spüle. Stand da und sah sich um, als würde sie ihre Küche nie wiedersehen.

»Nun geh schon. Gönn dir was. Das wird gut.«

»Meinst du?«

»Los, zisch ab. Ich halte hier die Stellung. Wir sehen uns.«

Cash ging zum Kühlschrank und nahm sich zwei Bier. »Für alle Fälle«, sagte sie, als Mo eine Braue hochzog.

Am College stand LeRoy bereits auf dem Parkplatz. Ebenso wie Danielson und zwei gescheit dreinschauende Typen, beide in weißen Hemden mit dunkler Strickjacke und Kordhosen. Dazu hüftlange Trenchcoats mit Wollfutter. Die beiden sahen aus wie die Teenie-Version von College-professoren. Ihr Haarwuchs war üppiger und sie hatten noch Pickel im Gesicht, aber eines Tages würden sie LeRoy und Danielson ersetzen.

Nach einer kurzen Vorstellungsrunde mit Namen, die Cash sofort wieder vergaß – all die Mikes und Steves im Valley gingen für sie sowieso ineinander über –, breitete LeRoy auf der Motorhaube des Behördenwagens eine Landkarte aus. Er zeigte die geplante Strecke mit dem Finger. »Wir nehmen den neuen Highway, so weit er führt, dann wechseln wir hier auf die alte 52, vielleicht machen wir mittags in Alexandria halt, holen uns schnell ein Sandwich an der Truckerkneipe. Sobald wir in die Citys kommen, bleiben Sie dicht an mir dran, lassen Sie bloß keinen Wagen zwischen uns kommen, wenn wir getrennt werden, finden wir uns nie wieder. Hier, nehmen Sie die Karte, unten in der Ecke hat sie auch eine Vergrößerung des Zentrums von St. Paul, ich habe den Häuserblock eingekreist, wo das Macalester liegt.«

Cash tastete in ihrer Gesäßtasche nach den Adressen von Mrs. Kills Horses. *Scheiße!* Sie hatte die Zettel zu Hause liegen lassen.

»Bei diesem X hier liegt das Minderheitenhaus, aber fahren Sie einfach mir hinterher, ich muss die Jungs nur erst im Wohnheim der Sigma Phi-Studentenverbindung absetzen, wo sie übernachten.« Er faltete die Karte so, dass die von ihm bezeichnete Strecke vorne war, und reichte sie Cash. »Dann mal los!« Alle vier Männer drängten sich in die marineblaue Mittelklasselimousine mit dem Behördenkennzeichen des Staates Minnesota. Cash sprang in ihren Ranchero.

Es gab wenig Verkehr um diese Uhrzeit am Samstagmorgen. Farmvolk neigte dazu, den Tag früh zu beginnen, sogar ihren einen großen Einkaufstag, also waren alle, die in die große Stadt wollten, längst dort. Und die meisten von ihnen würden bis zum Mittagessen bleiben, in einem der Restaurants vor Ort noch »einen draufmachen«.

Cash blieb zwei Wagenlängen hinter der Behördenkutsche. Nah genug, dass niemand sich zwischen sie drängeln würde. Dekan LeRoy fuhr genau am Geschwindigkeitslimit. Cash drehte das Radio an. *»Only the lonely …«* tönte aus dem Lautsprecher. Sie öffnete das Fenster einen Spalt breit und zündete eine Zigarette an. Nahm ein Schlückchen Kaffee aus der Thermoskanne, die Mo ihr beim Gehen noch in die Hand gedrückt hatte.

Flaches Farmland glitt draußen vorbei. Gepflügte Felder, schwarze Erde in Erwartung weißen Schnees. Goldene Stoppelfelder, wie sie die Rehe frühmorgens und in der Dämmerung zum Grasen liebten. Auf manchen Feldern standen noch vereinzelte Baumgruppen, Eichen oder Kiefern. Hohes Gras wuchs am Fuß ihrer Stämme. Die Überbleibsel früher Siedlerhöfe, verlassen, als der Nachwuchs auf einen anderen halben Morgen Land umzog, wo sie sich ein neues modernes Haus im Ranchstil bauten – Nachwuchs, der mehr Lust auf ein Kernfamilienmodell hatte, wo ein Elternpaar mit Fernseher, Telefon und modernen Ideen die eigenen Kinder großzog. Die Alten wurden zurückgelassen, um auf dem alten Hof mit ihren alten Ideen die letzten Jahre zu verbringen. Die meisten solchen Häuser waren jetzt nur noch ein Häufchen Holzbohlen, verborgen unter hohem Gras und Baumstämmen.

Etwa vierzig Meilen vor der Stadt veränderte sich die Landschaft. Das flache Land wich wogenden Hügeln. Kuhweiden mit grasenden Angus- oder Hereford-Rindern lagen neben Äckern mit Maisstoppeln und gepflügten Sojafeldern.

Der kleine College-Konvoi hatte den Rand des Agassizsees erreicht. Dieser See, die Hinterlassenschaft eines sich nordwärts schiebenden abgeschmolzenen Gletschers, hatte vor über zehntausend Jahren existiert. Der Gletscher hatte das Land plattgeschliffen, den Red River hinterlassen und das umliegende Valley. Die jährliche Überschwemmung des Flusses dank der ergiebigen Schneefälle im Norden und vieler kleiner Bäche und Flüsse, die in der Frühjahrsschmelze über die Ufer traten, schuf den starken, reichen Mutterboden im Valley.

Schwarzes Gold nannten die Farmer der Gegend diesen Boden. In den Sommer- und Herbstmonaten standen sie gern auf ihren Feldern herum und traten Erdklumpen platt. Oder beugten sich runter und zerdrückten die Klumpen in ihren schwieligen Händen. Die beste Erde war pechschwarz und feinkörnig. In der Nähe vom Fluss mischte sie sich zunehmend mit Lehm, was die Straßen rutschig machte für die LKW-Fahrer, die Rüben oder Kartoffeln zu den Erntefabriken beförderten. Und der Highway, den Cash jetzt – mit leichter, kaum spürbarer Steigung – hochfuhr, trug sie auf die einstige Uferböschung des prähistorischen Sees.

Hier oben enthielt die Erde Sand. Kinder, die auf den Feldern, in Gräben und Farmhöfen buddelten, fanden bisweilen fossile Meeresmuscheln. Im Frühling ernteten die Farmer Felsbrocken an den früheren Ufern des Agassizsees. In den Wintern Minnesotas gefror der Boden bis zu vier Fuß tief unter der Oberfläche. Wenn es dann im Frühling wieder wärmer wurde, wurden Steine nach oben gedrückt.

Überall am Rand des Sees, der jetzt in Farmland verwandelt oder als Eichen- und Kiefernwälder belassen war, gab es auf den verwaisten Gehöften zusätzlich zu den verfallenden Häusern der Vorfahren auch große Haufen von Findlingen. Jugendliche aus dem Valley verdingten sich im Frühling dafür, über die Felder zu schreiten und Felsbrocken auf einen Karren zu werfen, der neben ihnen herfuhr. Das war ein Job, den Cash nie hatte in Erwägung ziehen müssen. Ihr Geschäft war das Lasterfahren.

Das Land rollte vorüber. Die Hügel waren so anders als das flache Land. Im Valley schweifte der Blick geradeaus bis ins Unendliche. Das Einzige, was zu Hause gelegentlich die freie Sicht auf den Horizont verdeckte, waren die Eichen und Pappeln, die sich an den Windungen des Red River entlang durch die Landschaft schlängelten.

Cash sah den rechten Blinker des Behördenwagens aufleuchten. Sie folgte ihm von der Interstate runter und bog auf einen geschotterten Parkplatz ein. Eine Standard-Oil-Tankstelle stand neben einem niedrigen Flachbau, einer Raststätte, die HAUSGEMACHTE MAHLZEITEN versprach. Cash stieg aus und folgte den Männern in das Restaurant. LKW-Fahrer hockten krumm am Tresen, tranken Kaffee und rauchten, tippten die Asche in schwarze Plastik-Standaschenbecher, die zwischen den Barhockern platziert waren. Andere aßen Kuchen oder verputzten ein Roastbeefsandwich, das in Bratensoße schwamm. Niemand blickte auf, als sie eintraten.

LeRoy und Danielson führten die Schar zu einem Tisch am großen Fenster mit Sicht auf den Kiesparkplatz und andere Autos, um die sich Tankwarte in dunkelblauen Standard-Oil-Uniformen kümmerten.

»Ihr jungen Leute bekommt etwas zu Essen. Wir setzen es auf die Kreditkarte des College. Ein Sandwich und ein Stück

Kuchen sollten euch durchbringen, bis wir zu Abend essen«, sagte LeRoy, als die Kellnerin allen plastikverschweißte Speisekarten aushändigte und ohne zu fragen jedem eine Tasse Kaffee einschenkte.

Cash wusste es besser, als eine kostenlose Mahlzeit abzulehnen, sie bestellte das heiße Roastbeefsandwich und ein Stück Apfelkuchen. Danielson schien sich von seiner Schokoladenseite zeigen zu wollen, das lüsterne Grinsen und die Überfreundlichkeit hatten Pause. Die Männer – Lehrende und Studenten – sprachen über Dünger und Soja-Hybriden, worum es in dem Wissenschaftsprojekt der Jungs auch ging. Cash hätte sich gern getraut, sie zu fragen, ob sie die Adresse der Getreidebörse kannten. Aber da sie nicht wusste, ob es ein wirkliches Gebäude oder bloß eine Radioveranstaltung war, aß sie weiter still ihr Mittagessen.

Nach einer knappen Erwähnung von Cashs Literaturpreis wurde sie den Rest der Mahlzeit über ignoriert. Ein paarmal blickte sie auf und erwischte Danielson dabei, dass er sie musterte, aber nicht auf die offen flirtende Art, die er mit Sharon und ihr auf dem Campus an den Tag gelegt hatte. Es war eher ein berechnender Blick.

Als Cash fertig war, entschuldigte sie sich und ging zur Toilette. Als sie rauskam, hatten sich die Männer um die Registrierkasse versammelt, als wollten sie alle die Rechnung bezahlen. Cash trat nach draußen und zündete sich eine Zigarette an. Die Sonne schien und die Luft roch nach Benzin und Diesel.

Ohne ein Wort zu sagen, kamen die Kerle raus und stapelten sich wieder in den Behördenwagen. Cash stieg in den Ranchero und folgte ihnen vom Parkplatz zurück auf den Freeway. Nach einem raschen Blick auf die Karte schätzte sie, dass sie auf halber Strecke in die Citys waren. Wie würde es dort sein? Ihr Magen flatterte. Vielleicht würde Superman angeflogen kommen und sie begrüßen. Sie fragte sich, wie sie rauskriegen konnte, wo die Getreidebörse war, falls es sie tatsächlich gab.

Sie drehte Hank Williams auf. Als ihr bewusst wurde, dass sie mitsang, lachte sie laut auf, denn sie musste an Mos grottenfalsche Intonation aller Songs denken, die er mitträllerte. Er schien jeden Text auswendig zu kennen, und er schien sich absolut nichts daraus zu machen, wie schlimm er klang.

Je näher sie den Citys kamen, desto mehr häuften sich die Ortschaften entlang der Straße, erst recht, nachdem sie die 94 verlassen hatten und auf der 52 weiterfuhren. Schilder am Highway verkündeten noch achtzehn Meilen – noch zehn Meilen – nächste Ausfahrt Minneapolis. Als sie tiefer ins Stadtgebiet vordrangen, erkannte sie den Foshay Tower von Bildern aus der Zeitung oder Schulbüchern, das Wort »Foshay« in hohen schwarzen Buchstaben unter der Spitze deutlich lesbar gegen den Kalkstein der Fassade.

Minneapolis hinter sich lassend überquerten sie auf einer Brücke den Mississippi. Ein weiteres Schild verkündete, dass sie jetzt in St. Paul waren. Sie fuhren vom Freeway runter auf mit Bäumen gesäumte Straßen. Bis auf wenige hartnäckig festgeklammerte Blätter waren sie jetzt kahl. Cash kniff die Augen zusammen und versuchte sich vorzustellen, wie die Stadt aussehen musste, wenn alle Bäume vollständig belaubt waren.

Sie stellte sich einen Prinzessinnen-Palast vor wie auf den Illustrationen in *Grimms Märchen*. Bald kamen sie in einen Teil der Stadt, wo die Häuser wie Schlösser aussahen und die Straßen Grand Avenue und Summit hießen.

Und dann kamen sie zum Macalester College. Es war ein majestätischer Bau, wesentlich prachtvoller als der Moorhead State Campus. LeRoy schien im Kreis zu fahren. Schließlich blinkte er und parkte. Er stieg aus dem Behördenwagen und ging zurück zu Cash.

»Sie können mir einfach weiter nachfahren, wir setzen hier nur die Jungs ab. Ich brauche bestimmt ein Weilchen, um ihre Unterbringung zu finden, aber allzu lange sollte es nicht dauern.«

»Okay.«

»Dann bringe ich Sie zum Minderheitenhaus.«

Cash nickte. Er kehrte zum Wagen zurück. Es dauerte noch mal zehn Minuten, die Unterkunft der Jungs zu finden. Cash wartete im Ranchero und sah zu, wie gut gekleidete Studenten auf dem Campus umherzogen. Längst nicht so viele Hippies hier, dachte sie.

Nachdem die Jungs und Danielson untergebracht waren, führte LeRoy sie zu einem dreistöckigen weißen Backsteinbau ganz am Rand des Campus. Es gab eine geschwungene Auffahrt. Cash parkte hinter dem Behördenwagen und wartete, bis LeRoy ausstieg und Richtung Eingangstür ging. Er wandte sich um und winkte ihr, mitzukommen.

Cash wusste nicht, was sie tun sollte. Sie hatte nicht vor, in einem Haus zu übernachten, das aussah, als gehörte es in ein Märchen. Seit Wheaton ihr die Wohnung besorgt hatte, hatte sie nie irgendwo anders geschlafen als dort oder auf der Ladefläche ihres Trucks. Daran gedachte sie auch heute Nacht nichts zu ändern. Aber davon brauchte Dekan LeRoy nichts zu wissen.

Sie ging die steinerne Treppe hoch bis zu einer Eichentür, durch die sie beide nebeneinander gepasst hätten, so breit war sie. Dekan LeRoy läutete eine Glocke, die Cash nicht mal gesehen hatte. Jeder Knochen und Muskel in ihrem Körper befahl ihr sofortige Flucht, so weit weg wie möglich. Aber sie stand da wie eine Salzsäule.

Eine schick gekleidete Schwarze Mitte dreißig kam an die

Tür. Ihr Haar war zu einem modischen Afro frisiert. Ihre marineblauen Lederpumps passten zu dem marineblauen Rock. Cash hatte mal was über Seidenblusen gelesen. Die gelbe Bluse mit leuchtend roten Blumen, die die Frau trug, war die erste, die sie im wirklichen Leben sah.

»Sie müssen Renee Blackbear sein«, sagte sie und streckte Cash ihre Hand zum Schütteln entgegen. Ihre Fingernägel waren in einem blassen Rosaton lackiert. »Willkommen. Treten Sie doch ein. Und Sie sind Professor LeRoy, richtig? Wie schön, Sie beide kennenzulernen. Nennen Sie mich Frances«, sagte sie zu Cash. »Ich bin hier die Hausmutter. Kommen Sie rein. Wir wollen lieber die Tür zumachen – es ist ein bisschen kühl draußen zu dieser Jahreszeit.«

Aber für Cash fühlte sich drinnen alles kälter an als beim Draußenstehen.

»Ich führe Sie erst mal ein bisschen herum. Sie können immer noch Ihren Koffer hereinholen und es sich gemütlich machen, wenn Sie wissen, wo Sie schlafen werden.«

LeRoy entschuldigte sich. »Ich übernachte mit den anderen, die mitgekommen sind, im Verbindungshaus. Ich komme dann gegen halb sechs wieder her, um Renee zur Preisverleihung abzuholen.«

Frances scharwenzelte ihn zur Tür raus und beteuerte, sie würde dafür sorgen, dass Renee sich wie zu Hause fühlte. »Komm«, sagte sie dann zu Cash, »ich zeige dir, wo du schlafen kannst. Die Küche ist gleich da drüben. Da gibt es wahrscheinlich auch ein paar Chips und dergleichen, falls du Lust auf einen Nachthappen bekommst.«

Je schweigsamer Cash war, desto redseliger wurde Frances, bis sie schnatterte, als wären es 40 Grad minus.

Frances zeigte Cash den Gemeinschaftsraum und die Bibliothek und noch ein weiteres Wohnzimmer. In jedem dieser Räume hingen *Black is beautiful*-Poster oder Fotos von

Martin Luther King. In einem der Seitenzimmer sah Cash Poster von indianischen Häuptlingen, mit Reißzwecken an die Wand gepinnt. In einem anderen Raum, Frances nannte ihn den *Ballsaal*, waren Schwarzlicht-Poster von Jimi Hendrix und Kool and the Gang angebracht.

Bald standen sie wieder in der holzgetäfelten Vorhalle. Frances' Gesichtsausdruck flehte Cash an, endlich etwas zu sagen. Cash hob einen Zeigefinger zur universellen »Moment«-Geste und trat vor die Tür. Bevor sie einen weiteren Schritt machte, atmete sie tief ein und wieder aus. Atmete erneut ein. Die knackig kalte Herbstluft füllte ihre Lungen und erfrischte ihren Geist. Sie grub in der Tasche ihrer Jeansjacke und steckte sich eine Marlboro an. Als sie das Streichholz auf den Boden fallen ließ, ging die Tür hinter ihr auf, und Frances sagte: »Sie müssten Ihren Truck bitte noch auf den Parkplatz da drüben fahren.« Und damit machte sie die Tür hinter ihr wieder zu.

Cash rauchte ihre Zigarette auf, bevor sie zu ihrem Truck ging, um ihn umzuparken. Sie vergewisserte sich, dass ihre .22er unsichtbar hinterm Fahrersitz verstaut war. Das Gewehr hatte sie nicht mehr abgefeuert seit dem Zwischenfall vor ein paar Monaten, als zwei Rednecks aus Kanada einen Indianer umgebracht hatten, der für die Saison als Erntehelfer von der Red Lake-Reservation runtergekommen war. Auch ihren Queue hatte sie dort hinterm Sitz verstaut, mit der Überlegung, dass sie vielleicht irgendwo in der Großstadt auf einen Billardladen stieß, den sie testen konnte. Während sie im Truck herumwühlte und ihren Kram sortierte, fiel ihr auch das Geld wieder ein, das sie in der Federung unterm Fahrersitz versteckt hatte. Sie langte hin und tastete danach. Yep, die Rolle Scheine steckte noch zwischen zwei der Metallfedern.

Cash nahm die Papiertüte mit den Klamotten, die sie sich

für die Preisverleihung eingepackt hatte, schloss den Truck ab und ging zurück in das große Haus. Frances saß auf einer Couch und tat, als läse sie Zeitung. Cash deutete auf die Treppe, und Frances nickte.

Sie machte die Tür des Zimmers hinter sich zu.

Alles hier im Haus war dick und dunkel. Dicke Wollteppiche. Dicke Brokatvorhänge. Dicke Matratzen. Dicke Wände.

Sie hockte sich vorsichtig auf die Bettkante. Darüber lag eine dieser knubbelig strukturierten Tagesdecken, wie sie Pflegemütter zu lieben schienen. Cash zupfte an einer der kleinen Troddeln. Sie erinnerte sich, dass sie bei einer Pflegefamilie mal eine Tagesdecke löchrig gerupft hatte, weil sie im Schlaf die Knubbel abfriemelte. Das hatte ihr Prügel gesichert.

Sie rutschte auf dem Bett herum. Sie hatte im Haus niemanden sonst gesehen. Laut Frances waren die meisten Studenten, die übers Wochenende hierblieben, beim Footballspiel. Auf dem Nachttisch stand ein Wecker, der halb fünf anzeigte. Dekan LeRoy würde sie in einer Stunde abholen kommen.

Cash zog sich um. Im Badezimmer stellte sie sich auf den Rand der löwenfüßigen Wanne, um einen Blick in den Spiegel des Arzneischränkchens werfen zu können. Mit der Jeansjacke drüber sah das Hemd so gut wie überhaupt nicht zerknautscht aus. Sie stieg von der Badewannenkante, zog den Hemdkragen raus und legte ihn über den der Jeansjacke. So, sah doch fast schick aus.

Sie nahm Ausweis, Geld und Streichhölzer aus der Jeans, die sie ausgezogen hatte, und steckte alles in die Gesäßtaschen von der, die sie trug. Sie rollte die Klamotten zusammen, die sie auf der Fahrt in die Citys getragen hatte, und legte sie zusammen mit den Turnschuhen in die Papiertüte. Zog die Cowboystiefel an und steckte die Jeans hinein.

Bürstete ihre Haare und flocht sie neu zu einem langen Zopf. Stieg wieder auf den Wannenrand. Musterte sich von oben bis unten. So musste es wohl gehen.

Als sie das Haus verließ, in der Hand die Papiertüte, war Frances nirgends zu sehen. Dafür zwei indianische Studenten, die nebeneinander auf einer Couch saßen und aus einer grünen Glasschüssel Kartoffelchips aßen. Die drei nickten einander zu und sagten nichts.

Sie hatte gerade die Papiertüte im Fußraum verstaut, als LeRoy neben ihr vorfuhr. Danielson und die Jungs saßen mit bei ihm im Wagen.

»Bereit für den großen Abend?«, fragte er Cash, als sie alle vier ausstiegen. Die Jungs trugen jetzt Jacketts über ihren weißen Hemden und Kordhosen. Und je einen spießigen Schlips um den Hals. »Wir können von hier aus zu Fuß zum Bankettsaal gehen. Sind Sie warm genug angezogen?«

Cash nickte. Das würde schon gehen. Sie schloss den Ranchero ab und steckte die Schlüssel in die Hosentasche.

Cash fühlte sich gar nicht mehr zu salopp angezogen, als sie zu dem Bankett kamen. Einige Frauen trugen Kleider und hochhackige Schuhe, die Haare hochtoupiert wie Jackie Kennedy. Aber viele andere steckten in flatternden Schlaghosen und hauchdünnen Baumwollhemden *Made in India*. Ein paar trugen eng geflochtene Lederstirnbänder, die langen blonden Haare absichtlich gegen den Strich gebürstet, damit sie verfilzten. Von den Kerlen waren die meisten angezogen wie die Knaben in ihrer Begleitung: Nachwuchs-Collegeprofessoren.

Die Tische waren mit weißen Tischdecken eingedeckt, die Servietten zu Kranichen gefaltet auf dem obersten Teller. Neben jedem Teller lag auf einer Seite eine Reihe von Gabeln und auf der anderen die gleiche Anzahl Löffel. Cash sah genau zu, wie die Männer an ihrem Tisch mit den

Tellern und Schüsseln und dem Besteck hantierten. Der Hauptgang war irgendeine Art Hühnchen. Der überwältigende Salbeigeschmack brachte sie fast zum Würgen. Sie nahm sich nur Kartoffelbrei und Gemüse nach. Gastredner hielten kurze Ansprachen für jede Preiskategorie.

Professor LeRoy trommelte mit den Fingern auf dem Tisch, während für den Literaturpreis die Gewinner des dritten und dann des zweiten Platzes nach vorn gerufen wurden. Als Cashs Name, Renee Blackbear, für den ersten Preis aufgerufen wurde, sprang er auf und klatschte wie wild. Cash war so nervös, dass sie in dem Moment, als ihr Name fiel, spontan ihren Körper verließ. Von oben sah sie zu, wie sie von ihrem Stuhl am Tisch aufstand, zwischen den Tischen hindurch zum Mikrofon steuerte, die Urkunde entgegennahm, Hände schüttelte und zwischen den Tischen hindurch zurückging, um sich wieder hinzusetzen.

Als sie am Tisch auf den roten Samtstuhl sackte, kehrte sie auch in ihren Körper zurück. Wieder ganz bei sich, hielt sie die Urkunde ein Stück von sich weg und las: *Verliehen an Renee Blackbear*. Wie unter Wasser hörte sie Mr. Danielson fragen, ob er die Urkunde sehen dürfe. Er griff schon danach, um sie ihr abzunehmen. Sie wurde am Tisch herumgereicht. All die Männer gratulierten ihr förmlich, Professor LeRoy am fröhlichsten von allen. Cash trieb noch immer in einem Nebel aus Anspannung und wiederholte auf jeden Kommentar *danke, danke*.

Himmel, sie brauchte ein Bier. Die Erwachsenen am Tisch rauchten. Genauer gesagt rauchte Professor LeRoy sogar Kette. Sie sah sich um und stellte fest, dass auch einige der Mädchen in Schlaghosen an ihren Tischen rauchten. Sie zündete sich eine an.

Das Gespräch am Tisch drehte sich jetzt darum, was wer am Sonntag noch machen wollte, bevor man nach Fargo-

Moorhead zurückfuhr. Die Jungs wollten sich den Como Park samt Zoo ansehen. Danielson wollte bei Shinder's Buchhandlung in der Innenstadt von Minneapolis vorbeischauen. Alle am Tisch kicherten, außer Cash. Sie hatte keinen Schimmer, wieso der Besuch einer Buchhandlung ausgewachsene Männer zum Kichern bringen sollte, bis einer der Jungs sagte: »Sie könnten mir den neuen *Playboy* mitbringen«, und der ganze Tisch in Gelächter ausbrach. Cash blieb unbeachtet wie gewöhnlich – eben »einer von den Jungs«.

LeRoy fragte: »Gibt es etwas, was Sie sich noch ansehen wollen, Cash?«

Vielleicht weil es sie fuchste, dass die Kerle nach einem *Playboy* sabberten, oder weil sie sich bei dem ganzen Festakt vollkommen ausgeschlossen vorkam und mit Sicherheit nicht in ihrem Element fühlte in diesem protzigen Laden mit weißen Tischdecken, zu viel Besteck und roten Plüschstühlen, hörte Cash sich sagen: »Die Getreidebörse.«

»Die Getreidebörse?«, sagte einer der Jungs, als wäre das ein fremder Planet. Vielleicht war es ja doch nur ein Wort und kein Ort.

Cash zog den Kopf ein, als eine Welle von Peinlichkeit über ihr zusammenschlug. Dieses ganze Wochenende spülte Schamgefühle in ihr hoch – von dem schicken Minderheitenhaus bis zu dem Hühnchengericht, von dem sie würgen musste. Es erinnerte sie an die Zeiten in Pflegefamilien, wenn ihr vorenthalten wurde, was für andere selbstverständlich war: nicht gefeierte Geburtstage, keine Teilnahme an Klassenfotos. Der Schulfotograf war ein Luxus, der Pflegekindern nicht gewährt wurde. Während die anderen mit Bildern im Brieftaschenformat eifrigen Tauschhandel trieben, versteckte Cash sich hinter einem Buch, las, um der Gegenwart zu entfliehen. Scham war eine ständige Begleiterin.

In den letzten drei, vier Jahren hatte sie ihr Leben so leben können, dass sie diesen Schamgefühlen entging. Sie hob den Kopf und sah die Männer an, die um den Tisch saßen. Sie starrten zurück, ohne ein Wort zu sagen. Sie konnte nicht erkennen, was sie dachten – ob sie über sie lachten oder sie ablehnten. Schließlich sagte Danielson: »Shinder's liegt in der Innenstadt an der Siebten, Ecke Hennepin Avenue. Ich glaube, die Getreidebörse ist an der Vierten Ecke Vierte.«

Einer der Jungs sagte: »Ja, Vierte Ecke Vierte. Wir waren da mal auf einem Klassentrip von Junior Future Farmers of America. Es ist ein ziemlicher Krach, weil andauernd Börsenkurse durch die Gegend gebrüllt werden. Ich weiß aber nicht, ob die sonntags aufhaben.«

»Sie können mit mir mitfahren«, sagte Danielson. »Wir können gleich morgens nach Minneapolis reinfahren und uns alles ansehen.«

Nur über meine Leiche.

LeRoy sagte: »Ich wollte die Kathedrale an der Summit Avenue besichtigen gehen. Ich hatte gehofft, Sie kämen vielleicht mit in die Richtung, Cash. Es gibt da nämlich einen Collegeprofessor, der in der Jury für den Literaturpreis war. Dem würde ich Sie gern vorstellen. Er war höchst beeindruckt von Ihrer Arbeit.«

»Okay.« Sie ergriff die Gelegenheit, einer Fahrt mit Danielson nach Minneapolis aus dem Weg zu gehen. »Vormittags? Ich glaub, ich steh früh auf und fahr erst in die Innenstadt und laufe einfach mal um die Getreidebörse rum.«

»Sicher. Wir können uns dann vor der Kathedrale treffen, wenn die Messe vorbei ist, und den Professor besuchen gehen. Er wohnt in Summit Hill.«

Der eine von den Knaben, der scharf auf einen *Playboy* war, stieß den anderen an und sagte: »Wir gehen gern mit Ihnen zu Shinder's, Mr. Danielson.«

Die Männer lachten. Allmählich begannen die Anwesenden, den Bankettsaal zu verlassen. Die Gruppe vom Moorhead State ging zügigen Schritts zurück zum Parkplatz des Minderheitenhauses. Die Kerle sagten gute Nacht und sprangen in den Behördenwagen. LeRoy kurbelte sein Fenster runter. »Um neun vor der Kathedrale.« Cash winkte bestätigend.

Sobald sie außer Sicht waren, stieg Cash in den Ranchero und fuhr nach Minneapolis, nutzte den Foshay Tower als Orientierungspunkt.

Sie stocherte sich durch die Innenstadt. Kam bei Shinder's in der Hennepin Avenue vorbei. Und an einer quirligen Bar namens Moby Dick's, die wie eine größere Ausgabe des Casbah aussah – aber sie hielt nicht an. Sie fuhr die ganze Hennepin Avenue runter und dann noch die Nicollet entlang. Es gab einige Frauen in sehr kurzen Miniröcken mit Beehive-Frisuren und extrem hohen Plateauabsätzen. Wegen der Art, wie sie dastanden, Hüfte oder Brust raus, während ihr Blick jeden vorbeifahrenden Wagen abtastete, fragte sich Cash, ob sie Prostituierte waren. Keine von ihnen hatte lange blonde Haare wie die vermissten Mädchen.

Sie lenkte zur Vierten Ecke Vierte und parkte gegenüber von dem, was sie für den Haupteingang der Getreidebörse hielt. Es war ein riesiger quadratischer Bau mit Hunderten von Fenstern, die ganze Gebäudewand hoch und um die Ecke rum. Sie zählte zehn Stockwerke mal zehn Fenster an der Vorderfront und acht an der Seitenfassade. Es brannten noch ein paar Lichter im Inneren des Gebäudes, aber auf diesen ruhigeren Innenstadtstraßen war niemand mehr unterwegs.

Die Getreidebörse war ein dauerhafter Bestandteil ihres Lebens, seit sie zum ersten Mal gehört hatte, wie im Radio die Kurse angesagt wurden. Wenn sie so darüber nachdachte, hatte sie wahrscheinlich jeden Tag ihres Lebens den Börsenbericht gehört, seit sie angefangen hatte, Laster zu fahren.

Ein paar Autos rollten auf der Straße vorbei. Die Spiegelung vom grünen, gelben und roten Licht der wechselnden Ampeln vibrierte auf dem kalten Pflaster. Metropolis war echt.

Ohne nachzudenken sprang Cash aus dem Truck, lief über die Vierte Avenue und legte eine Hand an die steinerne Gebäudewand. Sie war kalt. Kälter als die Nachtluft. Cash erschauerte, mehr vor Aufregung als vor Kälte. Sie ging an den Türen aus Messing und Glas entlang und sah Männer in einem großen Saal herumstehen. Der Boden war aus einer Art poliertem Stein, mit hohen Marmorsäulen, wie sie es auf Bildern vom alten Rom gesehen hatte. Die Männer redeten, gestikulierten wild mit den Händen, erregt von was auch immer sie da besprachen. Cash ging weiter bis zur Ecke und schaute zu den Fenstern hinein, so gut es ging.

Als sie zur Ecke des Gebäudes kam, konnte sie im Licht der Straßenlaternen Buchstaben und geometrische Figuren erkennen, die in den Stein des Bauwerks gemeißelt waren. Mit einem Finger fuhr sie ein Dreieck nach. Sie erschauerte wieder. Es war so schön. Sie hatte absolut keine Vorstellung davon gehabt, wie die Getreidebörse aussehen würde. Wenn überhaupt, hätte Cash gedacht, dass da ein Mann an einem hölzernen Schreibtisch vor einem Radiomikrofon saß und die Börsenkurse von vielen Seiten Schreibmaschinenpapier ablas.

Als sie jetzt nochmals durch die großen Glasfenster spähte, sah Cash große Tafeln, an die Zahlen geschrieben waren, zimmergroße Kreidetafeln. Auf jeder standen waagerechte und senkrechte Zahlenreihen. Ausgeschrieben mit Kommastellen. Sie lachte laut auf. Nicht nur war die

Getreidebörse ein wirkliches Gebäude, auch die Zahlen, die die Sprecher im Radio verkündeten, kamen tatsächlich von woher und hatten offenbar sogar eine Bedeutung für andere Menschen als nur die Farmer auf dem Acker, denen ein Lächeln übers Gesicht huschte, wenn sich der Weizen für mehr als einen Dollar pro Scheffel verkaufte. Die auf den Boden spuckten und gegen den Treckerreifen traten, wenn der Maiskurs um drei Cent fiel.

Cash lief zurück über die Straße und sprang in ihren Truck. Sie startete den Motor und stellte die Heizung an. Während sie darauf wartete, dass die Kabine warm wurde, zog sie ihre Jeansjacke fest um sich. Sie fühlte sich wie ein kleines Kind an Weihnachten. Wenn jemand sie gefragt hätte, warum sie so glücklich war, sie hätte nicht gewusst, wie sie ihr Entzücken über die Entdeckung erklären sollte, dass Dinge, Leben, außerhalb des Valleys wirklich existierten.

Sie rauchte noch eine Zigarette, sinnierte über die Getreidebörse, genoss es, diesen Winkel der Realität entdeckt zu haben, lächelte in sich hinein. Als sie sich endlich befriedigt fühlte, an den Stuckaturen und dem Gebäude sattgesehen hatte, legte sie den Gang ein und fuhr langsam davon, sah sich immer wieder noch einmal um, als verließe sie einen alten Freund.

Sie ließ die Innenstadt von Minneapolis hinter sich und fuhr auf der University Avenue nach St. Paul. Ihr fiel ein, dass Mrs. Kills Horses ihr eingeschärft hatte, sie sollte beim AIM-Büro vorbeischauen, aber sie hatte die Adresse auf ihrer Kommode in ihrer Wohnung liegen lassen. Sie drehte das Radio an, um herauszufinden, wie spät es war. Sie musste erst nach einem Sender suchen, der nicht nur statisches Rauschen von sich gab, und dann ein paar Songs abwarten, bis der Sprecher sagte: »Und die Zeit in der Stadt der Seen: Es ist elf Minuten nach zehn. Bleiben Sie auf Empfang für die Nummer 30 in unserem Countdown der Tophits der Woche.« Cash stellte das Radio ab. Sie wollte alle Bilder und Gefühle in sich aufnehmen, die die Stadt ihr zu bieten hatte, ohne jede Ablenkung.

Sie versuchte sich das Stück Papier vor Augen zu rufen, das sie sich in die Tasche gestopft hatte. Vielleicht lag es an den ganzen Lichtern hier in der Stadt, aber es fiel ihr schwer, das Bild wieder hervorzuholen. Als sie an der Kreuzung University Ecke Dale vor der Ampel halten musste, sah sie nach links. Da stand wieder ein Grüppchen Frauen, hohe Hacken, Miniröcke, sie rauchten, lehnten sich in offene Fenster von Autos, die am Bürgersteig hielten. Eine Kino-Leuchttafel warb für *XXX Schneewittchen und die sieben Zwerge XXX*. Aus der Art, wie die Männer in das Gebäude schlichen, schloss Cash, dass es sich nicht um einen Disneyfilm handelte.

In diesem Moment schoss ein ziviler Polizeiwagen über die rote Ampel und fuhr mit wirbelndem Blaulicht auf der Dale an die Bordsteinkante. Die Frauen stoben auseinander wie ein Vogelschwarm. Cash blieb trotz grüner Ampel stehen und sah zu, wie sie hinter Gebäude und in Gassen schlüpften. Ein paar rannten über die Straße, knapp zwischen fahrenden Autos hindurch. Einer Frau flog die blonde Afroperücke vom Kopf. Geldscheine wirbelten hinter ihr durch die Nachtluft, als sie hinter der Holztreppe eines Hauses abtauchte und im Schatten verschwand.

Zwei Kerle stiegen aus dem Wagen, in Straßenkleidung, keine Polizeiuniformen. Sie gingen ein paar Schritte auf beiden Bürgersteigen der Straßenecke. Einer von ihnen überquerte die Straße und fing an, das herumfliegende Geld aufzuheben.

»Lass meine scheiß Knete in Ruhe, du verdammter Scheißbulle.«

Cash konnte niemanden sehen, aber es klang, als käme es vom oberen Ende der Treppe drüben. Der Cop lachte, hielt die Scheine hoch, die er zu fassen bekommen hatte, und fächerte sie auf.

»Fick dich. Scheißbulle.«

Der Cop stopfte das Geld in die Brusttasche seines Hemdes.

»Komm und hol's dir«, rief er nach oben.

»Scheißbulle. Fick dich. Scheißbulle.«

Er lachte, kam wieder über die Straße und stieg in das Zivilfahrzeug. Sein Partner gesellte sich zu ihm, und das dunkle Auto, fast identisch mit dem Moorhead-Behördenwagen, rollte davon.

Cash fuhr rechts ran, um sich den ganzen Trubel näher anzusehen. Nach und nach kamen wieder Frauen zum Vorschein, liefen aufeinander zu und standen paarweise herum. Sie schimpften laut über die »Scheißbullen«, die ihnen die ganze Arbeit vermasselten, und wie sie Überstunden machen mussten, um das wieder reinzuholen. Die Frau, die ihr Geld verloren hatte, tauchte aus den Schatten auf. Sie sammelte ihre Perücke ein und setzte sie sich wieder auf. Sie bückte sich, um etwas Geld aufzuheben, das der Cop übersehen hatte, und ihr Minirock rutschte hoch bis über die Unterhose. Bevor sie sich wieder aufrichtete, kam aus der anderen Richtung ein Wagen und hielt direkt neben ihr, versperrte Cash die Sicht. Cash sah einen Mann, der rüberlangte und das Fenster runterkurbelte. Die Frau kam hoch und beugte sich in das Auto hinein. Und dann stieg sie ein und sie fuhren davon.

Cash dachte an Mos Aussage über Frauen, die in Weiße Sklaverei verkauft wurden. Von diesen Frauen hier waren einige weiß und einige schwarz. Diese Frauen sahen aus wie Mädchen, sie sahen aus, als sollten sie noch auf die Highschool gehen, nicht in kurzen Röcken und Kunstpelzjäckchen die

Straße entlangstöckeln. Und für Cash wirkte es nicht, als würden sie gezwungen, hier draußen zu sein. Sie sah sich in alle Richtungen um, ob ein bedrohlicher Kerl sie von irgendwo beobachtete, sie zwang, hier draußen zu stehen, zu fremden Männern ins Auto zu steigen. Cash sah niemanden.

In diesem Augenblick klopfte es am Beifahrerfenster des Ranchero. Ein weißer Mann beugte sich runter, drückte das Gesicht an die Scheibe. Ein lüsternes Grinsen. Cash hörte den Türgriff aufklicken. Das reichte ihr, sie wuchtete den ersten Gang rein und machte, dass sie verflucht noch mal wegkam. Sie brauste bei Rot los. Gott sei Dank kreuzten in dieser Sekunde keine anderen Wagen. Der Adrenalinschub ließ sie schlottern.

Zwei Blocks weiter fuhr sie wieder an den Kantstein, langte rüber, zog die Beifahrertür fest zu und drückte den Riegel runter. Sie zündete sich eine Zigarette an und warf vorsichtshalber einen Blick in den Rückspiegel, falls der Widerling beschlossen hatte, ihr die Straße runter zu folgen.

Ein Stück vor sich erspähte sie ein weißes Miniaturschloss. Es war hell erleuchtet, und drinnen waren Leute. Es hieß White Castle und war offenbar ein Hamburgerladen. Immer noch zitternd rollte sie hin und entschied, sich einen Becher Kaffee zu holen. Etwas Heißes zu trinken mochte helfen, ihre Nerven zu beruhigen.

Einsame Männer saßen auf runden Barhockern an einem kurzen Tresen. Fünf Teenager umzingelten einen Zigarettenautomaten, drei sahen sich nervös um, während die anderen beiden den Automaten mit Münzen fütterten und an dem Fach für eine Schachtel Camel zerrten. Ein Typ hinterm Tresen mit spitzer weißer Mütze sah Cash an und fragte: »Was kann ich dir bringen, Püppchen?«

Cash war noch nie in ihrem Leben Püppchen genannt worden. Dies war eine Nacht der ersten Male. »Kaffee.«

»Schwarz?«

»Yep.«

»Macht 'nen Dime.«

Niemand am Tresen beachtete Cash. In Fargo-Moorhead warf jede und jeder, überall wo du hinkamst, einen prüfenden Blick auf dich. Um zu sehen, ob man dich kennt. Ob man mir dir zur Schule gegangen ist. Ob du von der Nachbarfarm kommst. Hier sah niemand von seinem Kaffee auf, seinem Hamburger oder seiner Zeitung.

Cash nahm den Styroporbecher von dem Kerl hinterm Tresen entgegen und ging wieder raus zum Ranchero. Sie setzte sich rein, betrachtete durch die Autoscheibe und das Fenster des White Castle die Männer, alle noch über den Tresen gebeugt. Drei Weiße. Zwei Schwarze. Jeder trug irgendeinen dunklen Übergangsmantel. Hockten da wie Krähen auf einem Stacheldrahtzaun.

Als der Kaffee halb leer und lauwarm war, fiel Cash wieder ein, dass Mrs. Kills Horses gesagt hatte, das AIM-Büro sei in einer Kirche in der Innenstadt von St. Paul untergebracht. Sie steuerte zur University Avenue.

Auf der University fuhr sie nach Osten, wo sie das Staatskapitol vor sich liegen sah. Sogar in der Dunkelheit leuchtete es weiß. Als sie hinkam, fuhr sie einmal um das Kapitol herum. Es beeindruckte sie bei weitem nicht so wie die Getreidebörse.

Auf dem Weg in den Kern des Stadtzentrums kam sie an einem Sears-Kaufhaus vorbei. Sobald sie anfing, die Straßenschilder zu lesen, erinnerte sie sich an eine 10 auf dem Zettel von Mrs. Kills Horses. Sie gondelte durch die Innenstadt, bis sie die Zehnte Straße fand. Rotc Ampeln stoppten sie praktisch an jeder Ecke, weil sie so langsam fuhr. Als sie es gerade aufgeben wollte, sah sie einen Block weiter eine Kirche.

Eine rote Ampel hielt sie an der Kreuzung vor der Kirche auf. Während sie auf Grün wartete, kam ein ganzer Haufen indianischer Leute aus einer Seitentür. Sie hörte ihr Gelächter noch durch die geschlossenen Scheiben. Sie teilten sich in Pärchen und Dreier- oder Vierergruppen auf und sprangen in die verbeulten alten Autos, die auf dem Kirchenparkplatz standen.

Einer von den Männern, die aus der Kirche gekommen waren, den Arm um die Schultern einer kleinen Frau gelegt, war Lange Zöpfe. Cash blieb erneut an der grünen Ampel stehen.

Sie hatte oben im Norden ein paarmal mit Lange Zöpfe geschlafen, als sie zwischen Fargo-Moorhead, der Red Lake Reservation und Bemidji hin und her pendelte und zwei Kerle überführen half, die einen Mann aus Red Lake umgebracht hatten. Seine allerletzte Nacht in Fargo hatte Lange Zöpfe bei ihr verbracht. Eine Premiere. Cash ließ sonst nie irgendwen die ganze Nacht in ihrem Bett bleiben. Niemals.

In jener Nacht hatten sie Bier getrunken, langsam, kein Besäufnis, nur zusammen trinken. Hatten Zigaretten geraucht. Gelacht und geredet fast bis fünf Uhr früh, als sie beide schließlich einschliefen. Drei Stunden später wachte Lange Zöpfe auf, streckte sich und stieg nackt aus dem Bett, um ins Bad zu gehen und sich zu waschen, während Cash Kaffee aufsetzte, in das Laken gewickelt, das sie vom Bett gezogen hatte. Von der Küche aus sah sie zu, wie er zurück zum Bett ging, seine Sachen vom Boden aufsammelte und sich anzog.

Er kam rüber und setzte sich an den Küchentisch. Sie sprachen wenig. Tranken ihren Kaffee. Sahen sich an. Lächelten ein bisschen. Schließlich, als seine Kaffeetasse leer war, stand er auf. »Ich muss los.«

Cash hatte nichts geantwortet. Nur ruhig dagestanden, in das Laken gewickelt.

Er hatte sie an sich gezogen und geküsst. Sanft auf die Lippen. Dann sanft auf die Stirn. »Du bist meine Hauptgefährtin, ja? Okay?«, fragte er.

»Okay«, murmelte sie in seine Jeansjacke.

Und er ging. Keines von beiden verabschiedete sich oder winkte. Cash schloss die Tür ab und kroch wieder ins Bett. Es war das erste Mal seit Jahren, dass ihr ein wenig nach Weinen zumute war. Stattdessen schlief sie wieder ein.

Jetzt und hier in St. Paul, vor dem mutmaßlichen AIM-Büro, saß sie noch eine Rotphase lang da und beobachtete, wie er in einen total verrosteten Ford stieg. Die Frau, um deren Schultern er den Arm gelegt hatte, stieg als Erste vorne ein, und eine weitere Frau klemmte sich daneben. Alle drei saßen auf der vorderen Sitzbank. Cash sah zu, wie der Wagen vom Parkplatz rollte und dann in Richtung des Kapitols verschwand.

Cash setzte den Ranchero in Bewegung und fuhr in die entgegengesetzte Richtung los. Sie heizte mindestens drei Blocks durch die Innenstadt, bevor sie auf die Bremse trat und wieder langsamer fuhr. Sie zündete eine Zigarette an, kurbelte das Fenster runter, inhalierte tief, blies den Rauch hinaus in die Nachtluft. Sie fuhr noch ein paar Zigaretten lang ziellos durch die Gegend, das Radio auf einen Countrysender eingestellt. Conway Twitty legte mit einem Song los: *»It's Only Make Believe.«* Als er davon sang, dass er sich selbst nichts über sich vormachen konnte: »*... myself I can't deceive*«, drehte sie das Radio leise und ließ den Motor aufheulen. Sie schaute sich in den Straßen um und sah die Kathedrale, die auf einem Hügel stand und über die Innenstadt wachte. Sie hatte noch nie so ein großes Gebäude gesehen, wie eine Mischung aus Mittelalterschloss und antikem Römerbau. Wenigstens wusste sie jetzt schon mal, wo sie LeRoy morgen früh finden würde.

An der Kreuzung Western Ecke Selby Avenue wurde sie erneut von einer Ampel ausgebremst. Sie saß da und wartete auf Grün, da füllte sich die Kabine des Ranchero mit eisiger Luft. Kanucken-Winterwind umzingelte Cash. Das Radio ging von selbst aus. Ein Schauer kroch ihr den Nacken hoch. Cash blickte hinter sich, erst im Rückspiegel. Nichts. Sie drehte sich um und sah auf die Ladefläche des Ranchero. Da war nichts. So schnell, wie die Kälte die Kabine gefüllt hatte, verschwand sie. Das Radio ging wieder an. Conway sang: »*You mean more to me than any other girl.*«

Cash machte das Radio wieder aus. Sie raste über die Kreuzung, sobald die Ampel umsprang. Sie erzitterte leicht, ein kurzer Schauder, und drehte die Kabinenheizung höher.

Die nächste Ampel, an der sie festsaß, war die Kreuzung von Selby und Dale. An dieser Ecke tobte das Leben. Banden von Frauen, angezogen wie die an der University Avenue, scharten sich an allen vier Ecken unter den Straßenlaternen. Es gab auch Männer, die in langen Mänteln und Filzhüten umherstolzierten, mit so einem gewissen Schwung im Schritt, der signalisierte: »Diese Straße gehört mir.« Es gab auch wieder etliche Autos mit einem einzelnen Mann am Steuer, tief geduckt, dessen Körpersprache sagte: »Guck mich nicht an«, während sich sein Blick hungrig in die Frauen auf dem Bürgersteig bohrte. Cash schaute sich suchend um, ob der zivile Polizeiwagen in der Gegend war, sah ihn aber nicht.

Als die Ampel umsprang, rollte sie langsam weiter, um so viel wie möglich von dem nächtlichen Treiben zu erfassen. Diesmal besaß sie auch die Geistesgegenwart, den weißen Frauen ins Gesicht zu blicken, um zu prüfen, ob sie den Bildern ähnelten, die sie von der jungen Tweed und dem Mädchen aus Milan gesehen hatte.

Nach der Kreuzung drückte sie den Rücken gegen die Lehne und streckte die Arme aus, dehnte sich hinterm

Lenkrad. Die ganze Zeit hatte sie mit verkrampften Fingern das Steuer umklammert und die Armmuskeln angespannt. Sie lockerte ihre Schultern und fuhr weiter nach Westen.

Etwa eine Meile weiter fing sie an, Straßennamen wiederzuerkennen, die sie in der Umgebung des Macalester Campus gesehen hatte. Sie bog in eine davon ein. Nach wenigen Blocks erreichte sie die baumgesäumten Straßen, die sie schon kannte. Sie fuhr umher, bis sie am Minderheitenhaus vorbeikam, wo immer noch ein paar Lichter brannten.

Sie parkte weit weg vom Haus und vom Haupteingang. Sie wäre nie imstande, dort zu schlafen, in einem fremden Bett mit fremden Leuten im selben Haus, aber sie musste irgendwo schlafen. Sie drehte die Heizung ganz auf und wühlte hinter ihrem Sitz herum, bis sie auf die Wolldecke stieß, von der sie wusste, dass sie dort war. Sie verabscheute Wolle. Die kratzte. Erinnerte sie an Gefängnisse und verlorene Mütter. Aber heute Abend zog sie die Decke hervor und wickelte sie der Länge nach um sich. Als es in der Kabine fast zu heiß zum Aushalten wurde, stellte sie den Motor ab und streckte sich auf der Sitzbank aus. Es brauchte ein paar Anläufe, doch irgendwann fand sie eine bequeme Lage mit den Armen unterm Kopf und fiel in tiefen Schlaf.

Als Cash aufwachte, dampfte ihr Atem passend zum grauen Morgenhimmel. Die Decke um sich gewickelt, so fest es ging, setzte sie sich auf und startete den Ranchero.

Sie steckte sich eine Zigarette an. Der Rauch wirbelte in dichten Schwaden durch den Truck, aber ihr war zu kalt, um das Fenster runterzukurbeln. Nach ein paar Zügen machte sie es einen winzigen Spalt breit auf und blies den Rauch möglichst nach draußen. Niemand zu sehen auf dem Parkplatz, den Gehwegen oder den Straßen. Die Sonne war noch nicht wirklich aufgegangen. Halbnackte Bäume kündigten den nahen Winter an.

Cash musste pinkeln. Sie setzte sich auf, rauchte und schüttelte ihre Beine. Nach der Zigarette machte sie den Motor aus, die Decke noch um sich gewickelt, hüpfte raus und ging schnellen Schrittes zum Minderheitenhaus. Sie öffnete die Tür, so leise sie konnte, und spähte durch die Dunkelheit im Inneren, schob sich in Richtung der Treppe, die zu ihrem Zimmer führte.

Als sie am mit Teppich ausgelegten Wohnzimmer vorbeischlich, wo sie Frances kennengelernt hatte, sah sie ein paar Studis ineinander verschlungen auf dem Brokatsofa liegen, ein Bein in Bluejeans über den anderen. Nichts regte sich, als sie vorbeihuschte.

Oben ging sie ins Badezimmer, und erneut durchfuhr wildes Zittern ihren ganzen Körper, als ihr nackter Po auf das Porzellan der Kloschüssel traf. Sie becherte sich eine Handvoll Wasser in den Mund, spülte damit ihre Zähne und zog die Decke wieder fest um sich. Noch eine Handvoll Wasser stillte ihren Durst. Sie lehnte sich an den Heißwasserboiler, bis seine Hitze durch die Decke sickerte.

Sie ging in das Zimmer, in dem sie hätte schlafen sollen. Sie schnappte sich beide Federkissen vom Bett und ging zu dem meterlangen gusseisernen Heizkörper an der Wand, drapierte die Kissen so, dass sie sich auf die Heizung legen konnte, leicht gekrümmt, die Decke über sich.

Sie hatte keine Uhr, aber sie wusste, es war irgendwas zwischen halb sieben und sieben. Wäre sie auf einer Farm, würden jetzt die Hähne krähen. Die Hitze des Heizkörpers drang durch die Federkissen und wärmte ihre rechte Seite. Vorsichtig, um nicht runterzupurzeln, drehte sie sich um und wärmte die linke auf.

Jetzt lag sie mit dem Gesicht zur reich verzierten Tapete.

Sie betastete die zarten Fasern des Fleur-des-lis-Musters. Ließ sich noch mal die Fahrt in die Citys am Vortag durch den Kopf gehen. Ihren Abstecher zur Getreidebörse. Sie wusste, sie würde nie das Bild vergessen, wie Männer spätnachts hinter den Fenstern arbeiteten, kryptische Zahlen an den Wänden. An das Abendessen würde sie nicht gern zurückdenken, die Urkunde hingegen würde sie in ihre oberste Schublade stecken, unter ihre Socken, zur Sicherheit. Irgendwie war ihr schon klar, dass dies wichtig war, aber solange es niemanden gab, mit dem sie die frohe Kunde oder deren Bedeutung hätte teilen können, blieb die Wertschätzung hohl.

Die beiden Knaben vom College hatten davon gesprochen, die Urkunde ihren Eltern vorzuführen, Stolz stand ihnen ins Gesicht geschrieben. Vielleicht würde sie ihre Wheaton zeigen. Er war es ja, der ihr gesagt hatte, sie solle aufs College gehen, also bedeutete es ihm vielleicht etwas, dass sie so was erreicht hatte.

Cash wälzte sich auf den Kissen so hin, dass ihr Rücken ein wenig Wärme bekam. Sie rief sich vor Augen, wie sie am AIM-Büro vorbeigefahren war. Als in ihrem Rückblick die beiden Frauen mit Lange Zöpfe in ein Auto stiegen, setzte sie sich aufrecht hin. Ihre Füße, noch in Cowboystiefeln, kamen auf dem Boden auf. Sie bemerkte sich selbst im Spiegel an der Wand gegenüber. Von ihrem Haar, das sie am Vortag zu einem langen Zopf geflochten hatte, hingen jetzt über den Ohren und am Hinterkopf Strähnen heraus. Sie blieb auf der Heizung hocken, während sie es löste, mit den Fingern kämmte und ordentlich und geschmeidig neu flocht, während ihr Hintern wohlig warm wurde.

Sie ging zurück ins Badezimmer und ließ dampfend heißes Wasser laufen. Sie wusch sich Gesicht und Achseln und beließ es dabei. Sie huschte wieder nach unten, um sich eine saubere Unterhose aus der Tüte im Truck zu holen. Die stopfte sie sich in die Hosentasche. Dann warf sie die Wolldecke hinter die Sitzbank, schloss die Tür ab und kehrte zum Haus zurück.

Das Paar lag immer noch verknäuelt auf der Couch. Keines hatte sich auch nur ein Stückchen bewegt. Sie schlich wieder rauf und wechselte die Unterhose, steckte die vom Vortag in die Hosentasche. Mit dem Gefühl, fertig angezogen zu sein, ging sie zurück nach unten in die Küche, fand einen kleinen elektrischen Kaffeekocher und etwas Folgers. Die Uhr über der Küchenzeile zeigte halb acht. Alles im Gebäude war still bis auf ein gelegentliches Knacken der Heizkörper und das Summen des Kühlschranks. Ein Aschenbecher stand auf der Anrichte. Cash zündete eine Marlboro an und trank ihren Kaffee.

In Pflegschaft hatte sie sich die Fertigkeit angeeignet, geräuschlos die Habe anderer zu durchwühlen. Sie durchforstete die Schränke, bis sie auf ein paar Cornflakes stieß, die sich gut mit der zuvor gefundenen Milch und Zucker machten. Nachdem sie gegessen hatte, stöberte sie noch ein bisschen weiter, bis sie einen Vorrat Styroporbecher auftat. Sie füllte zwei davon mit heißem Kaffee und trug sie raus zum Ranchero. Sie setzte sich rein, ließ den Motor laufen und trank Kaffee, bis die Kabine warm wurde. Dann fuhr sie rückwärts vom Parkplatz. Beim ersten Stoppschild fiel ihr die Unterhose in ihrer Gesäßtasche ein, sie zog sie raus und versenkte sie in der Papiertüte.

Sie rekonstruierte ihre Fahrt der letzten Nacht, bis sie die University Avenue fand. Die Straßen waren leer. Das White Castle hatte noch offen, eine einsame Tresengestalt sichtbar durch die Fenster. Ecke Dale und University leuchtete das *XXX*-Schild vom Kino nicht, und es gab keine Spur von Bordsteinschwalben oder Zivilfahrzeugen. Gelegentlich sah sie einen einzelnen Kombi, vollbesetzt mit Familie, der Mann im Sonntags-zur-Kirche-geh-Hut und seine Gattin mit Jackie-Kennedy-Pillboxhütchen. Es war absolut nichts los im Stadtzentrum von St. Paul. Auf dem Kirchenparkplatz beim AIM-Büro standen jetzt lauter neuere Kombiwagen, wesentlich besser in Schuss als die indianischen Karren vom Vorabend. Cash rollte durch die Innenstadt und den Hügel rauf zur Kathedrale. Sie parkte an der Straße namens Selby Avenue. Sie zog die Cowboystiefel aus und schlüpfte in ihre Tennisschuhe, die Füße gerädert vom Einschluss in festes Leder. Mit laufendem Motor, voll aufgedrehter Heizung und einen Spalt breit offenem Fenster rauchte Cash Marlboros und lauschte einem Kirchensender, der ganz guten Gospel spielte, während sie darauf wartete, dass LeRoy aus der Kathedrale kam.

Cash dachte an ihren Bruder drüben in ihrer Wohnung in Fargo, an die Uni und wie wenig sie da reinpasste, an die Vereinigung Indianischer Studenten und dass sie AIM auf den Campus holen wollten.

Ein leises Pochen am Fenster holte sie aus ihrer Träumerei. LeRoy, im Herrenmantel mit Halstuch und Filzhut, stand auf der Straße mit zwei dampfenden Bechern in den lederbehandschuhten Händen. Cash kurbelte das Fenster runter. Er reichte ihr einen der Becher. »Hier, kleine Gefälligkeit von den Nonnen.« Cash pustete und nahm einen kleinen Schluck. Es schmeckte wie Folgers, der ein paar Stunden zu lang gezogen hatte, aber es war heiß, und in der frostigen Oktoberluft erfüllte es seinen Zweck. Er öffnete die Tür des Ranchero. »Kommen Sie. Es ist nur die Straße rauf. Das Haus vom Professor ist fast in Sichtweite. Ich stehe drei Plätze weiter. Kommen Sie, ich fahr uns hin und bringe Sie gleich danach wieder her.«

Ohne Zeit für Besinnung oder Einspruch stieg Cash aus

und kurbelte die Scheibe hoch. Sie schloss den Truck ab. Professor LeRoy packte ihren Ellbogen, als wollte er sie zum Behördenwagen schieben. Cash zog ihren Arm an sich und trat einen Schritt von ihm weg. Sie folgte ihm, als er eilig zu dem Behördenwagen ging. Er hielt ihr die Tür auf. Sie schlüpfte hinein. Es roch neu, nach einer Mischung aus Leder und Plastik. Sie nippte wieder an ihrem Kaffee. Er war noch zu heiß für einen größeren Schluck, aber die Wärme fühlte sich gut an in ihrer Kehle.

LeRoy startete den Motor und fummelte an der Heizung herum. Er saß da und schlürfte seinen Kaffee, während der Innenraum warm wurde. »Sie sollten die Kathedrale von innen sehen. Wunderschöne Buntglasfenster, und es gibt große Marmorstatuen von allen Heiligen. Wenn wir vom Professor zurück sind, könnten wir einen Blick durch die Tür werfen, dann sehen Sie mal das Innere. Es kommen Leute aus dem ganzen Land her, um das zu sehen.«

Cash drehte den Kopf und schaute die Kathedrale an, deren breite Marmortreppe zu gewölbten Eichentüren führte, Engel und Putten waren ins dunkle Holz geschnitzt. Einer der Engel flatterte mit den Flügeln und zwinkerte Cash zu. Dann verwandelte sich die Welt aus Herbstgrau, wurde zum Flimmern eines Fernsehers mit kaputter Antenne. Und dann wurde alles schwarz.

Cash hörte Stimmen aus weiter Ferne. Hauptsächlich weibliche Stimmen. Und dann die von einem Mann. Er klang wütend. Sie versuchte sich aufzusetzen, aber der Raum fing an sich zu drehen, und sie sackte wieder zurück. Es gab keine zusammenhängenden Gedanken in ihrem Hirn. Jedes Mal, wenn sie die Augen aufmachte, geriet der Raum wieder ins Trudeln, und sie konnte nicht ausmachen, wie viele andere dort waren. Leute redeten weiter. Ein paar Stimmen klangen leise, gedämpft, andere lauter. Und der zornige Mann.

Sie streckte ein Bein aus, suchte die Kante von dem Ding, auf dem sie lag. Wenn sie einen Fuß auf den Boden kriegte, würde die Welt aufhören, sich zu drehen, und die kaputte Fernsehantenne in ihrem Gehirn könnte sich neu ausrichten. Eine Tür knallte in einer weit entfernten Welt, und die, in der sie war, wurde still, obwohl sie spürte, dass immer noch Leute ganz in ihrer Nähe waren.

Nach einer Ewigkeit traf ihr Fuß auf festen Boden. Sie vernahm leises Auflachen, das klang, als käme es durch eine Pappröhre, lang und fett und glibschig. Sie behielt ihren Fuß am Boden. Nach einer gefühlten Stunde Anstrengung schaffte sie es, die Hände an die Seiten ihres Kopfes zu legen, wo sie sie ließ. So konnte sie das Trudeln etwas bremsen. Allerdings waberte die Welt in Wellen, als sie ihre Augen aufzwang. Nach einer Weile war sie zumindest imstande festzustellen, dass sie auf einem Bett lag, in einem Raum mit ein paar anderen Leuten. Und dann wurde die Welt wieder schwarz.

Als Cash das nächste Mal zu sich kam, lag sie noch auf demselben Bett. Ihr Kopf hämmerte rhythmisch, aber ihre Gedanken und ihr Blickfeld waren endlich klar. Sie sah zum Fenster, um die Tageszeit zu ermitteln. Der Himmel war nachtschwarz. Sie richtete ihre Aufmerksamkeit auf die anderen Leute im Raum. Es waren fünf, drei saßen auf Holzstühlen und die anderen beiden teilten sich eine Schminkbank. Alle blond. Sie sahen aus wie ein Team stark geschminkter Cheerleader. Statt Pullis mit Universitätslogo und Faltenröckchen trugen sie glitzernde Minikleider. Die zwei auf der Bank hatten weiße Go-Go-Stiefel an und die anderen extrem hohe Stöckelschuhe. Die blonden Haare waren aufgetürmt, heftig toupiert und zu lächerlichen

Hochfrisuren festgesprüht. Keine von ihnen wirkte älter als fünfzehn.

Mit den Schlieren roten Lippenstifts um die Münder sahen sie aus wie Grundschulkinder, die sich am Schminkzeug ihrer Mutter vergriffen haben. Cash wusste, die Größte musste die Tweed sein und die ängstlich dreinblickende in blassblauer Hotpants-Kluft das Mädchen aus Milan. Sie fragte sich, woher die anderen drei wohl kamen.

Sie wälzte sich auf die Seite, und das Bett quietschte. Sämtliche Mädchen fuhren heftig zusammen, drehten sich um und sahen zur Tür, während eine von ihnen den Finger vor gespitzte Lippen legte.

Cash starrte gemeinsam mit den anderen reglos die Tür an. Als niemand reinkam, schienen sich alle ein klein wenig zu entspannen. Eine zündete eine Zigarette an und teilte sie mit den anderen. Cash tastete nach dem Päckchen, das in ihrer Jeansjackentasche sein sollte. Es war noch da. Ohne dass das Bett wieder quietschte, holte sie eine raus und steckte sie sich an. Sie tippte die Asche in ihre Handfläche und rieb sie dann ins Bein ihrer Jeans.

Die Mädchen beäugten sie. Sie äugte zurück. Als Cashs Zigarette nur noch Filter war, schlich eine von ihnen in Go-Go-Stiefeln über den Boden und traf nur einmal eine Diele, die knarrte. Sie nahm Cash die Kippe ab und ließ sie in den Aschenbecher fallen, den sie sich alle teilten.

Cash hatte tausend Fragen, aber es war klar, dass ihnen das Sprechen untersagt war. Sie sah wieder aus dem Zimmerfenster. Sie befanden sich im ersten oder zweiten Stock, dem Geäst der Bäume nach zu urteilen. Es war Nacht, ansonsten hatte Cash keine Möglichkeit, die Uhrzeit einzuschätzen. Sie ließ sich in die Matratze sinken und horchte auf die anderen Geräusche des Hauses. Gelegentlich hörte sie draußen ein Auto vorbeifahren. Unten wurde eine Tür geöffnet und geschlossen. Gedämpfte Männerstimmen von woanders im Haus.

Es gab noch ein Doppelbett an der Wand gegenüber, aber darauf saß niemand: Die Mädchen hockten alle auf den Stühlen und der Schminkbank. Es sah aus, als schliefen sie allesamt hier drin. Kleider und hochhackige Schuhe waren über den Boden verstreut. Der Schminktisch war übersät mit Make-up und benutzten Kosmetiktüchern. Cash sah die Mädchen an und formte tonlos mit den Lippen: »Ich muss pissen.«

Sie schüttelten alle deutlich den Kopf. Cash griff sich an den Bauch und knöpfte den Hosenstall ihrer Jeans auf. Dieser verdammte LeRoy musste ihr was in den Kaffee getan haben. Und sie hatte sich die ganze Zeit wegen Danielson einen Kopf gemacht. *Scheiße.* Vielleicht hingen sie sogar alle mit drin – das hier war ja wohl die Weiße Sklaverei, von der ihr Mo erzählt hatte. Aber Scheiße, sie war gar nicht weiß. Was tat sie hier?

Schritte kamen die Treppe hoch, gingen an der Zimmertür vorbei. Die Mädchen rührten sich nicht. Cash hörte eine Tür auf- und zugehen und dann eine Klospülung. Es gab ein Badezimmer auf diesem Stockwerk. Verdammt, die Spülung zu hören reizte ihre Blase bis zum Äußersten. Was würden die denn machen, sie umbringen? Verdammt, sie musste pinkeln. Als sie die Tür wieder aufgehen hörte, sprang sie vom Bett und stürmte zur Zimmertür. Sie griff nach der Klinke und zog. Nichts. Die Tür war abgeschlossen. Als sie Schritte näher kommen hörte, fing sie an, dagegenzuhämmern. Die fünf Mädchen stöhnten auf, ein tiefer kollektiver Seufzer, und rückten dichter zusammen. »Hey, ich muss pissen!«, brüllte Cash.

Die Schritte hielten vor der Tür an. Sie hörte ein männliches Lachen, dann gingen die Schritte weiter und eine Treppe runter.

Cash drehte sich um und sah die anderen an. »Was, die lassen euch nicht pinkeln? Kann eine von euch sprechen? Du bist Janet, oder?«, fragte sie und sah die Tweed an.

Die nickte kurz.

»Und du bist aus Mi-lan, Milan – oder wie das heißt, stimmt's?« Cash sah die Jüngste an. Auch sie nickte bestätigend. »Na dann, wer seid ihr anderen?«

Keine antwortete. Sie sahen sich an und dann zur Tür.

»Oh, Himmel, ich muss pissen. Wie spät ist es? Welcher Tag ist heute?«

Eine von ihnen stieß eine Drei-Liter-Blechkaffeekanne unterm Schminktisch hervor.

»Was? Da soll ich reinpinkeln?«

Sie nickten. Dann bemerkte Cash eine Reihe solcher Kannen unter dem Tisch.

»Kann eine von euch sprechen?«

Das Mädchen aus Milan flüsterte: »Besser nicht. Pinkel einfach, wir gucken nicht hin.«

Und sie drehten die Köpfe weg oder starrten auf ihre Knie.

Cash nahm die Kaffeekanne, die Gott sei Dank leer war. Sie zog sich hinter das Bett zurück und hockte sich vor die Wand mit dem Fenster. Sie schaute über die Matratze zu den anderen. Sie hielten den Blick abgewandt. Es dauerte eine gute Minute, bevor Cash tatsächlich pinkeln konnte. Gleich darauf war der Raum erfüllt vom Geräusch eines Urinstrahls, der auf den Boden der Blechkanne traf. Die Hitze ihrer Pisse wärmte ihr den Po. Verdammt, kein Klopapier. Sie schwenkte ihren Hintern, zog mit einer flinken Bewegung Unterwäsche und Jeans hoch, stand auf. Gut, dass sie nur hatte pissen müssen.

Sie sah die Mädchen an, fragte sich, was sie noch alles mitmachen mussten. Wann und wie aßen sie wohl? Sie sahen sauber aus, also durften sie wohl hin und wieder das Bad benutzen. Was, wenn sie mal mehr als nur pinkeln mussten? Cash setzte den Deckel wieder auf die Blechkanne, drehte sich um und sah aus dem Fenster. Sie zog die vergilbten Spitzengardinen zur Seite. Ein Stück den Block runter stand eine Straßenlaterne. Sie konnte die Kuppel der St. Paul-Kathedrale ein paar Blocks weiter sehen. Die Sicht auf das golden schimmernde Staatskapitol war versperrt. Das Fenstersims draußen war aus Backstein. Cash legte ihren Kopf an die Scheibe und bemühte sich, was von der Hauswand zu erkennen. Sah aus wie Backstein. Sie versuchte das Fenster zu öffnen, aber es war zugenagelt. Hatte sie sich gedacht. Eine abgeschlossene Tür und ein vernageltes Fenster. *Mist.* Und sie war hungrig.

Das wenigstens war etwas, womit Cash umzugehen wusste. Sie hatte schon viele Tage hungrig verbracht. Pflegeeltern fanden es prima, Essen als Druckmittel oder das Vorenthalten von Nahrung als Strafe zu benutzen. Sie konnte tagelang durchhalten, ohne zu essen, wenn sie musste. Sie blickte sich im Raum um. Auf Schminktisch und Boden standen Becher und Gläser. Die Mädchen sahen sie die Becher mustern. Eine von ihnen langte hinter sich und hielt ihr ein Glas Wasser hin. Cash ging rüber und nahm ein paar kleine Schlucke. Genug, um ihren Durst zu stillen, aber nicht das Glas zu leeren. Dann setzte sie sich wieder auf das Bett. Die Mädchen waren angezogen wie die Frauen, die sie an der Dale Ecke University auf dem Strich gesehen hatte. Aber das waren ältere Frauen gewesen. Die wirkten ziemlich zu Hause in ihrer knappen Bekleidung, den hohen Schuhen, und sie redeten laut und unbefangen – miteinander, mit den Männern in den Autos und sogar mit den Cops in Zivil. Diese fünf Mädchen hier wirkten halbnackt und völlig verstört.

Sie erinnerten Cash an sich selbst in einer der frühen

Pflegschaften. Eine Familie, in der die Mutter am Ende des Tages immer einen Grund fand, sie vom Pflegevater mit seinem Ledergürtel durchprügeln zu lassen. Zu einem Abendessen mit Roastbeef und Kartoffelbrei servierte die Mutter eine Litanei aller Verfehlungen, die Cash über den Tag begangen hatte. Sie war frech gewesen. Sie hatte das Toilettenpapier im Badezimmer aufgebraucht und keine neue Rolle hinterlegt. Sie hatte der Pflegemutter einen »Blick, der töten konnte« verpasst. Es war gleich, ob die Anschuldigungen stimmten oder nicht. Bis zum Ende der Mahlzeit steigerte sich der Vater in wilden Zorn hinein.

Nach ein paar Monaten hockte Cash ganz gekrümmt am Esstisch. Ihr Körper fuhr bei jeder Bewegung der Erwachsenen zusammen. Wenn sie ihr den Kartoffelbrei reichten, zuckte sie zurück. Wenn sie an ihrem Stuhl vorbeigingen, duckte sie sich unwillkürlich. Das kleinste Geräusch erschreckte sie. Die Mutter schien einen perversen Genuss daraus zu ziehen, wenn Cash Angst zeigte. Der Vater schlug sie härter, wenn sie schrie oder heulte.

Sie hatte Jahre gebraucht, um die Impulsreaktionen ihres Körpers auf Lärm und laute Stimmen loszuwerden. Sie hatte geübt, sich angesichts von Wutausbrüchen oder plötzlichen Bewegungen vollkommen still zu verhalten, nicht darauf zu reagieren, nicht mal zu blinzeln.

Aber diese Mädchen hatten nie etwas Vergleichbares erlebt. Nichts in ihrem Leben hatte sie auf das vorbereitet, was sie jetzt erfuhren. Als Cash wieder vom Bett aufstand und auf sie zuging, drängten sie sich dichter zusammen.

»Was passiert, wenn ihr Geräusche macht? Wenn ihr miteinander sprecht?«, fragte sie leise.

»Die wollen nur, dass wir still sind«, flüsterte eine.

»Wisst ihr, wie spät es ist?«, fragte Cash die Gruppe mit gesenkter Stimme.

Sie schüttelten alle miteinander den Kopf.

»Sieben Uhr abends? Mitternacht? Schätzt mal.«

Die Tweed flüsterte: »Vielleicht zwei oder drei Uhr morgens.«

»Wie lange bin ich schon hier?«

»Sie haben dich heute Morgen hergebracht, kurz vor Mittag«, antwortete eine andere.

»Wer hat mich hergebracht?«

Alle zuckten die Achseln.

»Wisst ihr's nicht, oder wollt ihr's mir nicht sagen?«

Sie sahen einander an und wieder zuckten die Schultern.

»Kommt ihr manchmal aus diesem Zimmer raus?«

Sie nickten.

»Ist das hier so 'ne Art Weiße Sklaverei?«

Das Mädchen aus Milan begann zu weinen. Die neben ihr legte die Arme um sie und tröstete sie.

»Sei still!«, fauchte sie Cash an.

»Hey, verdammt, ich will nur wissen, womit ich's zu tun hab.«

Cash setzte sich zurück aufs Bett, die Federn quietschten. Sie blickte wieder zum Fenster. Sah die Spitze der Kathedrale. Dort unten stand ihr Ranchero auf der Straße. Das konnte nicht so weit weg sein. Und ihre .22er steckte hinterm Sitz.

Für einen kurzen Moment verlor sie sich in Tagträumerei, sah sich mit der .22er in den Händen die Tür aufschießen und die Treppe runterrennen. Die Mädchen hinter sich. Tja, das läuft nicht, dachte sie.

»Wie viele andere Leute sind im Haus?«, fragte sie.

Eine hielt fünf Finger hoch. Eine andere zeigte auf die Wand und hielt vier Finger hoch. »Es sind noch mehr Mädchen hier?«, fragte Cash.

Alle nickten.

Cash setzte sich und dachte darüber nach.

»Was sind das für Typen?«, fragte sie.

Wieder gingen alle Blicke zur Tür.

»Speedsüchtige, glaub ich«, flüsterte eine von ihnen endlich. »Manchmal rauchen sie Marihuana, aber meistens sind sie bloß rappeldürr und nervös. Manchmal geben sie uns kleine weiße Pillen, die uns stundenlang wach halten.«

»Oder schwarze Kapseln.«

»Zwingen sie euch dazu, euch für Sex zu verkaufen?«

Die aus Milan fing an zu weinen und zu zittern. Das Mädchen, das sie im Arm hielt, drückte sie fester an sich und beruhigte sie, blitzte Cash wütend an. Cash zuckte die Achseln. »Hab ja nur gefragt.«

»Sie nicht«, sagte das Mädchen.

»Noch nicht«, sagte eine andere.

Die aus Milan schluchzte würgend, versuchte ihr Heulen zu unterdrücken, aber ihr Körper zuckte unkontrollierbar.

Cash zündete sich noch eine Zigarette an. Diesmal aschte sie einfach direkt auf ihr Jeansbein.

Dann hörte Cash mehrere Paar Schritte die Treppe hochkommen. Die fünf erstarrten. Ein Schlüssel wurde im Schloss gedreht.

Zwei hagere, sehr dünne Weiße kamen durch die offene Tür. Die langen Haare fettig. Ihre Gesichter unrasiert. »Kommt schon, Chippies. Bad- und Essenszeit. An die Kannen.«

Die Mädchen kamen in ihren hochhackigen Schuhen schwankend auf die Beine, bewegten sich im Pulk auf die Tür zu, jede von ihnen mit einer Folgers-Kanne. Cash stand auf, um mitzugehen.

»Du nicht, Squaw. Hinsetzen. Gordie kommt gleich zu dir.«

Cash spürte die Wut in ihrem Bauch aufsteigen und durch ihre Brust rauschen, dann hoch in ihren Nacken schießen. Sobald die Frauen aus dem Zimmer eskortiert waren und die Tür hinter ihnen zufiel, marschierte sie zur Tür und hielt ein

Ohr an das Holz. Sie probierte die Klinke aus. Kein Glück. Sie hörte alle in Richtung Badezimmer gehen, aber die Tür wurde nicht zugemacht, während fünfmal die Spülung ging. Cash hörte, wie die Mädchen ihre Kaffeekannen vor der Tür absetzten, dann stampften alle Schritte die Treppe runter.

Cash suchte den Raum ab, wühlte sich durch die Kleidung im Schrank – alle Teile waren kurz und eng, glitzernd oder psychedelisch. Die Schminke war für weiße Haut und der Lippenstift knallrot oder leuchtend pink. Die Laken auf den Betten mussten gewaschen werden und die flachen, fleckig grauen Kopfkissen waren nicht bezogen.

Cash versuchte es noch mal mit dem Fenster. Es gab weiterhin nicht nach. Jetzt, wo sie genauer hinsah, erkannte sie, dass es draußen vor dem Fenster nichts gab als die Senkrechte runter aus dem zweiten Stock. Das nächste Haus stand ein gutes Stück entfernt, ganz ohne beleuchtete Fenster. *Denk nach, Cash. Denk nach.*

Sie hörte Männerschritte die Treppe hochkommen. Sie ging schnell vom Fenster weg, stellte sich ans Fußende des Bettes, auf dem sie geschlafen hatte.

Als die Tür aufging, war es ein anderer Mann, keiner von den beiden, die die anderen mitgenommen hatten. Das musste Gordie sein. Er war auch dünn, nur nicht so lang wie die anderen zwei. Seine Zähne waren tabakfleckig, was sonderbar aussah bei einem Kerl, der wahrscheinlich noch in den Zwanzigern steckte. Seine Matte war genauso zottelig wie die der anderen, aber er trug ein geflochtenes Lederstirnband.

»Ach, siiieh mal einer an, der Alte hat uns 'ne Squaw klargemacht.« Er musterte sie von oben bis unten. Trat zwischen die beiden Betten, um sie von der Seite zu betrachten. Cash rührte sich nicht. »Wow, was für Haare.« Er zog an ihrem Zopf.

»Nur keine Titten«, er tippte ihr auf die Brust. »Müssen

dir ’n paar falsche besorgen.« Sein Lachen klang grausam. Seinen Augen fehlte jede Menschlichkeit. Der Blick erinnerte Cash an die wilden Katzen, die sie auf etlichen Farmen gesehen hatte. »Kannst du sprechen? Nein?« Er machte Kriegsgeheul-Geräusche mit der Hand überm Mund. Lachte wieder wie ein Irrer. Cash wusste, ihre Augen waren schwarz vor Hass. Schnell blickte sie von ihm weg und die Wand vor sich an. Es war »der Blick« gewesen, der ihr in Pflegefamilien oft Prügel eingebracht hatte. Sie hatte gelernt wegzuschauen, nicht dagegenhalten, den Blick senken, hinter den Augenlidern verstecken.

Er packte ihr Kinn. »Was ’n los? Magst mich nich?« Er schubste sie rückwärts aufs Bett. »Du und ich ham jetzt ’n bisschen Spaß«, sagte er und öffnete Gürtel und obersten Jeansknopf.

Er beugte sich über sie und stemmte ihr seinen linken Oberarm auf die Brust, drückte sie runter. Als sie nach Luft rang, stand er auf, knöpfte schnell ihre Jeans auf, riss sie ihr mit der Unterhose zusammen weg und zwängte ihre Beine auseinander.

Cash fühlte ihr gesamtes Wesen erkalten. Die Kälte kam aus ihrer Magengrube und stieg ihr in die Augen. Sie wurde kalt vor eisigem Hass. Er drückte wieder seinen Arm auf ihre Brust, gleichzeitig machte er seinen Hosenstall auf und ließ seine Jeans unter die Hüfte rutschen. Cash spürte, wie sein steifer Penis ihr nacktes Bein streifte, während er versuchte, sich in Position zu bringen.

Sie sah ihn an, starrte in seine unmenschlichen Augen und bemerkte mit leiser, ganz verhaltener Stimme: »Schätze, du brauchst nicht lang. Tun Typen wie du selten.«

Sie fühlte seinen Penis an ihrem Bein schlaff werden.

Und sie sah die Wut in seinen Augen aufsteigen. Sein Unterarm lag noch auf ihrer Brust. Er benutzte ihn, um sich hochzustemmen und ihr mit voller Kraft ins Gesicht zu schlagen. Er stand stolpernd auf, zog die Jeans über seinen schlaffen Schwanz, zerrte sie an ihrem Hemd vom Bett und verpasste ihr noch eine Backpfeife. »Fotze. Squaw. Hure.« In ihrem Eis-Kokon spürte Cash fast nichts von den Hieben. Sie war schon früher an diesem Punkt gewesen. Sie wusste, dass jede Tracht Prügel ihr Ende fand. Wusste, wie man es aushielt. Er schrie und schlug und rotzte ihr ins Gesicht. Schließlich warf er sie, noch halbnackt, zurück aufs Bett und tobte aus dem Raum, knallte die Tür hinter sich zu und schloss sie so energisch ab, wie das mit einem Bartschlüssel möglich war.

Sie stand auf und zog sich Unterwäsche und Jeans wieder an. Sie fand ihre Schuhe nicht. Konnte sich nicht erinnern, ob sie die hier überhaupt gehabt hatte. Sie hockte sich auf die Bettkante und legte den Kopf in die Hände. Sie atmete flach. Sie war im Laufe der vergangenen Jahre ein paarmal in Kneipenraufereien geraten, aber niemand hatte sie geschlagen seit jener Nacht, in der Wheaton sie vor ihrem letzten Pflegevater rettete. Als er sie fand, wie sie mitten auf einem Weizenfeld im Führerhaus des Getreidehebers saß und nach einem ganz ähnlichen Angriff ihres Pflegevaters übers Pulsadernaufschlitzen sinnierte, da hatte Wheaton sie gerettet. Er hatte sie dort rausgeholt, ihr die Wohnung besorgt, in der sie heute noch lebte, hatte dem Vermieter irgendwas vorgelogen, sie wäre seine Nichte oder Tochter, müsse auf eigenen Beinen stehen lernen und würde selbstverständlich keinerlei Ärger machen.

Cash wusste nicht, wie lange sie auf der Bettkante saß. Vergangene Schmerzen und Leiden erneut durchlebte, die irgendwann verheilten. Schließlich stand sie auf und ging rüber zum Schminkspiegel. Ihr Zopf war ein wirres Durcheinander. Ihre Wangen geschwollen, wo er sie geschlagen hatte. Sie betastete Gesicht und Nase. Nichts gebrochen. Ihre Rippen taten weh, und sie war ausgetrocknet wie Hölle. Sie fand einen Rest Wasser in einem der Gläser und leerte es.

Ein Bier täte nicht schlecht. Sie wühlte in der Kosmetik herum und fand eine halb gerauchte Zigarette. Sie wusste nicht, wo ihr Päckchen abgeblieben war. Sie zündete sie an und nahm einen tiefen Zug. Das Nikotin traf ihre Lunge und beruhigte ihre Nerven ein kleines bisschen.

Sie hörte ein Mädchen schreien. Ein langer, gequälter, durchdringender Schrei. Alle Muskeln in Cashs Bauch zogen sich zusammen. Sie nahm noch einen tiefen Zug von der Zigarette. Der Rauch schmeckte schal, weil er aus dem letzten Stück der Kippe kam, aber er entspannte sie. Sie schlich auf Zehenspitzen rüber zur Holztür und drückte ihr Ohr dagegen. Erst so fest, dass alles, was sie hörte, ihr eigenes Herz war, das in ihr Ohr hämmerte. Sie bewegte den Kopf ein Stückchen und vernahm gedämpft die Stimmen weinender Mädchen. Eine von ihnen, deren Weinen an Brüllen grenzte, war eindeutig verletzt. Männerstimmen, durchbrochen von schroffem Gelächter. Ein brandig beißender Geruch schlich sich die Treppe hoch, vermischt mit dem nach Marihuana, den Cash jetzt auf Anhieb erkannte, da es der bevorzugte Schmauch ihres Bruders war. Cash entfernte sich von der Tür und setzte sich auf die Schminkbank. Sie wühlte herum und fand eine ganze Zigarette, zwar mit Menthol, aber sie stellte jetzt keine Ansprüche.

Sie zündete sie an und sah sich gründlicher im Zimmer um, Stückchen für Stückchen. Es war groß. Cash schätzte es auf zwölf mal vierzehn Fuß, mit Hartholzboden und viel dunklem Holzwerk. Ein großes Fenster, vor dem eine zerschlissene Spitzengardine hing, ging zur Straße raus. Das andere Fenster war schmaler, mit Blick aufs Nachbarhaus. Die Tapete war alt. Cremegelb mit winzigen roten Rosen vom Boden bis zur Decke. Ein Acht-Birnen-Kronleuchter aus Messing hing in der Mitte der Decke. Drei der Birnen waren durchgebrannt. Der Schrank war groß genug, dass sich jemand darin hätte hinlegen können, aber vollgestopft mit Kleidern, nur ein paar einsame Stücke hingen auf Drahtbügeln. Ansonsten gab es in dem Zimmer noch eine Kommode mit sechs Schubladen und zwei Doppelbetten. Schminktisch und Bank. Jedes Bett hatte ein Spannbetttuch, ein großes Laken und eine fadenscheinige Decke. Zerknautscht obendrauf lagen außerdem zottige Überdecken.

Keins der Kleidungsstücke sah winterfest aus. Die hohen Absätze waren gewiss nicht zum Rennen gedacht. Cash hatte keine Ahnung, wie viele Männer im Haus waren. Sie hatte drei gesehen, aber die Mädchen hatten fünf gesagt. *Denk nach, Cash. Denk nach.*

Sie stand auf und ging leise zu dem Fenster, das aufs Nachbarhaus blickte. Das Haus schien baugleich mit dem zu sein, in dem sie war. Wenn das stimmte, gab es noch ein Fenster direkt unter dem, durch das sie rausguckte. Das Fenster vor ihr hatte einen dicken Holzrahmen mit gut vier Zoll breiten Leisten oben und unten.

Cash würde hier rauskommen. Punkt. Keine Diskussion. So oder so, sie kam hier raus.

Sie überlegte einen Moment lang, warum die anderen Mädchen noch hier waren. Glas ließ sich zerbrechen. Warum hatten sie es nicht versucht? Dann schaltete sich ihr Kopf ab. Jahrelange Sackgassensituationen ohne Fluchtweg hatten sie gelehrt, nicht zu lange herumzugrübeln. Die Worte eines Gedichts, das sie mal im Englischunterricht gelernt hatte, sprangen ihr in den Kopf.

An uns ist heut fragen und zagen nicht – handeln oder sterben heißt unsere Pflicht.

Verdammt, sie würde heute nicht sterben.

Sie setzte sich wieder aufs Bett, zuckte zusammen, als die Federn quietschten. Niemand kam die Treppe raufgestürmt. Der beißende Geruch war verflogen, aber der nach Marihuana wurde dicker. Cash schnappte sich einen glatten Schal vom Schminktisch und band ihn sich vor Mund und Nase. Sie wollte einen klaren Kopf, um mit der Lage umzugehen. Nach ein paar Minuten Nachdenken stand sie auf und wühlte sich durch die Schubladen vom Schminktisch. Keine Scheren. Keine Messer. Keine anderen Waffen.

Ha, ein Fingernagelknipser. Und die metallene Feile war noch dran! Cash zog ein Oberlaken von einem der Betten. Es war zwar abgewetzt, aber kräftiger Baumwollstoff. Sie maß am unteren Ende vom Laken eine Handbreit ab und knipste den Saum durch. Und rrrrrriss. Von unten bis oben. Sie nahm neu Maß und knipste, riss wieder. Sie stopfte die Streifen unter die Chenille-Überdecke auf dem anderen Bett.

Als sie mit einem Laken fertig war, schlich sie zur Tür und lauschte. Das Weinen hatte aufgehört. Nur das tiefe Murmeln von Männerstimmen war zu hören.

Sie ging wieder zum Bett und fing an, die Lakenstreifen zusammenzuknoten. Sie ließ die Streifen dabei unter der Überdecke versteckt, falls die anderen zurückgebracht wurden, und zog jeweils nur die Enden hervor, die sie verbinden wollte. Benutzte eine Knotentechnik, die sie von einem Farmer gelernt hatte, der hatte sie vor ein paar Jahren angeheuert, ihm beim Errichten eines Baumhauses für seine Kinder zu helfen.

Als alle Streifen zusammengebunden waren, stieg sie in den Schrank und versteckte ihr Werk hinten unter den hineingestopften Klamotten. Sie maß das Lakenseil an ihrem Körper, indem sie auf das eine Ende trat und es an sich hochhielt. Sie schätzte, zwei solche Seillängen ergaben etwa zehn Fuß. Insgesamt müsste sie jetzt an die dreißig Fuß Seil haben.

Sie kniete sich in den Schrank und machte alle vier Fuß noch einen einfachen Knoten, um für besseren Halt beim Abstieg zu sorgen. Auch jetzt noch dürfte es lang genug sein, um vom oberen Fenster, wo sie waren, mindestens bis zur Mitte des Fensters darunter zu reichen. Falls nötig, blieb noch ein kurzer Fall. Harmlos. Als sie fertig war, trat sie aus dem Schrank, das Seil ein großes Knäuel auf ihrem Arm. Sie stopfte es unter die Matratze am Kopfende des Bettes beim Fenster. Sie durchwühlte das Bett, bis sie das Päckchen Marlboros fand, das rausgefallen sein musste, als der Affe sie angegriffen hatte. Sie schauderte, eine kurze Zuckung, die ihre Wirbelsäule hoch und die Arme hinablief. So schnell, wie das Schaudern vorüberging, sperrte sie ihn – und seine Absichten – aus ihrem Kopf aus.

Sie steckte sich eine Zigarette an und setzte sich auf die Bettkante. Sie hatte keinen Schimmer, wie spät es war. Ihre innere Uhr schien durcheinander von was auch immer LeRoy ihr da verabreicht hatte. Sie würde nie wieder in den Wagen von jemand anders einsteigen. Oder etwas trinken, was sie nicht selbst eingegossen hatte. Sie spürte Wut in ihrer Magengrube hochkochen und sich wieder legen.

Sie schnippte die Asche ihrer Zigarette direkt auf den Boden. Sie trat die Kippe mit dem nackten Fuß aus und steckte sich sofort noch eine an. Sie ging wieder zum Fenster, von wo aus sie das Nachbarhaus sehen konnte. Da gab es eine Veranda, die ganze Gebäudeseite entlang. Sie lag gute drei bis vier Fuß über dem Boden, Holzstufen führten hinauf.

Cash erinnerte sich an den Traum, den sie gehabt hatte, einen Traum mit einem Haus wie dem nebenan, mit der Nummer 175 über der Tür. Wenn das Haus, in dem sie jetzt stand, die 175 war, dann hatte die Verkleidung um den Unterbau der Veranda eine Lücke, wie in ihrem Traum. Die Veranda am Nebenhaus war groß genug, um fünf magere

Mädchen zu verbergen. Also müsste diese hier das auch können.

Sie klappte die Metallfeile an dem Fingernagelknipser aus und fing an, den Kitt rund um die Fensterscheibe wegzukratzen. Sie ließ gerade noch genug übrig, dass die Scheibe nicht von selbst herausfiel. Sie wischte die Kittkrümel vom Fenstersims und hortete sie unterm Kopfkissen auf dem Bett.

Sie hörte stampfende Schritte die Treppe hochkommen und trat vom Fenster weg neben die Schminkbank. Die Tür ging auf, und die fünf kamen hereingetorkelt. Sehr viel aufgelöster als bei ihrem Abgang. Die Haare zerzaust, die Schminke verschmiert. Die eine wurde von der Tweed mit Hilfe einer anderen halb gestützt und halb getragen. Ihre Wimperntusche war zerlaufen und hatte sich auf ihrem Gesicht mit Lippenstiftklecksen vermischt. Ihr Blick war stumpf und die Haut aschfahl. Als die beiden sie aufs Bett legten, rutschte ihr Rock hoch, und Cash sah blasige Haut – ein grobes Brandmal. Das also war der beißende Geruch gewesen. Verbranntes Fleisch. Ein scheußliches Brandzeichen mit Flügeln und Stern. Cash vermied es, dem Blick der Männer an der Tür zu begegnen. Ihre Abscheu würde sichtbare Funken sprühen, und sie verspürte keinerlei Bedürfnis, sie weiter gegen sich aufzubringen. Sie war im Aufbruch. Und die Mädchen auch. So oder so.

Ohne hinzuschauen wusste Cash, dass drei Männer an der Tür standen. Sie rochen nach fettigen Haaren und Marihuana. Cash sah sie mit halb gesenkten Lidern aus dem Augenwinkel an. Sie waren stoned. Trugen ein schwachsinniges Grinsen im Gesicht, während sie Folgers-Kannen über den Boden nach drinnen schoben. Dann traten sie den Rückzug an, zogen die Tür hinter sich zu und sperrten die Frauen ein.

Ohne Worte teilte Cash Zigaretten an die Mädchen aus.

Hielt ihnen das Streichholz, während sie zum Anzünden inhalierten. Sie strich der auf dem Bett die Haare aus der Stirn. »Wie heißt du?«

Eine der anderen antwortete: »Carla.«

»Also, Carla, ich hol euch hier raus. Noch heute Nacht. Hörst du mich? Ich bring dich nach Hause, alles klar?«

Die anderen raunten Neins und rückten zusammen wie ängstliche Hühner. Cash funkelte sie an, die Wut in ihren Augen ließ keinen Raum für Fragen oder Widerstand. »Wir hauen ab. Heute Nacht noch.«

Sie sah die Tweed an und sagte: »Und du hilfst mir dabei.«

Janet nickte bestätigend.

»Raucht auf, dann geht's los. Wir müssen schnell machen und gut zusammenarbeiten. Verstanden?« Janet und Carla nickten. Die anderen drei wirkten außer sich vor Angst.

»Ihr wollt doch nicht hierbleiben, oder?« Alle schüttelten heftig den Kopf.

»Dann macht ihr, was ich sage. Wir arbeiten zusammen. Janet, Carla muss da rüber ans Seitenfenster. Der Rest von euch, holt alle Sachen aus dem Schrank und verteilt sie auf dem Boden vor der Tür. Keinen Lärm.« Janet half Carla hoch und bugsierte sie leise durch den Raum. Am Fenster legte sie sich auf den Boden. Die anderen, ohne Schuhe, machten sich daran, Kleidung vor der Schlafzimmertür aufzutürmen. Cash teilte sie in vier etwa gleiche Haufen auf. Sie flüsterte: »Eine geht an jede Ecke von diesem Bett. Wir heben es an und setzen es genau auf die Haufen vor der Tür. Sachte.«

Sie arbeiteten gemeinsam. Anheben. Absetzen. Weitere vier Kleiderhaufen machen. Lautlos. Dann das andere Bett umstellen, längs dazu, ganz ganz leise, passgenau zwischen das erste Bett und die Wand. Keine Chance, dass diese Tür sich noch aufdrücken ließ. Das einzige Geräusch im Raum war das gelegentliche Quietschen der Federn, wenn sie sich von der einen Seite des Bettes auf die andere bewegten, und schließlich standen sie alle auf einem staubbedeckten Rechteck am Boden, wo das zweite Bett gewesen war. Sie sahen Cash mit ängstlicher Entschlossenheit an, bereit für ihr nächstes Kommando.

Cash sah sich die ganze Gruppe an. Halb bekleidet, dünner als üblich, mächtig verängstigt. Alle blond, alle blauäugig. Sie hätten ein kleines Cheerleader-Team sein können. Mit etwas mehr Muskeln. Und ein bisschen mehr Wolle statt Pailletten und Nylon.

Cash zeigte auf die, die Janet geholfen hatte, Carla ins Zimmer zu schleppen. Leise, sodass alle sich vorbeugen mussten, um sie zu verstehen, sagte sie: »Du gehst als Erste.« Sie holte das selbstgemachte Seil unter der Matratze hervor und band es fest um das Bein von dem Bett am Seitenfenster, zog mit einem Ruck daran, um sich zu vergewissern, dass der Knoten hielt. Cash entfernte den verbliebenen Dichtungskitt vom Fenster, ließ die Scheibe herausgleiten und hielt sie schnell fest, damit sie nicht runterfiel. Sie hob sie zur Seite und lehnte sie gegen die Schlafzimmerwand. Die kalte Nachtluft wehte herein. Sie benutzte die kleine Metallfeile vom Nagelknipser, um das Fliegennetz ganz weit aufzuschlitzen.

Nichts stand zwischen ihnen und der Freiheit außer Furcht und einem Höhenunterschied von dreißig Fuß. »Das Seil hier dürfte lang genug sein, dass du dir nichts brichst, wenn du den Rest springen musst. Die Seitenwand vom Haus ist aus Backstein, also kannst du die Zehen in die Fugen setzen, wenn du etwas zusätzlichen Halt brauchst. Mach einfach, so schnell es geht, und lauf zu dem Teil der Veranda, wo das Gitter schon eine Lücke hat. Da krabbelst du unter die Veranda und hältst dich bereit, Carla auch da reinzuhelfen. Carla, du gehst als Nächste.«

Das Mädchen lag immer noch auf dem Boden, sie sah Cash mit großen Augen an.

Cash fragte: »Willst du hier weg?«

Sie nickte heftig.

»Also kletterst du aus dem Fenster und rennst. Dann kriechst du unter die Veranda, wo sie auf dich wartet. Klar so weit?« Nicken. »Dann kommen wir eine nach der anderen hinterher. Ihr kriecht unter die Veranda und bleibt da, verstanden? Es ist egal, wie viele Männer rauskommen und nach euch rufen. Wenn ihr erst mal unter der Veranda seid, werden sie euch da nicht suchen. Sie werden denken, ihr seid weit weggerannt. Verstanden? Also bleibt da. Kein Mucks. Ich komm als Letzte. Aber ich komme nicht zu euch unter die Veranda. Mein Truck steht drüben an der Kathedrale. Ich renne hin, hole ihn und fahre damit unten vor. Ich hupe einmal, dann bewegt ihr eure Ärsche, kommt raus und springt schnell hinten auf den Truck.« Alle sahen einander an, ängstlich, hoffnungsvoll, entschlossen.

»Ich denke gerade, ich hupe lieber schon, sobald ich die Straße runterkomme. Ihr rennt mir entgegen. Okay? Und helft Carla.«

Sie nickten alle. Cash ließ das Seil aus Laken zum Fenster rausfallen. Sie spähte runter und stellte fest, dass jede vielleicht am Ende des Seils noch ein kurzes Stück springen musste, aber nicht so hoch, dass es sie umbringen konnte.

Cash war nie Cheerleaderin gewesen, aber sie kannte die Anfeuerungsroutine. Sie ging runter auf ein Knie und streckte den Arm aus. Carla war die Erste, die ihre Hand auf die von Cash legte. Die anderen beugten das Knie und taten es ihr nach. Cash mimte stumm den Ausruf: »Rah, rah, Boom!«, wobei sie ihrer aller Hände auf und ab pumpte. Dann zeigte sie auf das erste Mädchen und formte mit den Lippen: »*Los!*«

Das Mädchen stieg rückwärts aus dem Fenster, Füße voran, die Hände so fest ums Seil geklammert, dass ihre Knöchel weiß wurden. Cash flüsterte: »Such dir mit den Zehen Halt zwischen den Backsteinen und steig ab! Leise.« Das Mädchen nickte und verschwand. Cash lehnte sich raus. Als sie auf halber Strecke nach unten war, drehte Cash sich um und raunte: »Du bist dran, Carla.«

Carla stellte sich zitternd aufrecht hin. Cash bemerkte Überbleibsel von Cheerleader-Muskulatur an ihren Schenkeln. »Warte, bis ich los sage. Sie muss erst unten angekommen sein.«

Das Mädchen holte tief Luft, schloss die Augen und atmete aus. Als Cash leise »Los« sagte, öffnete sie die Augen und kletterte aus dem Fenster. Sie zuckte einmal zusammen, als sie das gebrandmarkte Bein über die Fensterbank zog, dann war sie weg. Cash wandte sich den anderen drei zu. Nummerierte sie schweigend, eins, zwei, drei. Die Tweed zuletzt. Sie war die Hochgewachsenste, und sie wog wahrscheinlich immer noch am meisten trotz allem, was sie durchgemacht hatte.

Eine nach der anderen verschwanden die Mädchen in der Nacht. Als die Tweed ihren Abstieg begann, rannte Cash zum Schminktisch und griff sich alles, was sie in die Arme bekam. Auf dem Weg zurück zum Fenster begann sie Haarspraydosen gegen die Tür zu werfen, Flaschen, Tiegel und Haarbürsten, machte so viel Lärm, wie sie nur konnte. Sie packte das Seil, kroch rückwärts aus dem Fenster und ließ sich an der Hauswand hinab. Ihre Handflächen brannten, weil sie das selbstgemachte Seil lieber runterrutschte, statt sich Hand über Hand hinabzuhangeln. Als sie auf dem Boden aufkam, klopfte sie sich mit den Händen auf die Jeans, um das Stechen zu lindern, und rannte los. Von oben hörte sie Männer brüllen und gegen die Zimmertür hämmern.

Cash hatte gar nicht daran gedacht, dass sie barfuß war, bis die Kälte des Bürgersteigs ihre Fußsohlen betäubte. Doch zu dem Zeitpunkt war ihr Kopf ihren Zehen lange voraus, und sie ignorierte sie und rannte weiter. Als sie zur Ecke der Selby Avenue kam, in der ihrer Erinnerung nach die Kathedrale lag, warf sie einen Blick nach oben und las das Straßenschild: Western Avenue. Western Avenue 175.

Sie war außer Atem und hatte üble Seitenstiche, als sie beim Ranchero ankam. Sie achtete nicht darauf, griff sich in die Jeanstasche und fand den Schlüssel. In null Komma nichts hatte sie aufgeschlossen, die Tür aufgerissen, den Arsch auf den Sitz geschwungen, den Motor angelassen und den Gang drin. Und bretterte die Selby Avenue runter.

Sie schrie vor sich hin, eine lange Schimpfkanonade auf Professor LeRoy, auf ihre eigene Blödheit und die Welt an sich. Sie hieb auf das Armaturenbrett ein, bis ihre Faust schmerzte. *Scheiße! Scheiße! Scheiße!*

Sie bog auf die Western Avenue ein.

Genau als sie die Straße entlang auf die 175 zudonnerte, sah sie, wie sich drei Männer aus der Haustür quetschten und hektisch nach rechts und links starrten. Sie brüllten wild rum, rempelten und schubsten einander, statt dass einer von ihnen die Suche anleitete. Cash schoss blitzschnell um die nächste Ecke.

Verdammt, was war jetzt der Plan? Sie hatte gedacht, diese Spacken würden viel länger versuchen, durch die verrammelte Tür ins Schlafzimmer zu kommen. *Verdammt.* Sie bremste den Ranchero ab und zündete sich eine Zigarette an, machte die Scheinwerfer aus und kroch einmal um den Block.

Als sie wieder zur Ecke rollte, sah sie jemanden die Straße entlanggetorkelt kommen, der aus voller Kehle sang, ohne einen einzigen Ton zu treffen: *»I'm going home, my tour is done. I'm going home, I'm a lucky one.«*

»Verdammte Unzucht ... Wie zur Hölle kommt der denn hierher?«

Cash fuhr rechts ran. Ihr Bruder stolperte auf die drei Männer zu, die jetzt auf der Veranda standen. Er brüllte ihnen zu: »Rührt euch, Soldaten! Aaachtung-hicks!«, und brachte ein schlampiges Salutieren zustande. Dann stand er an der Gehsteigkante, schwankte leicht und starrte sie an. Sie starrten zurück.

»Haste dahinten vielleicht 'n paar Hühner weglaufen sehen?«, fragte schließlich einer der drei.

Mo sah sich um in die Richtung, aus der er gekommen war. »Nee, Mann, also, 'n paar Hühner hätt ich doch bemerkt. Bin zwar 'n bisschen angesäuselt, aber noch nicht so hinüber. 'n paar Hühner wärn mir aufgefallen. Euch sind wohl Hühner verloren gegangen? Also ich würd meine Hühner ja nicht verlieren, wenn ich 'n paar Hühner hätte.«

Er schwankte immer stärker. Fummelte unbeholfen an der Tasche seiner Flakweste herum und zerrte mühsam ein Päckchen Zigaretten und ein Feuerzeug raus. Nach ein paar Fehlversuchen gelang es ihm, die baumelnde Zigarette mit seinem Zippo anzuzünden. »Von euch hat nich zufällig einer 'n bisschen H dabei, oder? Nee? Was is denn mit 'n bisschen Gras? Oder wenigstens Sprit? Könnte echt 'n Schluck vertragen. Teilt ihr 'n bisschen Sprit mit 'nem Bruder?«

»Geh weiter, Häuptling«, schnarrte einer der Männer und trat auf die oberste Stufe der Treppe, die von der Veranda auf den Gehweg führte.

»Los, geh die Straße ab und guck, ob du die Hühner irgendwo siehst«, blaffte er den Mann direkt hinter sich an. »Die können noch nicht weit sein.«

Der andere Kerl schob sich an ihm vorbei und lief los. Als er fast auf der Höhe von Mo war, glitt Mo plötzlich vorwärts, geschmeidig wie eine angreifende Schlange. Obwohl er viel kleiner war, verpasste Mo ihm mit der Handkante einen so harten Hieb auf die Gurgel, dass der Mann sofort zu Boden ging.

Ohne den Fluss seiner Vorwärtsbewegung sichtbar zu unterbrechen, zog Mo den Punji hinten aus seiner Hose, hielt ihn wie einen kurzen Schlagstock und drosch ihn dem ersten Kerl gegen die Stirn. Der Kerl brach zusammen. Der Dritte flüchtete schon zurück ins Haus. Mo folgte ihm.

Cash drückte auf die Hupe, ein kurzer Ton, machte die Scheinwerfer an und fuhr auf die Veranda zu. Sie lehnte sich aus dem Truckfenster und schrie: »Los, kommt jetzt!«

Die Tweed kam als Erste rausgekrabbelt. Sie drehte sich um und zog Carla unter der Veranda hervor, half ihr hoch und schob sie in Richtung Truck. Carla hievte sich vorne neben Cash auf die Sitzbank des Ranchero, die nächsten drei sprangen hinten in den offenen Laderaum. Gerade als die Tweed sich über den hohen Rand der Ladefläche schwang, kam Mo aus dem Haus gestürmt und brüllte: »Di di mau, di di mau!«

Er warf sich hinten auf den Truck, während Cash anfuhr, schaltete und mit Vollgas losbrauste. Im Rückspiegel sah sie, wie ein Mann aus dem Haus stürzte und einen Revolver schwenkte, sich blöde nach beiden Seiten umsah und zögerte, wo jetzt hinterherjagen? Seine Kumpels auf dem Boden fingen gerade an, sich zu berappeln. Cash bog rechts in die Selby Avenue ein und verlor sie aus dem Blick.

Ein paar Blocks weiter beugte sich Mo zum Fahrerfenster rein, indem er sich von hinten um die Fahrerkabine schlängelte – Cash erschrak fast zu Tode –, und brüllte ihr ins linke Ohr: »Wir müssen umdrehen, mein Wagen steht noch an dieser dicken ollen Kirche, wo du gebetet hast.«

Das Letzte, was Cash wollte, war zurück dorthin, wo Männer mit Waffen nach ihnen suchten. Sie dachte an die

.22er hinterm Sitz, aber nach einer Schießerei stand ihr auch nicht der Sinn. Sie wollte nur raus, nichts wie raus aus dieser Westernstadt. Stattdessen fuhr sie links und wieder links, eine Straße namens Laurel, und dann zurück in die Richtung, aus der sie gerade gekommen waren.

Ein Tippen auf ihre linke Schulter ließ sie zusammenzucken und aufs Gas treten. Mo rief ihr zu, wieder links abzubiegen. Dann stand die Kathedrale direkt vor ihnen. Sie ging vom Gas. Mo sprang ab und lief die Straße hoch. Er signalisierte ihr zu warten.

Im Rückspiegel sah sie, wie sich auf der Ladefläche Köpfe hoben. Carla kurbelte ihr Fenster runter und wies sie an, unten zu bleiben, alles in Ordnung. Cash griff hinter die Sitzbank und zog ihre Ersatzkleidung und die Wolldecke hervor. Sie gab alles an Carla, die es als notdürftige Bedeckung nach hinten weiterreichte. Dann langte sie in den Fußraum vom Beifahrersitz, tastete nach ihren Cowboystiefeln und zog sie sich über die halb erfrorenen Füße.

Es kam ihr vor wie eine Ewigkeit, aber bald rollte Mos grauer Grand Am vor ihnen auf die Kreuzung. Er führte sie einen kleinen Hügel hinab und aus dem Stadtzentrum raus und hielt nicht an, bis sie die Citys weit hinter sich gelassen hatten. Das erste Licht der noch nicht aufgegangenen Sonne erhellte den Horizont hinter ihnen. Schließlich bog er ab und hielt auf einem umgepflügten Maisfeld.

Er kam auf Cashs Ranchero zugeschlendert, und sein Grinsen zog sich bis zu den Ohren. »Nicht schlecht für ’n Frischling«, rief er ihr zu.

Cash sprang aus ihrem Wagen. »Wo zur Hölle bist du auf einmal hergekommen?«

»Kombinationsgabe und unglaubliche Spurenleserkünste«, sagte Mo und tippte sich an die rechte Schläfe.

Sie stapften zu seinem Wagen und lehnten sich an den

Kofferraum, Blick zum Ranchero, von wo die Mädchen sie beobachteten.

»Da waren noch zwei Typen im Haus. Mit denen war ich schnell fertig. Hab 'ne Tür eingetreten, wo noch paar andere Mädchen waren. Hab aber nicht abgewartet, wer's von denen rausgeschafft hat.«

Cash nickte. »Ich finde, wir sollten weiterfahren, bis die Läden aufmachen, dann können wir anhalten und ein paar wärmere Klamotten besorgen. Hab etwas Bargeld im Wagen.«

»Sind bestimmt noch drei, vier Stunden bis Fargo-Moorhead. Glaubste, von denen will eine bei mir mitfahren? Mein Wagen hat 'ne Heizung.«

Cash ging hin und fragte. Nein. Sie schüttelten alle heftig die Köpfe.

Sie schüttelte ihren, als sie zurück zum Grand Am ging.

»Auch zu verstehen.« Er drehte sich um und schloss seinen Kofferraum auf. »Hier, gib ihnen mal diesen Schlafsack. Haste noch genug Sprit für die ganze Fahrt?«

Hatte sie.

»Bringen wir sie alle nach Fargo?«

»Ja ... oder nein, erst mal zu Wheaton. Nach Ada. Er weiß, was zu tun ist.«

»Seit ich wieder im Lande bin, hat mir nichts so viel Spaß gemacht wie das heute.« Lässig stapfte er zurück zur Fahrertür. »Also dann, lass krachen, Soldat.«

Die Tweed lehnte sich von der Ladefläche nach vorn. »Bringst du uns nach Hause?«

Cash nickte und warf ihnen den Schlafsack zu. »Hier. Das schützt euch ein bisschen vor dem kalten Wind. Wir halten an, wenn die Läden aufmachen, und mein Bruder geht rein und holt euch Jogginghosen und Pullis. Vielleicht noch paar Decken. Damit euch wärmer wird.«

Mo kam noch mal zurück, ein Sechserpack Schlitz in den Händen. Er setzte es hinten auf dem Truck ab und machte wortlos kehrt, ging wieder zu seinem Wagen. Nach ein paar Schritten schien ihm etwas einzufallen, er wandte sich um und warf den Mädchen einen Flaschenöffner zu. Es schepperte, als er auf das Metall traf. Dann ging er weiter zu seinem Wagen, stieg ein, ließ den Motor an und fuhr wieder auf die asphaltierte Straße zu, seine Reifen ließen Feldstaub sprühen. Cash sprang in ihren Truck und fuhr hinterher. Im Rückspiegel sah sie die Mädchen, dicht an dicht mit dem Rücken an die Fahrerkabine gelehnt und den Schlafsack halb um alle gewickelt, ein Bier aufmachen. Eine von ihnen klopfte an Carlas Fenster und reichte ihr eins nach vorn. Carla sah Cash an, fragte mit den Augen: *Willst du eins?* Cash hätte am liebsten das ganze Sixpack getrunken, schüttelte aber den Kopf.

Die Sonne ging hinter ihnen auf, während sie nach Westen brausten, und der Himmel explodierte in Rot und Orange. Sie fuhren Richtung Ada, zu Wheaton. Mit Hilfe des Geldbündels unterm Autositz besorgten sie bei einem Halt Pullover und Jogginghosen für die Mädchen sowie heißen Kaffee und hausgebackene Donuts. Die jungen Frauen zogen die Klamotten über ihre dünnen Fähnchen. Mo hatte sogar eine Tüte voll Sportsocken gekauft. Sie sahen aus wie ein stark mitgenommenes Häufchen Cheerleader.

Die Fahrt verlief in Schweigen, Carla war in Gedanken oder schlief, und hinten drängte sich nach Bier und Kaffee alles unter dem grünen Armeeschlafsack zusammen. Auch sie schliefen.

Als sie zum Ortsrand von Ada kamen, ließ Mo sich zurückfallen und gab Cash ein Zeichen, die Führung zu Wheatons Haus zu übernehmen. Während der Ranchero langsam durch die Kleinstadtstraßen tuckerte, wurden die

Mädchen eine nach der anderen wach, und die Furcht kehrte in ihren Blick zurück, als sie sich umsahen. Die Tweed zog sich die Decke vors Gesicht, als sie merkte, dass sie in Ada waren, vermutlich um nicht erkannt zu werden, obwohl hier im Wohngebiet der kleinen Kreisstadt kein Mensch auf der Straße war.

Cash lenkte auf den Gehweg vor Wheatons Haus. Sein Auto war nicht da. Sie parkte und ging trotzdem den Gartenweg entlang. Versuchte es mit der Vordertür. Sie war offen. Sie winkte den Mädchen, reinzukommen. Vorsichtig kletterten sie vom Truck und folgten ihr in Wheatons kleines, sparsam eingerichtetes, aufgeräumtes Haus. Cash lotste sie zu Couch und Sessel im Wohnzimmer, aber sie zogen sich lieber die Stühle unterm Küchentisch hervor und setzten sich dorthin.

Cash trat vor die Tür, wo Mo im Vorgarten wartete, eine Filterlose rauchte und zu den spärlichen Schlieren weißer Wolken aufsah, die sich über den blauen Himmel schoben. Er zündete an der Glut seiner eigenen eine neue an und reichte sie Cash. Sie inhalierte, dann spuckte sie sich Tabak von der Zunge.

»Fährst du zum Gericht? Da muss Wheaton sein. Sag ihm, wir brauchen ihn hier.«

»Na klar. Sag mir nur, wo lang.«

Cash ging wieder ins Haus. Sie stöberte in Wheatons Schränken und fand Folgers und kochte auf dem Herd eine Kanne Kaffee. Sie stieß auch auf ein paar Dosen Campbell's-Hühnersuppe und machte sie warm. Noch ein Vorstoß in die Schränke förderte genug Schüsseln für alle und ein paar ungleiche Löffel zutage.

Die Mädchen waren gerade mit ihrer Suppe fertig, und Cash lehnte an der Küchenzeile, als Wheaton und Mo reinkamen, Toffer auf Wheatons Fersen. Der Hund spürte die

Stimmung, kam zu jedem Mädchen und schmiegte sich ans Bein, bis er gestreichelt wurde. Dann ging er ins Wohnzimmer und legte sich auf einen Teppich vor Wheatons Fernseher.

Wheaton nahm seinen Hut ab, Schock und Unglauben im Gesicht. Er sah Cash an. In seinen Blick trat Sorge. »Na, verdammt noch eins. Biste okay?«, fragte er.

Cash spürte eine ganze Menge verschiedener Bedeutungen hinter der Frage, doch sie nickte und winkte in Richtung der Mädchen um den Küchentisch.

Mo entschuldigte sich auf eine Zigarette vor der Tür. Cash wäre gern mitgegangen. Stattdessen stellte sie Wheaton den Mädchen als guten Freund vor, obwohl er in seiner Sheriff-Uniform vor ihnen stand.

Die einzige Frage, die er stellte, war: »Gebt ihr mir eure Namen und die Telefonnummern von euren Eltern?« Er öffnete eine Schublade und nahm einen kleinen Spiralblock und einen Stift heraus. »Wenn ihr mir das hier aufschreibt, ruf ich eure Leute an.«

Sie reichten den Block herum und dann an Wheaton zurück. Er ging in sein Wohnzimmer und setzte sich in den Sessel. In der Küche hörten sie das Surren der Wählscheibe vom Telefon, als Wheaton ihre Nummern wählte.

Eine nach der anderen rief er sie beim Vornamen, bat sie zu sich, die Tweed als Erste. Wheaton stand auf und überließ ihr den Sessel zum Telefonieren. Jede Einzelne schluchzte sich durch den ersten Kontakt mit Mom und Dad. Wheaton schrieb seine Adresse auf, die sie ihren Eltern vorlasen, um abgeholt zu werden. Alle waren aus Minnesota, nur ein Mädchen kam aus Rugby in North Dakota, weit oben an der Grenze zu Kanada. Cash hatte nicht nachgefragt, deshalb wusste sie nichts darüber, wie jede Einzelne in den Citys gelandet war.

Sie nahm eine Tasse Kaffee mit raus zu Mo und stand

rauchend mit ihm im Vorgarten. Sie sprachen kein Wort. Dann ging Cash wieder rein. Die Mädchen saßen alle im Wohnzimmer, ein paar weinten noch, andere redeten gedämpft miteinander, tranken mehr Kaffee. Wheaton stand in der Küche.

Er sprach leise. »Ich muss die Feds anrufen wegen des Mädchens aus Rugby. Entführung über die Staatsgrenze ist Bundesangelegenheit und betrifft das FBI. Ihre Leute werden auch am längsten brauchen, um herzukommen. Die andern sind alle schon auf dem Weg. Ich werd sie hier befragen. Das Wesentliche zusammentragen. Hab meiner Sekretärin Bescheid gesagt, sie kommt vom Gefängnis rüber und schreibt mit, während wir reden. Sie ist ganz schön schnell, ich schätz mal, sie kriegt alles verschriftlicht. Ich will keine von ihnen länger hierbehalten als nötig. Den Sheriff in Moorhead hab ich auch angerufen. Er fährt jetzt hin und schnappt sich diesen Professor. Das scheint ja der Mann zu sein, der das Ganze dirigiert hat. Bei dieser Geschichte brauch ich Hilfe von außen. Das ist grenzübergreifend, Bundesstaaten, Countys, Citys.«

Er strich sich mit der Hand über den Bürstenschnitt.

»Wie ist er an all die Mädchen rangekommen?«

»Er ist aus New York. Sieht aus, als hätte er da schon angefangen, junge Mädchen zu prostituieren. Arbeitet als Collegelehrer, also vertrauen ihm die Leute. Als er hergezogen ist, hat er einfach weitergemacht, sich in den Citys eine Absatzmöglichkeit für Mädchen gesucht. Ist wohl viel in den Citys gewesen. Hat auch keiner hinterfragt, dass er ständig zu Konferenzen und Preisverleihungen gefahren ist. Dem Tweed-Mädchen hat er beim Footballspiel Drogen verabreicht. Sie wollte mit ein paar Freundinnen in die Citys, aber er hat sie mit irgendeiner Geschichte von der Gruppe getrennt und betäubt. Das Mädchen aus Milan hat er sich auf dem Flur vom Curtis-Hotel geschnappt, als sie mit Kids aus der Schule da war. Kinder sind eben Kinder, haben im Hotel Verstecken gespielt, und er hat ihr weisgemacht, dass sein Zimmer ein sicheres Versteck ist. Und es sind Mädchen von überall im Staat, dadurch hatte niemand Anlass, ihn genauer ins Auge zu fassen. Ein paar von ihnen werden wahrscheinlich nie gefunden.«

In seine Augen trat wieder der besorgte Blick. »Hölle, wie isses mit dir, Cash? Bist du okay?«

»Yeah.« Cash schnappte sich ihre Zigaretten vom Küchentresen und ging wieder vor die Tür.

Wheatons Sekretärin kam, und den ganzen restlichen Tag war das Klappern von Schreibmaschinentasten zu hören, gefolgt vom Sausen des Wagenrücklaufs. Die Tweed-Eltern kamen als Erste an. Es gab reichlich Tränen von allen außer Cash, Mo und Wheaton.

Andere County-Sheriffs trafen ein, um Aussagen von den Mädchen und ihren Familien aufzunehmen. Weitere Eltern trafen ein, meist noch mit Geschwistern im Schlepptau. Den Aussagen der Eltern und Mädchen nach zu schließen, waren sie allesamt leistungsstarke, wenn nicht gar hoch ambitionierte junge Frauen. Sie waren vor dieser Geschichte offen und freundlich gewesen. Sie waren Cheerleader und Kandidatinnen für Homecoming-Queens, überzeugt, zur Elite ihrer kleinen Ortschaften zu gehören. Nichts hatte sie auf ihren unglückseligen Abstecher in die Citys vorbereitet. Es ging über ihr Wissen, ihr Vorstellungsvermögen, dass es so eine anrüchige Welt überhaupt gab, dass sie hineingeraten und dort festgehalten werden konnten. Von Familie und Schule verhätschelt, hatte nichts sie dafür gewappnet, von Männern verletzt zu werden, die keine Rücksicht auf ihre Unschuld nahmen. Vielmehr darin Beute erblickten.

Cash hatte es aus eigener Erfahrung schon mit Leuten zu

tun bekommen, die auf niemanden Rücksicht nahmen, mit Leuten, die aus irgendeiner perversen Gier heraus das Licht zerstören wollten, das in anderen strahlte. Sie rauchte Kippe um Kippe, trank einen Kaffee nach dem anderen, um die Wut zu dämpfen, die den ganzen Tag in ihrem Bauch und ihrer Brust schmorte, während sie miterlebte, wie Eltern kamen, um Trost und Liebe zu spenden und ihre geraubten Töchter heimzuholen. Nach Hause – wo sie gesund gepäppelt und mit Liebe geheilt würden, so gut es eben ging.

Irgendwann am späten Nachmittag bat Wheaton Mo, in den Ort zu fahren und zwei Hotelzimmer zu mieten. Zwei Familien waren erst nach der Dämmerung eingetroffen, und ihre Töchter mussten noch befragt werden.

Als Wheatons Haus leer war, fuhren Cash und Mo in ihrem jeweiligen Auto zurück nach Fargo. Ohne sich abzusprechen, fuhren sie beide direkt zum Casbah. Beim Reinkommen hielt Cash zwei Finger hoch, und Shorty hinterm Tresen stellte ihr zwei Buds hin, öffnete sie. Mo bat um zwei Schlitz. Wie immer lief am Pooltisch schon ein Spiel. Sowohl Mo als auch Cash legten Vierteldollarstücke auf die Tischkante. Sie rutschten in eine freie Sitznische und tranken schweigend ihr Bier. Sie tranken weiter und wurden stiller und stiller, als der Abend voranschritt, spielten im Team gegen alle, die ihre Münzen hinlegten.

Kurz vor der Sperrstunde sagte irgendein Farmknabe, besoffen vom Bier und von seiner »White is right«-Attitüde, einmal zu oft »Häuptling« zu Mo. Mo verpasste ihm einen satten Kinnhaken und schickte ihn auf die Bretter. Er krachte mit Wumms auf den Hartholzboden, sodass um ihn herum eine Wolke Kreidestaub aufstieg, ohne dass ein weiteres Wort fiel. Cash packte das Hausqueue am schmalen Ende, bereit, es als Knüppel zu benutzen. Als sie um den Tisch an Mos Seite trat, war Shorty schon da, ein weißes Tuch in der Hand. Er sah Cash fest in die Augen und sagte: »Nehmt's mit nach draußen, Cash. Nehmt's mit raus. Jetzt gleich.«

Obwohl ihre Wagen vorn geparkt waren, entschied sich Cash für den Hinterausgang. Sie gingen am alten Willie vorbei, der bewusstlos in seiner Stammnische lag. Cash nahm sein halbleeres Bierglas und kippte es ihm über den Kopf, dann warf sie es gegen die Holzwand der Nische, sodass Glassplitter auf ihn herabregneten.

Draußen rang sie nach Luft. Mo klopfte ihr auf den Rücken. »Scheiß auf die, wenn sie keinen Spaß abkönnen.«

Er rannte los, die Seitenstraße runter, trat im Laufen rechts und links Mülltonnen um. Cash folgte ihm, rannte so schnell sie konnte, um mitzuhalten. Sie rannten, bis Mo stehen blieb, sich vornüberbeugte, nach Luft schnappte. Cash bückte sich ebenfalls, holte keuchend Atem, hielt sich die Seiten.

Mo packte ein paar Bierflaschen, die aus der letzten umgekippten Mülltonne gerollt waren. Er schleuderte eine Flasche mit voller Wucht auf das Fenster irgendeines Geschäfts im zweiten Stock. Daneben. Cash griff sich eine und warf mit ganzer Kraft. Beinahe. Sie machten weiter, warfen alle harten Gegenstände, die sie finden konnten, bis Mo einen Glückstreffer landete und das Glas über ihnen zersplitterte. Sie rannten vor den fallenden Scherben davon und fielen in Schritttempo, als sie aus der Gasse kamen. Sie gingen um die Ecke und wieder aufs Casbah zu.

»Ich fahr noch bisschen rum«, sagte Mo. »Bis später.«

Cash fuhr zu ihrer Wohnung, trank sämtliches Bier aus dem Kühlschrank und rauchte Kette dazu. An irgendeinem Punkt kippte sie weg, voll angezogen auf ihrem Bett.

Sie erwachte am nächsten Morgen durch einen zerzausten Mo, der Eier mit Schinken briet, eine heiße Tasse Kaffee wartete schon auf sie. Sie ging ins Bad, öffnete den Arzneischrank und warf zwei Aspirin ein. Aß ihr Frühstück. Ging wieder ins Badezimmer und wusch sich rasch in der Wanne, um die Trunkenheit von sich abzuspülen. Sauber, die Haare zu einem langen Zopf gebürstet und sogar die Zähne geputzt, zog sie ihren Reißverschlusspullover über, dann ihre Jeansjacke.

»Uni?«

»Nee, Ada.«

»Dann bis dann, Mann.«

»Wie hast du uns gefunden?«, fragte sie mit der Hand am Türgriff.

»Hast mir ’n Hinweis auf der Kommode liegen lassen.« Er grinste, zeigte auf seine Schläfe. »Meine herausragende Kombinationsgabe und unglaublichen Spurenleserkünste.«

Cash zog die Tür zu.

Sie war erst ein paar Stufen weit gekommen, als Mo den Kopf zur Tür rausstreckte, immer noch das Grinsen im Gesicht. »Was hab ich dir gesagt? Weiße Sklaverei.«

An der Tankstelle am Rand von Moorhead tankte Cash den Ranchero voll und fuhr dann nach Ada. Sie kam an Wheatons Haus vorbei, doch da war niemand, also fuhr sie zum Gefängnis.

Seine Sekretärin saß wieder am gewohnten Platz, tippte Notizen ab. Wheaton hockte mit der Familie aus Rugby zusammen, das junge Mädchen hatten die Eltern fest zwischen sich genommen. Ein paar Männer in schwarzen Anzügen waren auch im Raum. Feds.

Cash holte sich eine Tasse Kaffee und setzte sich auf ihre Holzbank im Vorraum. Es war »ihre« Bank, weil Wheaton sie in der Nacht ihrer ersten Begegnung darauf hatte schlafen lassen. Ihre Mutter war hier in diesem Gefängnis gelandet, nachdem sie ihr Auto mit ihren drei Kindern darin in den Graben katapultiert hatte. Anschließend verschwand ihre Mutter. So wie auch Mo. Und ihre Schwester Chi-Chi.

Aber jetzt war Mo wieder da. Ihre Schwester nicht, und auch nicht ihre Mom. Doch die Bank gehörte ihr. Und war ihr vertraut.

Die Sitzfläche aus Eiche war glatt und weich poliert von unzähligen Leuten, die genau da gesessen hatten, wo sie jetzt saß. Unzähligen Leuten, die der Sekretärin mit ihrem ergrauenden Haar und ihren eng anliegenden, selbstgeschneiderten Kleidern bis unters Knie ihre Geschichte erzählt hatten. Unzähligen Leuten, die hier gewartet hatten, auf Kaution entlassen oder weil sie ihre Zeit abgesessen hatten, darauf warteten, nach Hause gebracht oder abgeholt zu werden. Das Holz wärmte sich schnell auf, gleich wer darauf saß.

Cash beugte sich vor, Ellbogen auf den Knien, nippte an ihrem Kaffee, eingelullt von den Stimmen der Männer im anderen Zimmer, gelegentlich mal ein Satz von Tochter oder Mutter, aber größtenteils waren es die Männer, die Fragen stellten, eine leise Antwort von dem Mädchen bekamen und sie dann laut wiederholten, wie um die Einzelheiten abzugleichen. Das Klappern der Schreibmaschine hielt die ganze Zeit mit.

Cash verlor das Gefühl für die Zeit. Hin und wieder lehnte sie sich zurück und rauchte eine, aschte in den hohen Standaschenbecher am Ende der Bank. Sie beugte sich wieder vor, Ellbogen auf den Knien, als sie die auf Hochglanz polierten schwarzen Schuhe der Feds vorbeigehen sah, dann die Arbeitsstiefel des Vaters aus Rugby, gefolgt von den Füßen seiner Tochter, die noch in den von Mo besorgten Sportsocken steckten. Die festen Halbschuhe, die ihre Mutter trug, kamen zuletzt. Cash sah nicht auf, bis sie Wheatons abgetragene Stahlkappenstiefel vor sich hatte, daneben Toffers pelzige Pfoten.

»Na komm«, sagte er. »Drehen wir 'ne Runde.« Sie fuhren nach Westen, in Richtung der kleinen Ortschaft Halstad am Ufer des Red River.

Wheaton hielt bei Arnies Bar in Halstad und ließ Cash und Toffer bei laufendem Motor im Streifenwagen warten. Toffer sah Cash an, die vorn saß, als wollte er fragen: »Was machst du auf meinem Platz?«

Cash rubbelte ihm die Ohren. »War als Erste hier«, sagte sie, dabei sah sie ihm nicht in die Augen, sondern zum Beifahrerfenster raus.

Wheaton kam aus der Bar mit zwei geöffneten Coca-Cola-Flaschen und einer Packung Marlboros, die er Cash in den Schoß warf. Er reichte Cash eine Cola und fuhr nach Westen, aus dem Ort raus auf den Red River zu. Als sie zum Fluss kamen, verließ er die asphaltierte Straße und fuhr auf Farmwegen nordwärts, verfolgt vom aufgewirbelten Staub.

Nach einer Weile sagte Wheaton: »Willst du mir nicht erzählen, was passiert ist?«

Also erzählte Cash ihm von den vermissten Mädchen, von dem Preis – der war echt, sie hatte wirklich einen Preis bekommen, versicherte sie ihm –, wie LeRoy sie betäubt hatte und wie sie in dem Raum bei den anderen wach geworden war. Sie ließ den Teil mit dem Kerl, dem Bett und dem Schrumpfschwanz weg. Sie erzählte ihm von dem Mädchen, das ein Brandzeichen aufs Bein bekommen hatte. Von dem Seil aus dem Laken und wie sie alle die Hauswand runtergeklettert waren. Wie Mo aufgetaucht war. »Und dann sind wir alle nach Hause gefahren«, schloss sie.

Er fuhr schweigend noch fünf Meilen, seine Hände verkrampft, die Knöchel weiß am Lenkrad. »Hat dich wer angefasst? Bist du in Ordnung?«

Cash drehte ihr Gesicht zum Fenster, gepflügte Felder zogen langsam vorbei, Tränen stiegen ihr in die Augen. »Mir geht's gut«, sagte sie. »Hab uns da rausgeholt, bevor mir was passieren konnte. Alles gut. Wirklich.«

Sie verbannte ihre Gefühle aus Körper und Blick. Drehte dann den Kopf, sah Wheaton direkt an, ein verlegenes Grinsen im Gesicht: »Hab mir beim Abstieg am Backstein das Knie zerkratzt, und ich glaub, ich hab mir am Seil die Pfoten verbrannt, weil ich runtergerutscht bin, statt mich abwärts zu hangeln. Das wär's.«

Wheaton schnaubte, bog auf einen Acker und wendete den Wagen in die Richtung, aus der sie gekommen waren. Er rieb sich den Bürstenschnitt. Fuhr sich übers Gesicht, von der Stirn runter bis zum Kinn, sodass die Haut sich straffte. Er musterte sie nochmals, als wollte er sie auf Schäden überprüfen. »Okay«, sagte er endlich. »Hab den Feds gesagt, ich befrag dich und schreib einen Bericht. Das hier ist die Befragung. Eine Frage, die sie noch hatten, war, warum seid ihr nicht gleich in den Citys zu den Cops gegangen?«

»Diese Kerle hatten Waffen. Alles, woran wir dachten, war: Nichts wie weg. Zu den Cops zu gehen ist mir gar nicht in den Sinn gekommen. Die Mädchen wollten nur nach Hause. Hab überhaupt nicht an Cops gedacht, bis mir einfiel, dass wir mit dir reden sollten.«

»Hmm. Muss dir vielleicht später noch ein paar mehr Fragen stellen. Lose Enden verarzten, Papierkrieg. Die Feds und ich tun unser Bestes, um deinen und Mos Namen da rauszuhalten. Bringt ja nichts, es komplizierter zu machen, richtig?«

Er blieb auf den Schotterstraßen, als sie südwärts den Fluss entlangfuhren.

»Und Mo? Was ist mit Mo?«

Also erzählte ihm Cash, wie Mo vor ihrer Tür aufgetaucht war. Dass seine Adoptiveltern ihn rausgeworfen und den

Hof ihrem »richtigen« Sohn vermacht hatten. Dass er einen grauen Grand Am hatte. Sie erzählte ihm von der Nacht mit dem Vietnam-Flashback mit dem Punji. Und wie der Punji sie drüben in den Citys gerettet hatte, als die Kerle rauskamen. Dass er besser Pool spielte als sie, was zuzugeben ihr, ja doch, schwerfiel. Und ja, Uni lief gut, soweit sie wusste. Ihre Noten waren gut. Im Ranchero hatte sie ihren Preis liegen und wollte ihn ihm geben, wenn er ihn haben wollte?

Während sie sprach, hatte Wheaton die geschotterten Wege verlassen, die sich am Fluss entlangschlängelten, und fuhr auf Asphalt nach Norden. Als sie die Ortschaft Hendrum erreichten, bog er auf einen Parkplatz vor dem Café ein. Beim Aussteigen wies er Toffer an, den Wagen zu hüten. Der Hund ließ sich auf der Fahrerseite nieder, die Ohren gespitzt. Ganz Diensthund.

Drinnen bestellte Wheaton für sie beide heißes Roastbeef-Sandwich und dazu zwei Kaffee. Sie aßen schweigend. Danach bestellte er noch zwei Stück Blaubeerkuchen mit Eiscreme. Als die Bedienung ihre Teller abgeräumt hatte und sie auf den Kuchen warteten, sagte Wheaton: »Erzähl mir noch mal das von deinem Bruder.«

Also schilderte Cash nochmals, wie sie vom »Shave and a haircut«-Klopfen wach geworden war. Wie Mo vor ihrer Tür stand. Bei ihr einzog. Was er von seiner Adoptivfamilie erzählt hatte, wie sie ihn erst adoptiert, dann kalt abserviert und rausgeschmissen hatten. An diesem Punkt legte Wheaton seine Gabel weg, Blaubeerkuchen aus dem Sinn, während er starr aus dem Ladenfenster blickte. Gelegentlich fuhr ein Auto oder ein Pickup vorbei. Das ältere Paar vier Tische weiter aß schweigend seine Mahlzeit. Das Klirren und Kratzen des Bestecks auf ihren Tellern klang laut. Aus der Küche dudelte ein Radio, aber Cash verstand kein Wort vom Text der gespielten Songs.

Wheaton sagte sehr lange Zeit nichts. Cash fürchtete schon, er würde wieder fragen, ob sie in Ordnung war. Sie stippte mit dem Finger etwas geschmolzene Eiscreme von ihrem Teller.

Endlich drehte sich Wheaton wieder um zum Tisch. Er sah Cash direkt in die Augen und sagte: »Genau das ist mir passiert.«

Cashs Finger, von dem Eiscreme tropfte, verharrte auf halber Strecke zu ihrem Mund in der Luft.

»Was?«

»Meine Mom war 'ne Cree aus Kanada. Kam zur Landarbeit runter, wie alle anderen auch. Mehr wurde mir nie mitgeteilt. Sie wurde schwanger. Hat nie gesagt, wer der Vater war. Hat mich bekommen. Nach allem, was man mir erzählt hat, war sie sehr jung. Sie ließ mich bei den Leuten, die mich aufzogen und von Rechts wegen adoptierten. Als einen der ihren. Das war drüben, am North-Dakota-Ufer vom Fluss. Oben bei Grand Forks. Ich war ihr ältester Sohn. Sie kriegten dann noch ein paar Kinder. Auch einen Sohn. Mein jüngerer Bruder und zwei Schwestern. Hab auf sie aufgepasst. Sie in der Schule vor Kloppe beschützt. Manchmal für sie Hausaufgaben gemacht.«

Cash konnte sich nicht erinnern, wann Wheaton jemals so viele Sätze am Stück über sich selbst gesagt hatte. Sie aß nicht weiter, rührte sich nicht. Fürchtete, er könnte aufhören, wenn er sie bemerkte.

»Hab mit dem alten Mann Seite an Seite den Hof bestellt. Gemäht. Heuballen geschleppt. Die Kühe gemolken. Ich war Kapitän der Footballmannschaft. Bis ich auf die Highschool kam, hatten wohl alle schon vergessen, dass ich das ausgesetzte Indianerbaby aus Kanada war. Hab die Highschool abgeschlossen. Bin zu den Marines gegangen und wurde nach Korea geschickt. Mir kam das vor wie ein kurzer Abstecher.

Aber alles war anders, als ich zurückkam. Am ersten Sonntagnachmittag hat der alte Mann gesagt: ›Fahren wir mal zum alten Hof.‹ Wir sind in seinen Pickup gestiegen. Die alte Farm lag an der 40 im Norden. Er hat da geparkt und einfach dagesessen, über die verwitterten Überbleibsel vom Haus seiner Eltern geschaut. Dann hat er sich geräuspert und gesagt: ›Weißt du, Dave‹ – hast du gewusst, dass ich Dave heiße?«

Cash schüttelte den Kopf.

»Er hat gesagt: ›Weißt du, Dave, wir haben Familienrat gehalten, als du weg warst. Besprochen, was gerecht ist, und das ist das einzig Gerechte, immerhin ist Jacob mein Sohn und so. Also, er kriegt die Farm.‹

Ich bin aus dem Truck gestiegen. Hab mich noch einmal überall umgesehen. Land, auf dem ich gearbeitet hatte, seit ich ein klitzekleiner Wicht war. Es war ein heißer Sommertag. Aber mir wurde kalt. Eiskalt, wie damals in Korea, wenn auf uns geschossen wurde. Oder wenn wir auf jemanden geschossen haben. In dem Moment hatte ich Angst vor dem, was ich tun könnte, also bin ich zu dem alten Bauernhof gegangen. Hab rumgestanden, mir den Boden angesehen, den ich geliebt und gepflügt und bepflanzt und manchmal verflucht hatte. Hab eine geraucht. Bin dann wieder zum Truck gegangen.

Da hat der alte Mann den Motor gestartet, und wir sind zurück zum Haupthof. Ich bin ins Haus und hab meinen Seesack gepackt. Hab nichts mitgenommen, was ihnen gehört oder was ich von ihnen hatte. Außer dem Pickup. Ich bin raus und in seinen Truck gestiegen und abgedüst. Der Alte hat gar nicht erst versucht, mich aufzuhalten. Etwa 'ne Woche lang dachte ich jedes Mal, wenn ich ein Polizeiauto gesehen hab, ich werd angehalten wegen Diebstahl. Meine Bezahlung für all die Jahre Schwerarbeit war ein fünfzehn

Jahre alter Pickup. Sein Sohn ist heute einer der reichsten Grundbesitzer da oben.«

Cashs Brust war ganz eng. »Was hast du gemacht?«

»Bin ein bisschen durchgedreht. War kreuz und quer im Land unterwegs. Hab mir das ursprüngliche Amerika angesehen, noch bevor das ’ne angesagte Nummer wurde. Aber das hier ist das Land, das ich kenne. Dieses Valley. Dieser Fluss. Dieses flache Land, das unendlich ist. Die verkackte Eiseskälte jeden Winter. Wie der Wind über die Prärie bläst, wie wir uns ducken und dagegenstemmen. Wir gewöhnen uns dran. Es wird ein Teil von uns. Weißt du, wenn sie singen: ›Bernsteinfarbene Weizenwellen‹, dann geht mir das ans Herz. Immer noch. Das sind unsere Weizenfelder, Cash. Unsere Erde. Unser Land, unser Geburtsrecht, von dem sie da singen.«

Cash nahm ihre Gabel in die Hand und aß die Kruste von ihrem Blaubeerkuchen.

»Also können sie sich uns einfach einverleiben und dann rauswerfen?«

»Passiert öfter, als wir wissen wollen. Indianische Kinder wie dich, wie deinen Bruder, ja, verdammt, wie mich, die gibt’s überall im Valley. In Pflegschaften, zur Adoption freigegeben, dann die Finger wund gearbeitet – verdammt, viele von denen sind schlecht ernährt, sind von Anfang an nur Haut und Knochen, und denken, wenn sie sich nur genug Mühe geben, dann gehören sie vielleicht, nur vielleicht, eines Tages dazu.

Oft erlebe ich, wie sie verschlissen werden – manchmal gehen sie dabei endgültig kaputt – und dann weggeworfen, so wie all die ramponierten Gerätschaften, die du in den hintersten Ecken der Farmen vergammeln siehst, im toten Winkel.«

Wheaton aß seinen Kuchen auf und hielt seine Tasse hoch,

damit die Kellnerin nachfüllte. »Jedenfalls bin ich irgendwann wieder hergekommen und hab den Job gefunden, den ich mach. Ich mag das. Passt zu mir. Mach du mal die Uni fertig, vielleicht wirste ja Anwältin. Bist zu klug, um dein Leben lang Getreidelaster zu fahren. Vielleicht heiratest du auch, kriegst paar Kinder.«

Cash verschluckte sich, hustete Kaffee.

Wheaton lachte. »Na gut, dann vielleicht nur 'n Jurastudium.«

»Vielleicht auch nur 'n Cop mit Collegeabschluss.« Sie saßen ein Weilchen schweigend da. Cash leerte ihre Kaffeetasse und hielt die Hand darüber, als die Kellnerin mit der Kanne kam. Wheaton holte ein paar Scheine aus seiner Tasche und tat sie auf den Tisch.

Dämmerung legte sich über das Valley. Er fuhr Cash zu ihrem Ranchero zurück, und sie grüßten sich wie Farmer übers Lenkrad, während sie zurücksetzten und in unterschiedliche Richtungen davonfuhren. Wheaton auf Streife durch den Ort, Cash zurück nach Fargo-Moorhead.

Aus reiner Gewohnheit hielt sie beim Casbah. Kein Mo, den sie hier vermutet hatte. Sie winkte ab, als Shorty Bier für sie hochhielt, und war gleich wieder draußen.

Sie wusste schon vor der letzten Stufe der Treppe zu ihrem Apartment, dass Mo weg war. Ein Zettel lag auf dem Tisch. »Hey, Soldat. Hab beschlossen zu verlängern. Keine Sorge, nur die Guten sterben jung. Wir sehen uns nächste Runde.« Sein Platz an der Wand war nackt, sein Deck Spielkarten lag quer auf dem Tisch. Cash rührte den Zettel nicht an. Sie machte auf dem Absatz kehrt und verließ die Wohnung und fuhr direkt zurück zum Casbah.

Cashs Leben fand wieder in den Ablauf, der ihr lieb war. Jetzt nach der Rübenernte erledigte sie kleine Arbeiten und Besorgungen für Farmer, die sie kannte, jeden Tag entweder frühmorgens vor der Uni oder gleich nach Kursende. Brachte ihr ein bisschen Cash in die Taschen, zusätzlich zu dem, was sie bei nächtlichen Poolpartien gewann. Sie spielte wieder mit Jim zusammen, der auch seine gelegentlichen Besuche spätnachts bei ihr wieder aufnahm.

Im Valley fiel der erste Schnee, dann der zweite und dritte. Die umgepflügten Felder bekamen ihre Winterdecke, und die Farmer brachten Winterreifen an ihren Fahrzeugen an. Die Footballsaison ging zu Ende und die Basketballsaison begann. Sie bekam einen Brief aus Vietnam. Der Umschlag hatte einen Rahmen aus roten und blauen schiefen Vierecken. Statt einer Marke prangte FREI in der Ecke oben rechts. *Per Luftpost* verkündete ein Stempel darunter. Mo schrieb von Dschungelfäule und riss Witze über Weiße Sklaverei. Er unterschrieb mit *Keine Sorge, nur die Guten sterben jung.*

In der Uni hatte es ein wenig Gerede gegeben, Studis verstummten und sahen sie von der Seite an, wenn sie vorbeiging. Doch das verflüchtigte sich so schnell wie ein Grasrausch, Proteste und Abschlussprüfungen beanspruchten alle Aufmerksamkeit.

Professor Danielson erwischte sie eines Nachmittags im Soziologietrakt.

»Renee, Renee«, sagte er. »Nur damit du es weißt, ich hatte keine Ahnung, wirklich nicht die leiseste. Es tut mir leid. Ich möchte mich im Namen aller hier entschuldigen.« Er machte große Gesten in den Gang hinein.

Cash sah ihn an, die Arme fest um ihre Bücher geschlungen. Sie sah einen mittelalten weißen Mann vor sich, gar nicht so viel anders als die Farmer, mit denen sie aufgewachsen war. Aber bei dem hier waren die Muskeln schlaff und die

Schultern hingen rund nach vorn vom vorgebeugten Lesen, nicht vom Stemmen schwerer Ladungen Kuhfutter oder Heuballen. Insgeheim dachte sie: »Er ist schon ein Widerling, aber ein harmloser Widerling.« Sie nickte Danielson zu und ging davon.

Mrs. Kills Horses hatte sie an einem Tag quer über den Campus verfolgt, ihr Fragen hinterhergerufen, während Cash im Weggehen Jas und Neins über die Schulter warf. Sie hängte die Studienberaterin, die in hochhackigen Cowgirlstiefeln zu rennen versuchte, während ihr der Jeansrock um die Schenkel schlug, mühelos ab. Cash mied ihr Büro und ging auch nicht mehr zu den Meetings der indianischen Studentenschaft.

Sharon wollte wie immer in allen Einzelheiten wissen, was passiert war. Sie blieb Cash auf den Fersen, wurde allmählich sogar besser im Pool, da sie jede Gelegenheit nutzte, Cash auszufragen. Cashs Antworten blieben spärlich, höchstens fünf Worte, schnell hervorgebracht, bevor sie sich über den Tisch lehnte und ihren Stoß machte, Kugel für Kugel in den Taschen versenkte.

Sharon ließ von ihrer Mission Danielson ab, verkündete, sie sei »angewidert von allen Männern außer Chaské«, und überhaupt hätte Monogamie auch was für sich, ein Wort, das Cash nachschlagen musste.

Die Tweed kam nicht mehr zurück an den Campus. Von Wheaton erfuhr Cash, dass die Tweeds entschieden hatten, sie sollte auf die neue Hochschule für Landwirtschaft und Technik in Crookston gehen. Ihr Dad fuhr sie morgens hin, ihre Mom holte sie am Ende des Tages ab. Es schien ihr gut zu gehen, berichtete er.

Das Semester ging zu Ende. Cash war in der Campushalle, übte zwischen zwei Kursen ihre Effet-Stöße und zielte gerade auf die 9, als sie aus dem Augenwinkel Tezhi, Bunk und Marlene reinkommen sah. Sie steuerten geradewegs auf ihren Tisch zu. Sie spielte weiter. Sie nahmen sich jeder ein Queue. Tezhi sagte: »Ich und Bunk gegen dich und Marlene.«

»Bau auf«, entgegnete Cash und trat vom Tisch weg. »Fang du ruhig an.«

Tezhi war fast so gut wie Cash. Bunk und Marlene spielten wahrscheinlich besser mit ein paar Bier intus.

Bunk sagte: »Wir machen ein Powwow für indianische Studis am Wochenende nach den Abschlussprüfungen. AIM kommt. Bringen 'ne Anlage und Musiker mit.«

Das war alles, was während des Spiels gesprochen wurde. Cash und Marlene gewannen.

Auf dem Weg nach draußen blieb Bunk noch mal kurz stehen und sagte: »In zwei Wochen, Samstagabend. Potluck am gewohnten Ort, dann das Powwow und Vorträge im Newman-Zentrum gegenüber. Bis dann.« Und weg waren sie.

Cash vergaß diese Begegnung. Erst als sie nach ihrem Psychokurs den Campus verließ und ein Plakat sah, auf dem *Powwow und Vorträge ab 19 Uhr* stand, fiel sie ihr wieder ein. Beim Anblick des Plakats musste sie an den Abend denken, als sie draußen vor dem AIM-Büro im Auto gesessen hatte und Lange Zöpfe mit zwei Frauen in einen Wagen gestiegen war.

Sie beschloss, das Powwow sausen zu lassen.

Doch als Samstag 19 Uhr näher rückte, erwischte sie sich beim Auf-und-ab-Gehen in ihrer kleinen Wohnung. Sie faltete und sortierte ihre Klamotten. Machte den Kühlschrank auf und zu. Putzte den schmalen Linoleum-Küchentresen. Schrubbte die Badewanne. Schließlich hatte sie die Schnauze voll, zog ein sauberes Paar Jeans und ein T-Shirt über, band ihren Zopf neu. Sie ging auf alle viere und fischte ihre »Ausgeh«-Cowboystiefel unterm Bett hervor. Sie schnappte sich ihre Queue-Tasche, warf sie hinter den Fahrersitz und fuhr zum Newman Center.

Sie saß eine halbe Stunde im Ranchero, rauchte. Ihr Herz schlug so schnell, dass sie es überall fühlte. »Vor was zum Kuckuck fürchte ich mich denn so?«, fragte sie sich. Sie sah ganze Familien in das Center gehen. Sie mussten von etlichen umliegenden Reservationen kommen, denn Cash hatte in Fargo-Moorhead noch nie so viele indianische Gesichter auf einmal gesehen. Ein paar Männer in leuchtend buntem Federschmuck standen vor dem Haupteingang und rauchten Zigaretten. Eine schnatternde Schar junger Frauen in Tanz-Stolas mit Fransen kicherte jedes Mal, wenn ein Junge reinkam. Immer wenn die Tür geöffnet wurde, hörte sie die Trommel, und die Fußglöckchen der Männer stampften den Takt.

Dann kam ein großer Haufen Leute gleichzeitig raus. Sie standen rum und rauchten. Cash sah, wie Tezhi und Bunk sich eine Kippe teilten. Beide hatten ihr langes Haar zu zwei Zöpfen geflochten, um die rote Stoffstreifen gewickelt waren. Ein Stil, den Cash noch nie gesehen hatte. Sie trugen Jeans-Schlaghosen mit roten Keilen vom Saum hoch, die den Schlag noch verstärkten. Marlene stieß zu ihnen, in derselben Aufmachung. Als die Menge mit Rauchen fertig war und alle wieder reingingen, hatte Cash genug Mut gesammelt, um aus dem Truck zu steigen.

Sie schlüpfte zur Eingangstür rein. Der Versammlungsraum war ringsum mit Klappstühlen gesäumt, auf denen

Powwow-Tänzer saßen, ein paar in voller Montur, andere nur mit einem Tuch oder Federschmuck über den Bluejeans. Sie sah sich um, von links nach rechts und wieder zurück. Suchte nach vertrauten Gesichtern.

Ein Grüppchen Studis stand vorn im Raum, alle mit rot umwickelten Zöpfen und in weiten Schlaghosen mit roten Keilen. Tezhi trug ein Hemd mit Fransen, die an Rücken und Brust länger waren als seine schulterlangen Zöpfe.

Mrs. Kills Horses stand vorn und sprach in ein Mikro. Sie bedankte sich bei allen fürs Kommen und war »so begeistert, an diesem bedeutsamen Moment teilhaben zu dürfen: das erste Powwow überhaupt auf dem Campus unserer Universität«. Sie stellte einen Mann vor, dessen Name bei Cash nicht ankam. Er ging zum Mikro in genau demselben Aufzug wie die Studis. Die Fransen an seinem Hemd waren länger als die von Tezhi.

Als er mit seiner Rede anfing, setzte Cash ihre Gesichtersuche fort. Vorn neben dem Rednerpult sah sie noch eine indianische Gruppe. Cash erstarrte. Da oben stand Lange Zöpfe. Eine junge Frau sah mit breitem Lächeln zu ihm auf, sichtlich mehr an Lange Zöpfe interessiert als an dem Sprecher. Cash blickte sich noch einmal im Raum um, stand dann auf und verließ das Gebäude.

Sie wirbelte vom Parkplatz, brauste durch Moorhead, verlangsamte erst, als sie über den Fluss nach Fargo reinfuhr und auf einen freien Parkplatz vorm Casbah einscherte. Ein paar Bier, ein paar Runden Pool, und ihr Herzschlag beruhigte sich und ihre Scheißdrauf-Haltung war wieder intakt.

Shorty rief zur letzten Runde. Cash drehte sich zur Bar und hob zwei Finger. Er nickte, stellte ihr die Buds auf den Tresen. Sie richtete die weiße Kugel auf die 8 aus und zielte mit dem Queue auf die Seitentasche, auf die sie es abgesehen hatte. Sie lehnte sich vor, peilte, bis sie voll konzentriert war, und stieß sachte die Weiße an. Die glitt über den Tisch, bewegte sich kaum. Die Kugel machte nicht mal ein Geräusch, als sie die schwarze 8 berührte. Die 8 verschwand in der Tasche, und die Weiße eierte noch ein Stückchen weiter.

»Heul nicht, bau auf«, sagte sie zu dem Farmer, der gerade seine Münzen in den Tisch steckte. Sie drehte sich in Richtung Bar, um ihr Bier in Empfang zu nehmen, und lief geradewegs in Lange Zöpfe hinein. Er brachte das Bier, ihre zwei Flaschen in der einen, seine zwei in der anderen Hand.

Sie trat einen Schritt zurück und sah hoch. »Partner?«, fragte er.

Cash nahm ihr Bier und drehte sich zum Tisch um. »Klar. Haste 'n Partner?«, fragte sie den Farmer. Der zeigte auf seine Frau, die in der nächsten Nische saß. Sie schwankte leicht, als sie aufstand, um sich ein Hausqueue zu holen, aber sie versenkte tatsächlich zwei Kugeln, bevor sie verschoss. Cash und Lange Zöpfe hielten den Tisch noch über zwei Runden, bevor Shorty rief: »Trinkt aus, ich mach gleich dicht.«

Cash leerte ihr Bier in großen Zügen. Zog ihre Jeansjacke über. Nahm ihr Queue auseinander und verstaute es in seinem Futteral. Ging auf den Ausgang der Bar zu.

»Ich komm mit dir«, sagte Lange Zöpfe.

Sie nahm nicht den Ranchero. Sie brauchte die Nachtluft, um ihren Kopf zu klären. Der Schnee auf dem Gehsteig knirschte unter ihren Füßen. Beider Atem war in der kalten Nachtluft sichtbar. Auf halber Strecke zu ihrer Wohnung sprach Lange Zöpfe: »Ich hab dich gesehen, hinten im Raum beim Powwow. Als ich hochgeguckt hab, warst du weg.«

Cash antwortete nicht. Ging weiter. Er legte seinen Arm um ihre Schultern und zog sie an sich. Er stupste ihr Kinn hoch und küsste sie. Hingebungsvoll, mit Verlangen. »Hab dich vermisst.«

»Yeah«, sagte Cash.

Sie knipste das Grübeln in ihrem Kopf aus und ging schweigend mit ihm zu ihrer Wohnung. Beim Reinkommen zog sie zwei Buds aus dem Kühlschrank, öffnete sie. Gab ihm eins und ging durch zum Bett. Er schob das Laken am Türrahmen auf, als er reinkam, und hob eine Augenbraue. Cash schüttelte ein Kissen auf, stopfte es ans Kopfende, zog sich aus und kroch ins Bett, ihr Bud und ein Päckchen Zigaretten griffbereit. Sie sah zu, wie Lange Zöpfe sich auszog und zu ihr ins Bett krabbelte. Sie blickte zum Laken am Türrahmen und setzte zu ihrer Geschichte über Mo, ihren Bruder, an. Wie er aufgetaucht war. Dann erzählte sie ihm von ihrer Begegnung mit der Weißen Sklaverei, nur ohne den Teil, in dem sie selbst fast was abgekriegt hätte.

Lange Zöpfe lag gegen das Kissen gelehnt auf seiner Bettseite, trank sein Bier, hörte zu. Als sie so weit erzählt hatte, wie ihr lieb war, beugte er sich über sie und küsste sie, seine Zöpfe, immer noch in roten Stoff gewickelt, fielen ihr auf die Brust. Sie machten Liebe. Langsam und zärtlich. Sie rauchten eine und tranken noch ein Bier, das Lange Zöpfe aus dem Kühlschrank holte. Er machte das Licht aus. Er erzählte seine Geschichte, vom Unterwegssein mit AIM, von den Protesten an verschiedenen Universitäten, bei denen sie mitgewirkt hatten, und von einem großen Protest an einer Baustelle in der Nähe der Citys, wo ein Atomkraftwerk geplant war. Sie machten wieder Liebe. Erzählten noch mehr Geschichten. Tranken noch ein Bier. Rauchten zusammen eine halbe Schachtel Zigaretten. Es war etwa halb fünf, als er zur Uhr auf ihrer Kommode blickte. »Ich sollte wieder los in die Unterkunft. Eure Uni hat uns in so ein Motel am Stadtrand gesteckt.«

Er zog Cash an sich, ihrer beider Körper warm unter den Decken. Nach ein paar Minuten drehte Cash sich von ihm weg zum Fenster, dem Fenster, durch das Mo geklettert war, als er die Hauswand raufgekraxelt war. Lange Zöpfe schmiegte sich von hinten an sie und umarmte sie, strich ihr sanft die losen Haarsträhnen aus der Stirn, die dem Zopf entkommen waren.

»Ich muss los«, sagte er leise. »Du bist meine Hauptgefährtin, hm?«

Als Cash keine Antwort gab, umarmte er sie fester. »Ja?«

»Ja«, flüsterte Cash. Sie spürte, wie er aus dem Bett stieg und in seine Sachen schlüpfte. Hörte, wie er aus dem Schlafzimmer und über den Küchenboden ging. Hörte ihn im Bad Wasser lassen. Fühlte mehr, als sie hörte, wie er das Laken vor dem Durchgang beiseiteschob, um sie noch einmal anzusehen. Wie er das Laken wieder sinken ließ, wieder über den Küchenfußboden und zur Tür raus ging. Sie blieb noch gut fünf Minuten reglos liegen. Dann stand sie auf, vergewisserte sich, dass die Wohnungstür abgeschlossen war, schnappte sich ein letztes Bier – trank die Hälfte davon zu noch einer Zigarette – und schlief fest ein.

Zum ersten Mal, seit sie zurückdenken konnte, schlief Cash durch, bis die Uhr auf ihrer Kommode neun anzeigte. Sie setzte sich auf und sah zum Fenster. Draußen schien Tageslicht. Sie wälzte sich aus dem Bett und ließ Badewasser ein. Sie wickelte sich ein Handtuch um den nackten Körper und setzte eine Kanne Kaffee auf. Als er kochte, drehte sie die Flamme aus, um ihn abkühlen zu lassen. Sie ging wieder ins Bad und ließ sich in die Wanne gleiten. Drei Zigaretten später stieg sie aus, trocknete sich ab und zog sich an. Sie sah nicht in den Spiegel. Sie wusste, dass ihre Augen starre Schlitze sein würden. Sie hatte diese Augen schon zu oft gesehen.

Sie befüllte ihre Thermoskanne mit heißem Kaffee und schlüpfte in ihre Jacke. Dann spazierte sie zum Casbah, um den Ranchero einzusammeln, fuhr dann zum Moorhead-Ufer des Flusses und nach Norden Richtung Ada. Die schneebedeckten Felder leuchteten. Obwohl ein dünner Vorhang grauer Wolken Sonne und Himmel bedeckte, ließ der meilenweite Blick auf Weiß Cash an Geschichten über frühe Siedler denken, die schneeblind geworden waren. Oder deren Frauen, die der Schnee hatte verrückt werden lassen in ihren einsamen Lehmhütten auf der endlosen Prärie. Sie hatte derlei Geschichten nie über ihre eigenen Leute gehört, die jahrhundertelang mit der Wüstheit des Valleys gelebt hatten, die ins Valley kamen, wenn es warm wurde, und im Winter wieder in die nördlichen Wälder zogen.

Sie parkte auf der Straße vor Wheatons Haus. Sie musste dringend sein Gesicht sehen, die Gewissheit in seinen Augen sehen, die immer für sie da war. Sie klopfte kurz an der Tür und ging rein. Toffer begrüßte sie als Erster, die Ohren gespitzt, starrte er sie an mit diesem »Was machst du hier«-Blick in seinen Hundeaugen. Cash beugte sich runter und packte seine Ohren. »Ich war zuerst da, komm drüber weg!«

»Was?«, fragte Wheaton, der aus seinem Wohnzimmer kam.

»Nichts.«

Wheaton sah sie an, dann den Hund. Er ging in die Küche und fragte: »Kaffee?«

»Sicher.«

Noch eine Gestalt trat aus dem Wohnzimmer. Es war Geno Day Dodge aus Red Lake. Sein Vater Tony O war drüben in Halstad ermordet worden. Cash hatte Wheaton geholfen, seine Mörder ausfindig zu machen. Als sie zum Red Lake gefahren war, um nach der Familie zu sehen, hatte sie alle seine Kinder getroffen. Wenn sie sich recht erinnerte, war Geno der drittälteste von sieben. Sie grüßte ihn mit einem Nicken und sah Wheaton an. Hob fragend die Brauen.

Wheaton reichte ihr eine Tasse Kaffee und deutete auf einen Stuhl am Küchentisch. Geno ging zurück ins Wohnzimmer, wo Cash konserviertes Gelächter aus dem Fernseher dringen hörte. Wheaton setzte sich an den Tisch, neigte den Kopf zum Wohnzimmer und berichtete Cash, wie Geno vor zwei Tagen aufgetaucht war. Er hatte sich erinnert, dass Cash meinte, ein Freund von ihr sei der County-Sheriff in Ada. Wie es aussah, kümmerte sich seine große Schwester Mary Jane im Haus der Tante um das kleinste Geschwister. Die beiden Zweitjüngsten waren von Sozialarbeitern entführt worden. Geno ging davon aus, dass sie in Pflegschaft lebten, in Fertile oder vielleicht Twin Valley. Sein großer Bruder und der ein Jahr jüngere waren bei einem Onkel untergekommen, der jenseits der Siedlung auf Red Lake lebte. Geno wollte in keine Pflegschaft, also kam er per Anhalter nach Ada, kreuzte in Wheatons Büro auf und fragte nach Cash oder einem Cop namens Wheaton. Er sagte Wheaton, er sei willig, jede Arbeit zu machen, die gebraucht wurde. Schlug vor, er könnte doch im Gefängnis hausmeistern, für einen Schlafplatz und eine warme Mahlzeit am Tag.

»Ich hab's nicht übers Herz gebracht, ihn wegzuschicken. Er kann hier schlafen. Vielleicht macht er ein bisschen das Gefängnis sauber. Hab ihm gesagt, er muss sich Montag an der Schule anmelden. Weiß noch nicht, was ich dem Schulleiter erzähle.«

Cash nickte zustimmend. Trank ihren Kaffee. »Ich hab vergessen, dir das hier zu geben«, sagte sie, als sie die Urkunde aus den Twin Citys auf seinen Küchentisch legte. Die Kanten waren ein bisschen eselsohrig und in einer Ecke war ein kleiner Kaffeefleck. »Hatte ich noch im Handschuhfach. Ich vergess immer wieder, sie dir zu geben.«

Wheaton las. Er sah sie an und lächelte, ein Lächeln, das seine Augen erreichte. »Gut so«, war alles, was er sagte. Das war genug – aber doch nicht ganz genug –, um die klaffende Lücke zu füllen, die all die in ihrer kurzen Lebensspanne schon erfahrenen Verluste hinterlassen hatten. Aber diese Gefühle hielt sie aus ihrem Blick heraus und grinste Wheaton an.

Sie trank ihren Kaffee aus, sagte, sie müsse dann mal weiter. Bevor sie ging, trat sie kurz ins Wohnzimmer und nickte Geno zum Abschied zu. Er nickte zurück.

Cash strebte westwärts auf den Red River zu. Wie ein Magnet zog es sie zu dem Acker nordwestlich von Halstad, wo Tony Os Leiche gefunden worden war. Sie parkte am Straßenrand und stieg aus ihrem Truck. Sie stellte sich an den Acker und schaute dorthin, wo Tony O gestorben war, der eine Frau zurückließ, die kurz nach ihm an gebrochenem Herzen starb – obwohl die Leute sagten, es habe am Trinken gelegen – und sieben Kinder zurückließ. Darunter eines, das viel zu jung war für die Entscheidung, sich in Pflegschaft stecken zu lassen, zu ohnehin überforderten Verwandten zu ziehen oder per Anhalter in ein neues Leben aufzubrechen, nur weil irgend so eine Frau behauptet hatte, sie sei mit einem Cop befreundet. Cash ging zu ihrem Truck zurück und lehnte sich an die Seitenwand der Ladefläche. Schaute noch immer über das Feld. Sah die Pappeln und Eichen, die sich ein paar hundert Schritte weiter am Fluss entlangschlängelten.

Schaute dann runter und erblickte den Schlafsack, den Mo den Mädchen gegeben hatte, um sich auf dem Weg von den Citys nach Ada darin einzuwickeln. Ein dicker, armeegrüner Schlafsack. Sein Anblick tat Cashs Herz weh. Sie hatte vergessen, dass er noch da hinten lag.

Sie kletterte auf die Ladefläche, zog den Reißverschluss

des Schlafsacks zu und kroch hinein. Er war eiskalt, aber ihre Körperwärme heizte ihn schnell auf. Er roch nach billigem Parfum von den Mädchen, Zigarettenrauch von Mo – oder war das Gras? Sie wühlte sich ganz tief in den Schlafsack, zog sich die Öffnung eng um ihren Kopf, damit die Wärme drinblieb.

Und dann fing sie an zu weinen.

Inbrünstig, laut, schluchzend, voller Trauer.

Sie erinnerte sich an das letzte Mal, das sie ihre Mom gesehen hatte. Sie erinnerte sich an all die Male, die Wheaton als Einziger zu ihren Schulveranstaltungen kam. Sie erinnerte sich an den Zettel von Mo auf ihrem Tisch, als er sich wieder verpflichtet hatte. Jetzt lag er auf ihrer Kommode neben dem einzigen Brief von ihm. Sie erinnerte sich, wie Josie Day Dodge ein Marmeladenglas durch ihre Küche schleuderte, dass es zersprang, als ihr klar wurde, dass ihr Mann Tony O tot war.

Cash wischte sich die Nase am Jackenärmel ab.

Sie hörte Lange Zöpfes Stimme sagen: »Du bist meine Hauptgefährtin, ja?«

Cash rollte sich fester zusammen und weinte noch ein bisschen.

Die Kante des Schlafsacks war kalt und nass von Tränen und Rotz. Cash holte tief Atem und steckte ihren Kopf raus. Die kalte Luft tat ihr in den Lungen weh, aber sie kroch aus dem Schlafsack, dann hinten vom Truck runter, nahm das Ding und warf es auf den Schotterweg hinterm Ranchero. Sie sprang hinters Steuer. Mit vor Kälte zitternden Fingern, am ganzen Körper bebend, warf sie den Wagen an und fuhr vorwärts und rückwärts über den Schlafsack, schrie Flüche und Beschimpfungen, schrie, bis sie erschöpft war und nicht mehr schreien konnte.

Sie schaltete den Truck in den Leerlauf, zog die Handbremse und zündete sich eine Zigarette an, drehte die Heizung auf bis zum Anschlag.

Justierte den Rückspiegel, um sich ins Gesicht zu sehen. Verdammt, ihre Augen waren fast völlig zugeschwollen vom Heulen. Die Haare quollen in dicken Strähnen aus dem Zopf. Sie stieg aus und hob den ramponierten Schlafsack auf, warf ihn zurück auf die Ladefläche, wendete den Truck und fuhr davon, ohne zu denken.

Sie fuhr aufs Geratewohl nach Nordosten. Vorbei an Shelly und einem kleinen Ort, über den sich alle lustig machten, weil er Climax hieß. Da sie ihre gesamten Teenagerjahre damit verbracht hatte, auf Farmen in dieser Gegend zu arbeiten, gab es keine Chance, dass sie sich verirrte. Sie fuhr, rauchte, ließ ihren Geist so ziellos umherschweifen wie ihren Truck.

Sie hielt einmal kurz am Straßenrand, um sich die Jeans runterzuziehen, in die Hocke zu gehen und zu pinkeln. Verdammt, wurde es kalt. Sie fuhr noch ein Stück. Mal auf asphaltierten Landstraßen und mal auf geschotterten Farmwegen.

Sie mutmaßte, dass sie irgendwo in der Nähe von Twin Valley war, als sie einsam in der Prärie eine Landkirche stehen sah. Und auf einem kleinen Streifen Land neben der Kirche lag ein Friedhof mit einer Handvoll Grabsteinen und ein paar Holzkreuzen. Ein Haufen frischer Erde zog ihren Blick auf sich.

Schnee und Schotter knirschten unter ihren Füßen, als sie ausstieg. Das frische Grab war winzig, kaum drei Fuß lang. Grabsteine aus Granit standen rings um den kleinen Erdhaufen. Vielleicht war es eine Familiengrabstätte. Sie ging dichter ran, las Namen und Daten.

Ein plötzlicher eisiger Windstoß ließ sie innehalten. Sie schaute auf das Gräbergrundstück, vor dem sie stand. Der

Grabstein eines Reverend John Steene neben dem seiner Frau Lilian. Ihre Geburtsdaten waren eingraviert, dahinter ein Stück unbehauenen Granits, das noch auf den Todestag wartete. Cash sah sich die anderen Gräber in der Familienstätte an. Lauter kleine Gräber, alle mit dem Nachnamen Steene.

Cash las die Geburts- und Todesdaten. Sie las sie noch mal, rechnete im Kopf mit. Alle Gräber gehörten Kindern, die nur zwei Jahre alt geworden waren. Und die Kinder waren im Abstand von zwei Jahren geboren worden. Das neue Grab hatte noch nicht mal einen Grabstein.

»Was zur Hölle«, stieß Cash hervor, und ein Stoß eiskalter Luft wirbelte ihr ums Gesicht.

Anmerkung der Autorin

Laut Datenbank des *National Crime Information Center* wurden 2018 2.758 indianische Frauen entführt oder ermordet. Diese Zahl wächst ständig. Als immer weiter Indianerinnen verschwanden oder ermordet wurden, schufen die Frauen unter unseren Angehörigen stammesweite, kommunale und landesweite Netzwerke, um auf diese Epidemie aufmerksam zu machen. In Kanada sind im Jahr 2019 geschätzt fast 4000 indianische Frauen verschwunden oder ermordet worden. In den Vereinigten Staaten wird die Zahl auf knapp 3000 geschätzt. First Nations-Leute machen nur vier Prozent der gesamten kanadischen Bevölkerung aus. In den Vereinigten Staaten sind wir nur ein Prozent der Gesamtbevölkerung. Angesichts dieser Zahlen muss der hohe Anteil entführter und ermordeter indianischer Frauen als landesweite Tragödie erkannt werden.

Illegaler Menschenhandel und Mord an Frauen und Kindern, egal welcher Race, ist eine weltweite Epidemie. *Stadt, Land, Raub* streift nur den Rand dieser Geschichte. Zwei wahre Fälle waren die Morde an Tina Fontaine (2014) und Savanah Greywind (2017). Beide Frauen wurden in den Red River of the North geworfen – den Fluss, über den Cash, die fiktive Protagonistin dieses Buchs, tagtäglich zur Uni fährt oder zur Arbeit. Mit meiner Erzählung hoffe ich alle verschwundenen, ermordeten und unaufgehobenen Frauen zu ehren.

Es gibt noch eine Hintergrundgeschichte zu diesem Roman. Auf die Ära der Internatsschulen folgte eine Zeit, in der indianische Kinder aus ihren Familien herausgerissen und als Pflegekinder in weiße Haushalte verfrachtet wurden. Landesweit wurden bis Mitte der 1960er Jahre geschätzte 25 bis 30 Prozent aller indianischen Kinder entführt und in nicht-indianische Familien oder Institutionen gesteckt. In Minnesota schießen diese Zahlen noch mal deutlich in die Höhe. Rund 60 Prozent der Kinder aus der Red Lake Reservation wurden in dieser Ära der Inobhutnahmen verschleppt, und zwischen 40 und 60 Prozent aus der White Earth Reservation.

Das *Indian Adoption Project*, ins Leben gerufen vom *Bureau of Indian Affairs*, kam zeitgleich ins Rollen. Dieses Programm auf Bundesebene lief von 1941 bis 1967 und erlaubte es Adoptionsagenturen, Native-Kinder systematisch ihren Eltern wegzunehmen. 85 Prozent von ihnen wurden in weiße Pflegschaften gesteckt. Im Südwesten ermöglichte dieses Adoptionsverfahren es Mormonen, Tausende Navajo-Kinder zur Zwangsarbeit auf ihren Farmen zu benutzen. Die katholische Kirche und andere christliche Glaubensgemeinschaften verschleppten indianische Kinder anderer Stämme und gaben sie zur Adoption in nicht-eingeborene Haushalte.

Weil die Adoptionsakten dieser Kinder versiegelt wurden, verloren viele ihre Stammesidentität und jeden Zugang zu Wissen, das sie ihren Herkunftsfamilien hätte näherbringen können. Es ist nicht bekannt, wie viele jugendliche Natives mit dem Dilemma konfrontiert waren, das sowohl Wheaton als auch Mo in *Stadt, Land, Raub* widerfährt. Dieses Buch ist fiktional, und doch ist solche Enterbung adoptierter junger Indigener, sobald sie mündig werden, eine nur allzu vertraute Geschichte unter allen indianischen Völkern. Es war eine von vielen Methoden, uns Natives aus dem Bewusstsein des Landes zu »tilgen«.

Es ist meine Hoffnung, dass ihr, Lesende, gründlicher nach den Wahrheiten sucht, wenn ihr diese Geschichte gelesen habt. Es ist meine Hoffnung, dass ihr auch seht, wie großmütig Cash sich an die Rettung junger Frauen macht, die ganz anders sind als sie. Ich hoffe, ihr seht die Resilienz, die uns als Native people innewohnt.

Miigwech.

Dank

So viele Leute haben diesen Schreib-Gig möglich gemacht. Die »Women from the Center«-Schreibgruppe. Immer – Danny, Eileen, Jeanne und Liz, Diego. Alle, die *Am roten Fluss* gelesen und dann nachgefragt haben: »Wie geht's Cash? Was macht sie jetzt?« Fragen, die mich motiviert haben, mich ranzusetzen und euch den Versuch einer Antwort zu liefern. Lee Byrd mit einer schmerzlosen Lektoratserfahrung. Meine Kinder und Enkelkinder, die immerfort Rücksicht nehmen auf die vollkommene Stille, die ich zum Schreiben brauche – kein Fernsehen, kein Radio, kein Netflix, kein YouTube. Sie leben in techno-kulturellem Entzug, damit ich schreiben kann. Und natürlich ALLE Frauen in meinem Leben, die mich mit den Kindern, mit Essen und emotional unterstützt haben, ihr seid für immer in meinem Herzen. Chi miigwech euch allen.

© M.R, TPT Public TV

Marcie R. Rendon ist Angehörige der White Earth Nation. Ihr Roman *Am roten Fluss* wurde mit dem Pinckley Prize als bestes Kriminalromandebüt 2018 ausgezeichnet. In ihrer Rede rühmte die Jury »Rendons Gespür für Orte und ihre Erschaffung einer unvergesslichen Protagonistin, die sich in einer unnachsichtigen Welt ihren eigenen Weg bahnt«. *Am roten Fluss* war in der Kategorie Zeitgenössischer Roman für den *Western Writers of America Spur Award 2018* nominiert. Das Buch wurde ins Italienische und ins Deutsche übersetzt. Marcie hat auch zwei nicht-fiktive Kinderbücher verfasst: *Pow Wow Summer* (Minnesota Historical Press) und *Farmers Market: Families Working Together* (Carol Rhoda). Mit vier veröffentlichten Theaterstücken ist sie der kreative Kopf des *Raving Native Theater*. Sie ist außerdem Aktivistin für Community-Kunst und Kuratorin, die indigene Künstler*innen unterstützt und Stücke von Natives auf die Bühne bringt. 2012 rief sie mit Diego Vázquez Jr. das *Women's Writing Program* (WWP) in Justizvollzugsanstalten der Bezirke Ramsey, Sherburne und Washington (Minnesota) ins Leben. Über zweihundert inhaftierte Frauen nahmen seither an Poesie-Workshops teil, die zu mehr als dreißig veröffentlichten Lyrik-Anthologien führten. Marcie Rendon untersuchte auch die Ursachen und Auswirkungen der unverhältnismäßigen Inhaftierungsraten von Native-Frauen in Minnesota. 2017 erhielten Rendon und Vázquez Jr. die *Spoken Word Immersion Fellowship* des Loft Literary Center für ihre Arbeit mit inhaftierten Frauen in Bezirksgefängnissen. Nicht zu vergessen: Rendon ist Mutter und Großmutter.

Glossar

AIM – American Indian Movement: von indianischen Aktivisten 1968 in Minneapolis gegründete Bewegung, organisierte politische Aktionen wie die Besetzung der Gefängnisinsel Alcatraz 1969–71, den *Trail of Broken Treaties* 1972, die Besetzung von Wounded Knee 1973. Forderungen waren u. a. Überprüfung bzw. Abschaffung des nachweislich korrupten BIA (Bureau of Indian Affairs, Unterabteilung des Innenministeriums mit 16000 Angestellten und 240 Mio. Dollar Jahresetat); Verhandlung über fast 400 verletzte Verträge (u.a. um Landrechte und Rohstoffausbeutung); Kultur- und Religionsfreiheit indianischer Völker, selbstverwaltete Schulen, Selbstbestimmung in den Reservationen. AIM kämpft bis heute gegen desolate Sozialverhältnisse in Reservationen und Städten, organisiert Rechtsbeistand, Bürgerhilfe, Kultur- und Bildungsmaßnahmen.

Ära der Internatsschulen – Die Indian Boarding Schools waren von den 1880ern an ein rigides Assimilierungsinstrument, um indianischen Kindern ihre traditionelle Lebensweise abzutrainieren zugunsten westlicher Normen, Werte und Rollenvorstellungen sowie des Christentums. In den 1980er und 90er Jahren wurden die meisten dieser Schulen geschlossen. Bis heute laufen Verfahren wegen körperlicher Misshandlung und Folter.

Anishinaabe – mit über 125 Stämmen (darunter Ojibwa und Chippewa) eins der größten Indianervölker Nordamerikas, traditionell je nach Landstrich Fischer, Elch- und Karibujäger, Bisonjäger der nördlichen Prärien, Wildreis-Ernter und Gartenbauer. Erich Fromm analysierte in *Anatomie der menschlichen Destruktivität* u. a. die Anishinaabe und ordnete sie den »nichtdestruktiv-aggressiven Gesellschaften« zu. Träume und ihre verschlüsselten Botschaften spielen im Glauben der Anishinaabe eine große Rolle. Ihre Sprache (Ojibwe) gehört zur Algonkin-Sprachfamilie. Das Wort anishinaabe bedeutet wild.

Außerkörperliche Erfahrungen (out-of-body experiences) – sind in der indianischen Religiosität und Kultur üblich. Naturwissenschaftlich umstritten, sind sie stark beforscht, wurden künstlich und wiederholbar im Labor erzeugt und als Störungen bestimmter

Gehirnfunktionen (z. B. durch Stress, Substanzen, Nahtoderfahrung oder physikalische Beeinflussung der Nervenaktivität) eingeordnet. In den meisten Kulturkreisen gibt es die Vorstellung, dass Geist oder Seele den Körper verlassen können.

BIA – Bureau of Indian Affairs: Das BIA (Amt für indianische Angelegenheiten) entstand 1824. Es hatte die Macht und die Aufgabe, indianische Stammesregierungen in Nordamerika und Alaska zu kontrollieren. Bis heute ist es unmittelbar oder mittelbar (Vertragshoheit, Rentenauszahlungen, Verwaltungstätigkeiten) zuständig für 1,9 Millionen Natives aus Nordamerika und Alaska. Seit Bestehen gab es im BIA immer wieder Korruptionsskandale und Amtsmissbrauch. Natives aus Reservationen haben Anspruch auf kulturelle Förderungen und weiterführende Bildung, auch für die Umsetzung dieses Rechtsanspruchs ist das BIA zuständig.

Blood Quantum, Blood Quantum Laws – der Begriff ›Blood Quantum‹ (BQ) entspringt einem rassisierenden Messsystem zur Bestimmung des indigenen Status. Verwendet wurde und wird das BQ von Kolonialregierungen als Instrument zur Segregation und Kontrolle indigener Völker. Diese übernahmen es später teilweise selbst, um Zugehörigkeit und Anspruch auf Stammesrecht zu definieren. Demnach hat eine Person mit einem »Vollblut«-Elternteil und einem ohne indigene Linie ein BQ von 1/2. Die heute noch verwendeten *Blood Quantum Laws* sind Gesetze zur Definition der Identität durch den Prozentsatz der Abstammung, entstanden analog zu den rassisierenden Kategorien der Südstaaten (blacks, mulattos, quadroons). Das Einbürgerungsgesetz von 1790 beschränkte die Staatsbürgerschaft auf »freie Weiße« und schloss Leibeigene, Sklaven, freie Afroamerikaner und später Asiaten sowie Native Americans aus, in vielen Staaten galt zudem Eheverbot zwischen Weißen und Nicht-Weißen. Durch das »One-Drop-Law«, das die Bevölkerung in »white« oder »coloured« unterteilte (indianische Personen fielen in die zweite Kategorie) und vor allem in den Südstaaten auch nach dem Bürgerkrieg noch Geltung hatte, wurden Leute mit afroamerikanischen und indianischen Vorfahren ausschließlich als Afroamerikaner eingestuft (keine Stammeszugehörigkeit möglich). Ab 1934 forderte die US-Regierung ein bestimmtes Blutquantum als Voraussetzung für Reservationszutritt, Anspruch auf finanzielle Unterstützung sowie vertragsrechtliche Aspekte. Noch heute ist das Blood Quantum relevant: Viele indianische Stämme verwenden es, um zu bestimmen, wer zur Mitgliedschaft im Stamm oder in einer Indian Nation berechtigt ist. Um registriertes Mitglied einer bundesweit anerkannten Indian Nation zu werden, ist ein *Certificate of Degree of Indian Blood* erforderlich. Dieses CDIB wird vom BIA vergeben. Ohne nachweisbares BQ kann niemand registriertes Mitglied eines Stammes werden. Zudem haben viele indianische Stämme eigene Beschränkungen. Indian Nations, die BQ verwenden, tun dies oft in Kombination mit anderen Kriterien wie Abstammung von einem registrierten Vorfahren. Andere Nationen haben ein abgestuftes System, z. B. schreibt die Choctaw-Nation von Oklahoma für die Stammesmitgliedschaft nur eine direkte Abstammungslinie vor, verlangt aber ein BQ von »mindestens 1/4« von allen, die für den Stammesrat kandidieren. Zu Beginn des 21. Jahrhunderts verschärften einige Nationen wie die Wampanoag ihre Mitgliedschaftsregeln per BQ noch.*

Citys – Twin Citys, in der Gegend um Fargo-Moorhead nur *die Citys*, bezeichnet die »Zwillingsstädte« Minneapolis und St. Paul im US-Bundesstaat Minnesota.

Indian Adoption Project – Zwangsfreigabe indianischer Kinder zur Adoption, Teil der Assimilationsstrategie im Rahmen der Politik der Auflösung der Indianerstämme von 1953 bis 1968 in den USA. Das Projekt entstand in Absprache zwischen dem BIA, dem *U.S. Children's Bureau* und der *Child Welfare League.***

Langston Hughes (1902–1967) – Dichter und Schriftsteller der Künstlerbewegung *Harlem Renaissance* und Ikone der US-Bürgerrechtsbewegung, schrieb das Gedicht *Dream Variations* in den 1920ern:

* Quellen: https://www.nytimes.com/roomfordebate/2011/09/15/tribal-sovereignty-vs-racial-justice/the-use-of-blood-quantum, https://www.powwows.com/what-percentage-native-american-am-i-what-is-blood-quantum/, https://indiancountrytoday.com/archive/what-percentage-indian-do-you-have-to-be-in-order-to-be-a-member-of-a-tribe-E2Nk86ICOEiAgDH1dnDGBg, http://dictionary.sensagent.com/Blood%20quantum%20laws/en-en/, web.archive.org/web/20080803202418/http://www.allthingscherokee.com/articles_gene_040101.html

** Nähere Infos bieten der Wikipedia-Artikel de.wikipedia.org/wiki/Indian_Adoption_Project und diese Website (engl.): pages.uoregon.edu/adoption/topics/IAP.html

To fling my arms wide	To fling my arms wide
In some place of the sun,	In the face of the sun,
To whirl and to dance	Dance! Whirl! Whirl!
Till the white day is done.	Till the quick day is done.
Then rest at cool evening	Rest at pale evening …
Beneath a tall tree	A tall, slim tree …
While night comes on gently,	Night coming tenderly
Dark like me —	Black like me.
That is my dream!	

Manoomin – Reis (Ojibwe)

Miigwech – danke, chi miigwech – vielen Dank (Ojibwe)

Minnesota Fats – alias George Hegerman ist ein fiktiver Billardhai, erfunden von US-Schriftsteller Walter Tevis für den Roman *The Hustler* (1959), verfilmt als *Haie der Großstadt* (1961) mit Paul Newman in der Hauptrolle und Jackie Gleason als Minnesota Fats. Der legendäre US-amerikanische Poolspieler Rudolf Walter Wanderone Jr. nannte sich ab 1961 ebenfalls Minnesota Fats.

Powwow – ursprünglich in einer der Algonkinsprachen »er träumt«, ein Wort für Medizinmann. Im frühen 19. Jahrhundert nannten auch reisende Quacksalber, die Allheilmittel verkauften, ihre Waren »Powwow« und stellten oft einheimische Indianer als Tänzer an, zur Unterhaltung der potenziellen Kundschaft. Heute ist Powwow, im Laufe des 19. und 20. Jh. politisch-kulturell wiederangeeignet, gebräuchlich für Feste indigener amerikanischer Kultur, wo Menschen aus verschiedensten Native-Völkern zusammenkommen, um mit Tanz und Gesang die Traditionen ihrer diversen Ahnen zu ehren.

Potluck – eine Zusammenkunft, zu der alle mitbringen, was sie gerade haben, wobei dann alles geteilt wird. So kommt schnell ein vielfältiges Buffet zustande, ohne dass eine einzelne Person extrem viel Arbeit oder Kosten hat.

Punji – ein zu Stab oder Speer angespitztes Stück Holz oder Bambus. Während der Besetzung Vietnams durch US-Truppen gab es Punji-Trittfallen: getarnte Gruben oder Erdlöcher mit angespitzten Stäben. Als Mittel des Vietcong gebrandmarkt, um gegnerische Soldaten so zu verwunden, dass sie per Helikopter ins Krankenhaus gebracht werden mussten, wurden Punjis mit der Waffenkonvention von 1980 verboten (»Übereinkommen über das Verbot oder die Beschränkung des Einsatzes bestimmter konventioneller Waffen, die übermäßige Leiden verursachen oder unterschiedslos wirken können«, www.ungeneva.org/en/topics/disarmament).

PTBS – posttraumatische Belastungsstörungen: Geist und Körper extrem belastende Erlebnisse wie Unfälle, Gewaltverbrechen, Naturkatastrophen oder Kriegshandlungen können PTBS hervorrufen. Menschen mit PTBS zeigen häufig sogenannte Symptome des Wiedererlebens, die sich den Betroffenen in Flashbacks oder Angstträumen aufdrängen. Oft treten parallel Vermeidungssymptome auf: emotionale Stumpfheit, Teilnahmslosigkeit gegenüber der Umgebung und anderen Menschen, krampfhafte Vermeidung von allem, was die Erinnerungen an das Trauma wachrufen könnte. Typisch für PTBS ist ein Zustand vegetativer Übererregtheit, manifestiert in Form von Schlafstörungen, Reizbarkeit, Konzentrationsschwierigkeiten, erhöhter Wachsamkeit oder ausgeprägter Schreckhaftigkeit. Jede Art von traumatischer Erfahrung in jeder Phase des Lebens kann PTBS auslösen. Vergewaltigung, andere Gewaltverbrechen und Krieg führen bei bis zu einem Drittel der betroffenen Menschen zu PTBS.

Quilt – Decke aus zwei bis drei Lagen, die oberste aus Stoffresten, oft mit erzählerischem Motiv gestaltet, die Zwischenlage als wärmendes Vlies aus Wolle oder Baumwolle. Das Quilten war sozialer Akt und handwerkliche Kunstform US-amerikanischer Siedlerfrauen.

Sloppy Joes – US-amerikanisches Futter: Hackfleischsoße zwischen Burgerbrötchen geklatscht. Typisches Soßenrezept: Rinderhack, Zwiebeln, Tomaten, Gewürze.

Staff Sergeant Barry Sadler – war als Sani mit den Green Berets in Vietnam, erlitt auf Patrouille eine schwere Punji-Verletzung und überlebte. Alle Songs auf seinem Album *Ballads of the Green Berets* (1966) handeln von Vietnam, so auch *I'm a Lucky One:* I'm going home, my tour is done / I'm going home, I'm a lucky one / But I left friends behind me / Who won't come home no more / Yes, many friends remain forever / On that bloody shore … und *Salute To The Nurses of Vietnam:* After the battle after the fight / Many owe their lives to the ladies and men in white / And all of the men in this war torn land / Salute the nurses of Vietnam …*

* Quelle: genius.com/artists/Barry-sadler

Weiterführende Literatur

Claus Biegert: *Seit zweihundert Jahren ohne Verfassung. USA: Indianer im Widerstand.* Rowohlt 1983

Mary Crow Dog: *Lakota Woman.* Engl.: Grove Press 2011 (Reprint). D: Deutscher Taschenbuch Verlag 1998

Vine Deloria junior: *Gott ist rot – Eine indianische Provokation.* New York 1973. D: Dianus-Trikont 1984

Alvin M. Josephy (Hg.): *Amerika 1492. Die Indianervölker vor der Entdeckung.* Nachwort v. Vine Deloria. Übs. Brigitte Walitzek. S. Fischer 1992

Winona LaDuke: Last *Standing Woman: Eine indianische Saga von 1862–2018.* Sierra Taschenbuch 2001

Wub-e-ke-niew: *We Have the Right to Exist: A Translation of Aboriginal Indigenous Thought. First Book Ever Published from an Ahnishinahbæótjibway Perspective.* Black Thistle Press 1995

Liselotte Welskopf-Henrich: *Das Blut des Adlers.* Pentalogie. Die fünf Romane erzählen mit starken Charakteren und hohem Spannungsbogen von den Zuständen auf Indianerreservationen der 1960er und 70er Jahre, die 1973 zum Aufstand von Wounded Knee führten. Glänzend recherchiert und geschrieben. Eine Neuausgabe erschien 2019 beim Palisander Verlag.

MARCIE RENDON AM ROTEN FLUSS

Sie ist neunzehn und in der Gegend um Fargo bekannt wie ein bunter Hund: Cash, eine trinkfeste indianische Landarbeiterin, die ihren Feierabend meist am Pooltisch verbringt. Eines Morgens liegt ein Toter im Stoppelfeld. Indianer wie Cash. Landarbeiter. Keine Papiere. Cash macht sich auf zur Red Lake-Reservation und sucht nach der Familie des Toten. Doch ihre Einmischung ist nicht allen willkommen …

Marcie Rendons Roman spielt 1970 am Grenzfluss zwischen Norddakota und Minnesota, tief im amerikanischen Weizengürtel. Das Porträt der ländlichen USA aus Sicht einer einzelgängerischen jungen Indianerin ist historisch gesättigt, so lakonisch wie illusionslos, mit einem leisen, rebellischen Humor.

»Cash, aufgewachsen bei einer endlosen Reihe von Pflegefamilien, ist kratzbürstig, empfindlich, klug, eine Landarbeiterin und Pool-Zockerin. Die coole 19-jährige Cash bringt Rendons um Fargo angesiedelten Krimi zum Leuchten.« *Publishers Weekly*

Marcie Rendon AM ROTEN FLUSS
Ariadne 1229
ISBN 978-3-86754-229-6

Krimis als Fenster zur Welt:
Die besten Autorinnen des dunkel-realistischen Genres

Tawni O'Dell
Wenn Engel brennen

Deutsch von Daisy Dunkel · Ariadne 1239 · ISBN 978-3-86754-239-5

Es schwelt in den Kohleflözen, in den Redneck-Familien. Tödlich. Aber Polizeichefin Carnahan kennt sich aus mit Täuschung und Geheimnissen. Ausgefuchster Country Noir.

»Fast schon klassischer Whodunit, der zeigt, wie viel Potenzial in der ›Wer hat's getan‹-Frage steckt, und sich durch ein exzellentes Gespür für die Region auszeichnet. Hoffentlich der Auftakt einer Serie mit Chief Carnahan.« Sonja Hartl, *Deutschlandfunk Kultur*

»Eine Polizistin, in die man sich sofort verliebt. Sie besitzt etwas im Krimigenre Seltenes – Humor und Selbstironie.«
Hannes Hintermeier, *FAZ*

Sarah Schulman
Trüb

Deutsch von Else Laudan · Ariadne 1241 · ISBN 978-3-86754-241-8

Ex-Cop Maggie Terry muss neu anfangen, doch mit sich ins Reine zu kommen scheitert an der Schwere eigener Fehler und Versäumnisse. So hangelt sie sich von AA- zu NA-Meetings, sucht nach Bodenhaftung. Ein neuer Fall könnte helfen – oder die endgültige Katastrophe herbeiführen …

»*Trüb* erzählt davon, wie eine Stadt ihre Seele verliert. Eine stellenweise wütende, dann wieder überraschend komische Anklage gegen die Auswüchse der Gentrifizierung, streift aktuelle Themen wie Polizeigewalt und strukturellen Rassismus.« Marcus Müntefering, *Spiegel online*

»Der schönste, bitterste, süßeste und überhaupt allerbeste Detektivroman, den ich seit Jahren gelesen habe. Ein wildes Buch voller Tiefe und Weitblick, akkurat, erkenntnisreich, herzzerreißend und ein Pageturner – lest alle dieses Buch, sofort!« Sara Gran

Krimis als Fenster zur Welt: Die besten Autorinnen des dunkel-realistischen Genres

Denise Mina
Blut Salz Wasser

Deutsch von Zoë Beck · Ariadne 1230 · ISBN 978-3-86754-230-3

Helensburgh, Schottland: Während Kriminalermittlerin Alex Morrow nach einer verschollenen Geldwäscherin sucht, irrt ein desorientierter Killer durch die beschaulichen Gässchen. Denise Mina seziert Gesellschaft mit präzisen Schnitten ins Soziale und Wirtschaftliche, bewegenden Figuren und gewiefter Plotkunst. Packend, erschütternd, klug, noir.

»Es geht um Emotionen, vor allem aber um Geld: Jeder Kriminalroman, den die 1966 in Glasgow geborene Denise Mina schreibt, hätte eine eigene Kolumne verdient, so lebensnah und realitätsgesättigt spinnt sie ihr Garn.« Tobias Gohlis, *Die Zeit*

»Ein großer Polizeiroman aus jenem Subgenre, das Ian Rankin ›Tartan Noir‹ getauft hat.« Günther Grosser, *Berliner Zeitung*

»Brillant, wie Denise Mina die Erzählfäden immer enger miteinander verzwirbelt und spannt, bis sie am Ende mit einem Übrraschungscoup reißen. Deshalb: Unbedingt lesen!« Jochen Vogt, *WAZ*

Anita Nair
Gewaltkette

Deutsch von Karen Witthuhn · Ariadne 1226 · ISBN 978-3-86754-226-5

»Finsterer indischer Sozialrealismus, sehr geschickt verpackt in eine dicke Schicht gut geschriebener Genreprosa und humorvoller Milieuzeichnung. Ein vielfarbiges kleines Gesellschaftsporträt: weit mehr als einfach nur ein Krimi.« Katharina Granzin, *taz*

»Die Luft scheint zu vibrieren vor Aufbruchstimmung. Wie Gowda seinen Fall zusammenpuzzelt, montiert Anita Nair aus einer Vielzahl von Schlaglichtern ein düsteres Bild des indischen Silicon Valley, wie das Gebiet um Bangalore heißt.«
Sofia Glasl, *Süddeutsche Zeitung*